Krischan Koch
Rollmopskommando

Kurz bevor Polizeiobermeister Thies Detlefsen vor Langeweile in eine Herbstdepression versinkt, kommt wieder (kriminelles) Leben in das Örtchen. Drei Bankräuber überfallen eine Bankfiliale im Nachbarort Schlütthörn. Eine Geisel kommt zu Tode, Geld wird gestohlen, die Täter flüchten. Thies und seine Kollegin Nicole Stappenbek aus Kiel wissen nicht, was und wo sie zuerst ermitteln sollen. Sie können ja nicht ahnen, dass der große Showdown ausgerechnet im Fredenbüller Edeka-Markt stattfinden wird und dass Fischbrötchen eine lebenswichtige Rolle dabei spielen.

Krischan Koch, 1953 in Hamburg geboren, macht Kabarett und Kurzfilme und schreibt Filmkritiken u. a. für ›Die Zeit‹ und den NDR. Er lebt mit seiner Frau in Hamburg und auf der Nordseeinsel Amrum, wo er mit Blick aufs Watt seine Kriminalromane schreibt. Mit seinem Helden, dem Dorfpolizisten Thies Detlefsen, verbindet ihn die Liebe zur Nordsee, zu Krabbenbrötchen am Stehtisch und einem chronisch krisengeschüttelten Fußballverein.

Krischan Koch

Rollmopskommando

Ein Küsten-Krimi

dtv

Dieses Buch ist bei dtv auch im Normaldruck
lieferbar.

Ungekürzte Ausgabe 2018
3. Auflage 2024
© 2015 dtv Verlagsgesellschaft mbH & Co. KG,
München
Umschlaggestaltung: dtv unter Verwendung eines
Bildes von Gerhard Glück
Gesetzt aus der Stempel Garamond 12,5/15,3·
Gesamtherstellung: Druckerei C.H.Beck, Nördlingen
Printed in Germany · ISBN 978-3-423-25395-6

Für Clara

»Wer schießen will, soll schießen und
nicht quatschen.«
Sergio Leone, ›Zwei glorreiche Halunken‹

»Rollmops to go« steht handgeschrieben auf dem Klappschild vor »De Hidde Kist«. In diesem Sommer hat Antje in ihrem kleinen Stehimbiss an der Fredenbüller Dorfstraße die moderne Fischküche eingeführt. Die Rollmops-Burger mit der sauer-scharfen Spezialsoße nach Antjes Geheimrezept sind der Renner der Saison.

Vor der Abfahrt der Fähren zu den Nordseeinseln stehen die Durchreisenden regelmäßig vor »De Hidde Kist« Schlange. Kürzlich war Antje mit ihrer Imbisskreation sogar in der Zeitung, im ›Nordfriesland Boten‹ und in der ›Landlust‹. Selbst der Imbisshund, Schäfermischling Susi, seit einer üblen Wurstvergiftung eigentlich überzeugter Vegetarier, hat kürzlich einen liegen gebliebenen Rollmops-Burger verputzt. Und neuerdings ordert Piet Paulsen, normalerweise auf »Putenschaschlik Hawaii« abonniert, zwischendurch mal die neue Spezialität.

»Antje, denn mach mir noch mal einen von

deine Rollmöpse ›a gogo‹, oder wie die Dinger heißen.«

»Mensch, Piet …!« Postbote Klaas schüttelt den Kopf, stellt seine Briefträgertasche ab und zieht die Postjacke aus. »… *to go!*«

»Ja, ja«, krächzt Piet Paulsen, Landmaschinenvertreter im Ruhestand und einer der drei Stammgäste in »De Hidde Kist«. »Für mich is dat 'ne reine Modeerscheinung.« Er wischt sich den Schaum seines ersten Bierchens von der Oberlippe und bleckt dabei die zu groß geratenen dritten Zähne.

»Läuft aber wie verrückt«, verkündet die vollschlanke Imbisswirtin enthusiastisch und zieht energisch den Frittierkorb mit einer Portion Pommes aus dem heißen Fett.

»Antje muss auch mit der Zeit gehen«, gibt Klaas zu bedenken.

»Ich weiß nich recht«, kräht Paulsen, »wat soll ich mit Kaffeebecher und Brötchen *draußen* rumlaufen, wenn ich hier ganz gemütlich mein Bier an Stehtisch Zwei trinken kann.«

»Hast auch wieder recht, Piet.« Die Imbisswirtin serviert Paulsen sein Rollmops-Brötchen auf einem Teller, den sie auf den Glastresen stellt. »Und für dich Klaas, wie immer? Ladde Macchiato mit wenig Milch?«

Klaas nickt und hängt die Postjacke an den Garderobenhaken. Von der Straße dringt ein lautes Motorengeräusch in den kleinen Imbiss. Der satt dröhnende Motorsound bringt die Scheiben der Imbissstube zum Wackeln. Schäfermischling Susi stellt die Ohren auf. Ein Saugnapf-Schild mit der Aufschrift »Sauerfleisch. Hausgemacht. 3.80 €« rutscht halb von der Scheibe und hängt jetzt nur noch an einem Saugnapf. Antje, Klaas, Piet Paulsen und Hündin Susi starren gebannt auf die Dorfstraße. Ein zerbeulter leerer Coffee-to-go-Becher wird von einer müden Nordseebrise klöternd über den Asphalt geweht. Die gläserne Eingangstür klappert im Rahmen. Das Motorengeräusch wird immer lauter, bis es sogar das Brutzeln der Fritteuse übertönt.

Ein riesiger zerbeulter alter Ford Granada stampft grollend die neblige Dorfstraße an dem Imbiss vorüber. Das Auto hat eine currygelbe Lackierung und ist mit rostigen Beulen übersät. Der Fahrer trägt Cowboyhut und eine Spiegelsonnenbrille. Auf der Rückbank sitzen zwei Indianer.

Piet Paulsen rutscht seine Gleitsichtbrille von der Nase. Klaas stiert mit offenem Mund nach draußen. Und Antje starrt, den fetttropfenden Frittierkorb in der Rechten, dem Auto hinterher.

»Wat sind dat denn für Pappnasen?«, krächzt Paulsen.

»D-d-dat waren Indianer«, stammelt Antje.

»Halloween, oder wat?« Klaas wischt sich ein paar Schweißperlen von der Stirn.

»Eigentlich 'n büschen früh«, überlegt die Imbisswirtin. »Und Karneval ham wir in Fredenbüll auch nich. Bisher.«

Das Sauerfleisch-Saugnapfschild pendelt noch einmal hin und her, dann fällt es scheppernd zu Boden. Susi jault kurz auf. Der große Minutenzeiger der Uhr mit dem altmodischen runden roten Sinalco-Logo, die schon immer über der Eingangstür hängt, springt auf fünf vor zwölf. Piet Paulsen schiebt die schwere Brille auf die Nase zurück. Danach verliert sich das Motordonnern hinter dem Ortsausgang Richtung Schlütthörn.

2

Bounty traut seinen Augen nicht. Neben einem satten Placken getrockneter Schafscheiße mitten in einem üppigen Büschel Spitzkegeliger Kahlköpfe lugt ein Stück Leder oder Plastik hervor. Was ist das? Es sieht aus wie der Griff einer Aktentasche oder eines Koffers, der hier am Rande der großen Weide des Biohofes unter dem Deich vergraben ist.

Zuerst hatte Bounty nur die Pilze entdeckt. Er muss diese Prachtexemplare des Spitzkegeligen Kahlkopfs, diesen kleinen Pilzdschungel nur sehen, schon schießt ihm ein in den schönsten Farben leuchtender Regenbogen durch den Kopf. Wenn die Tage schon wieder etwas kürzer werden und bei Sonnenaufgang der Nebel über den weiten Marschwiesen und Deichen liegt, macht sich der Fredenbüller Althippie regelmäßig auf Pilzsuche. Dabei hat Bounty keine Wiesenchampignons im Blick, die nimmt er sozusagen als Beifang für eine abendliche Pilzpfanne mit. Der einzig übrig gebliebene Bewohner der früheren Landkommune ist auf der Suche nach dem Spitzkegeligen Kahlkopf, dessen halluzinogene Eigenschaften ihm mit einigen bunten Abenden über den bevorstehenden grauen Herbst helfen sollen.

Auf der großen Schafweide des Biohofs Brodersen gedeiht der Zauberpilz besonders üppig. Der Kahlkopf mag keine Gülle, er liebt natürliche Dungablagerungen und das salzige Klima. Ein echter Nordfriese, sagt Bounty immer, und vor allem hundert Prozent Bio. Irgendwie findet er sich in dem champignonartigen, langstieligen Pilz mit dem fingernagelgroßen ockerfarbigen Hut wieder. Der Althippie und Leadgitarrist der Fredenbüller Band »Stormy Weather« hat sich über die Jahre zum echten Pilzexperten entwickelt.

Man muss schon aufpassen, dass man den »Spitzkegeligen Kahlkopf« nicht mit dem »Kegeligen Düngerling« oder dem »Halbkugeligen Träuschling« verwechselt. Die seidig glänzende Hutoberfläche und der flockig genatterte faserschuppige Stiel sind ähnlich. In der Wirkung allerdings gibt es dann doch unverkennbare Unterschiede. Während der Träuschling bestenfalls für eine zünftige Magenverstimmung taugt, sorgt der Kahlkopf dank der enthaltenen Wirkstoffe Psilocybin und Baecocystin bei geringer Dosis für Rauschzustände, bei mittlerer für Halluzinationen und bei hoher Dosis für verzerrte Wahrnehmung, Gleichgewichtsprobleme und Orientierungslosigkeit. Bereits in den späten Siebzigern hatte Charly Krotke, Bountys WG-Genosse aus der Landkommune, nach einer ausgiebigen Pilzparty gleich alles auf einmal erlebt. Vom Deich aus hatte er Störtebeker zusammen mit Jimi Hendrix auf einem Dreimaster die Nordseeküste vor Neutönninger Siel vorbeisegeln sehen, ›The Wind Cries Mary‹ intonierend. Danach war er statt in seinem Bett versehentlich in der damals neuen Waschanlage der Schlütthörner Tankstelle gelandet, hatte dort das Gleichgewicht verloren und war in die meterhohen blau leuchtenden Bürsten gesackt.

Die Vorgänge in der berüchtigten Landkommune in der alten Kate mit dem hohen Heuboden waren damals von der einheimischen Dorfbevölkerung mit wachem Interesse verfolgt worden. Allerdings hatte sich die Kommune schon nach kurzer Zeit wieder aufgelöst, und die einzelnen Mitglieder zerstreuten sich in alle Winde. Sie waren Lehrer,

Heilpraktiker oder Verwaltungsangestellte geworden, was ehemalige Hippies eben so werden. Nur Bounty ist übrig geblieben. Das Haar ist inzwischen dünner geworden und gibt nur noch einen mickrigen grauen Pferdeschwanz her. Aber er trägt noch immer eine blau-weiß gestreifte Latzhose. Er lebt zufrieden mit seiner Ziege Jimi, benannt nach seinem musikalischen Vorbild Jimi Hendrix, in der alten Kate und ist inzwischen in die Fredenbüller Dorfgemeinschaft integriert. Regelmäßig holt er sich in der »Hidden Kist« die von ihm heiß geliebten Schokoriegel mit Kokosfüllung oder guckt mit der Stammbesetzung an Stehtisch Zwei am Samstag Bundesliga.

»Geil«, summt Bounty vor sich hin und durchtrennt mit dem mitgebrachten Küchenmesser die ganze Pilzkolonie an den cremefarbenen Stielen direkt über dem feuchten Boden. Er schüttelt einen Rest getrockneter Schafscheiße aus den Pilzen und lässt sie in einem alten Stoffbeutel verschwinden. Dabei fällt sein Blick wieder auf diesen seltsamen Griff, der aus dem Boden herausschaut. Er kratzt ein bisschen an ihm herum, aber mit dem schmalen Küchenmesser bekommt er den feuchten schweren Marschboden kaum gelockert. Kein Zweifel, hier ist etwas vergraben worden. Nicht erst kürzlich, sondern vor langer Zeit. In Bounty erwacht der Schatzsucher. Immer hektischer sticht er mit dem Messer in die Erde. Dann nimmt er die Hände zu Hilfe und versucht, die feste Erde wegzukratzen. Der Griff liegt jetzt frei, und darunter kommt silbernes Metall zum Vorschein. Es sieht aus wie ein Alukoffer. Ein fetter Regenwurm räkelt sich müde über das Aluminium. Bounty zieht und zerrt an dem Griff, aber der Koffer ist wie festgebacken in der klebrigen Erde. Er hält kurz inne. Was macht er hier eigentlich? Was soll schon in dem Koffer sein? Aber er kann nicht anders, er muss weitergraben. Wie ein Hund scharrt er in der Erde. Die feuchte körnige Erde drückt sich unter seine Fingernägel.

Der Nebel liegt immer noch milchig über den Wiesen. An einem hellen Fleck lässt sich die Sonne nur erahnen. Aus der Ferne durchschneidet das lang gezogene Signal der Nord-Ostsee-Bahn die Stille. Mehrere müde über den Deich trottende Schafe ragen aus den Nebelschwaden heraus. Sonst ist weit und breit niemand in Sicht. Bounty überlegt kurz, ob er schnell einen Spaten holen soll. Aber dann gräbt er mit Händen und Küchenmesser weiter. Er hat keine Ahnung, wie lange er hier schon buddelt, er hat jedes Zeitgefühl verloren. Und dann lässt sich der Koffer auf einmal ein bisschen bewegen. Bounty zieht mit aller Kraft an dem Koffergriff, bis es plötzlich keinen Widerstand mehr gibt. Mit dem Koffer in der Hand fliegt er rücklings in die feuchte Wiese. Zwei Eiderenten ziehen schnatternd über ihn hinweg Richtung Inseln.

Mühsam rappelt Bounty sich wieder auf und betrachtet seine über und über mit Erde verschmierte Beute. Er wischt den gröbsten Dreck vom Metall und kratzt die beiden Kofferschlösser mit dem Messer frei. Das erste Schloss springt dabei wie von selbst auf, das zweite lässt sich erst nach einer Weile knirschend öffnen. Er stellt den Metallkoffer ins Gras und klappt ihn auf. Zwei prall gefüllte Plastiktüten kommen zum Vorschein, deren Inhalt deutlich zu erkennen ist. Bounty schießt das Blut in den Kopf. Ihm ist, als hätte er bereits eine gute Dosis Spitzkegeligen Kahlkopf intus. Der Alukoffer ist randvoll mit Banknoten gefüllt.

Bounty zieht eine der Plastiktüten aus dem Koffer. Mit zittrigen Fingern nimmt er ein Geldbündel aus der Tüte. Es sind 50-Dollar-Noten. Mit seinem erdverschmierten Daumen blättert er einmal durch die Scheine. Er fummelt ein zweites Geldbündel aus der Tüte und hält jetzt 100-Dollar-Scheine in der Hand, die auf der Vorderseite einen Typ mit Stirnglatze und langen Haaren zeigen. »Is ja geil«, murmelt Bounty. Er hat so einen Schein zwar noch nie gesehen, und diesen Typen mit der Matte auch nicht. Lincoln oder Washington sind das nicht, aber irgendein Präsident wird es schon sein.

Die Banknoten in der zweiten Tüte sind eindeutig keine Dollar, überhaupt keine Währung, die er kennt. Auf den grünen Scheinen steht eine dicke Fünfzig und daneben das Bild eines Waldschrats, auf der Rückseite eine Eule und Sterne. Die Nebelschwaden ziehen über die Wiese. Von der Bundesstraße ist ganz plötzlich ein auffälliges Motorengeräusch zu hören. Ein satter hämmernder Sound. Kein Trecker. Es klingt eher wie ein amerikanischer Straßenkreuzer. Das ist kein Auto aus Fredenbüll. Verschwommen sieht der Althippie einen currygelben Riesenschlitten durch den

Nebel schimmern. Er meint unverbrannntes Benzin riechen zu können. Dann verliert sich das unheimliche Grollen hinter dem Deich Richtung Nordsee.

Ohne sich die Scheine näher anzusehen, verstaut Bounty beide Tüten wieder in dem Koffer und verschließt ihn. Ihm wird schwindelig, doch dann hat er sich sofort wieder gefangen. Er überlegt kurz, ob er den Koffer gleich wieder vergraben soll. Oder soll er in der Wache bei Thies Detlefsen vorbeifahren und den Koffer bei dem Fredenbüller Dorfpolizisten abgeben? Aber dann entscheidet er sich anders. Detlefsen trinkt um diese Uhrzeit vermutlich sowieso grad seinen Kaffee in »De Hidde Kist«. Und im Imbiss kann er mit dem Geldkoffer ja schlecht aufkreuzen. So ein Koffer voller Banknoten fordert ein gewisses Maß an Diskretion. So schlurft Bounty mit dem Beutel voller Pilze und dem dreckigen Koffer über die Biowiese zu seiner alten Zündapp-Zweigang. Er schnallt den Koffer auf seinen Gepäckträger, tritt das Moped an und fährt nach Hause. Nur ganz kurz durchfährt ihn dabei der Gedanke, dass dies möglicherweise ein Fehler sein könnte.

3

Thies Detlefsen sitzt am Schreibtisch in seiner kleinen Wache in dem Backsteinbau neben der Freiwilligen Feuerwehr. Nach dem nebligen Morgen verspricht es noch mal ein sonniger, warmer Spätsommertag zu werden. Die Mittagssonne bringt die bereits leicht verfärbten Blätter der Kastanien an der Dorfstraße zum Leuchten. In den Vorgärten strahlen rot und violett die ersten Herbstastern. Eben war Postbote Klaas mit noch prall gefüllter Posttasche wie immer um diese Zeit in Richtung »Hidde Kist« geradelt und hatte zu ihm herübergegrüßt. Oma Ahlbeck, die Mutter des Supermarktbesitzers und Fredenbüller Bürgermeisters, hat gerade den Friseursalon »Alexandra« verlassen und besteigt mit neuer Betondauerwelle und einem Einkaufstrolley den Postbus ins benachbarte Schlütthörn.

Auch Polizeiobermeister Thies Detlefsen ist voller Tatendrang. Nur das Problem ist: Es gibt nichts zu tun. Thies wartet mal wieder verzweifelt auf neue Straftaten. Der Schreibtisch ist penibel aufgeräumt. Auf der abgestoßenen grünen Linoleumplatte liegt keine einzige Akte, nur ein amtliches Schreiben mit der neuesten, äußerst dürftigen Kriminalitätsstatistik von Fredenbüll. Daneben stehen die alte Schreibmaschine Marke »Olympia« und ein mehrfarbiges Kugelschreiberset der Nordfriesischen Raiffeisenbank.

Traurig blickt Thies auf das verblichene Fahndungsplakat der drei flüchtigen Bankräuber Besnik Sinsic, Hans-Rüdiger Zaczyk und Torben Voss, die nun schon seit Jahren höhnisch von der Wand grinsen. Das Trio hatte vor längerer Zeit mit einer Serie von Überfällen mit Geiselnahme und mehreren Toten eine blutige Spur durch die hessische Provinz gelegt. Die Hoffnung, dass Sinsic und seine Komplizen noch den Weg nach Nordfriesland finden, hat Thies längst aufgegeben. Das alte Fahndungsplakat kann ich langsam mal abhängen, denkt sich Thies.

In Fredenbüll ist wieder Ruhe und Ordnung eingekehrt. Leider! Die spektakulären Mordfälle, die das kleine nordfriesische Örtchen in Aufruhr versetzt hatten, sind über zwei Jahre her, und dass der tote Bauunternehmer Pohlmann an der Badestelle in Neutönninger Siel angespült wurde, ist auch fast vergessen. Die kleine Zelle mit der schmalen Liege aus der Zeit, als Thies' Kollege Knut Boyksen noch Revierleiter war und Kiel noch Geld hatte, war über die Jahre ungenutzt geblieben. Alles ist immer noch wie neu. Nur die Klospülung tropft inzwischen.

Mit sorgenvoller Miene studiert Thies zum wiederholten Mal die Kriminalitätsstatistik. Die Zahlen des letzten Jahres sind wirklich alarmierend. Thies hatte lediglich einen Fahrradunfall mit Beteiligung eines Bioschafes auf dem neuen Radweg nach Neutönninger Siel vorzuweisen, jede Menge Strafmandate wegen Falschparkens am Deich und natürlich die obligatorischen Geschwindigkeitsüberschreitungen auf der Bundesstraße nach Schlütthörn: Nordseeurlauber und ein paarmal der Schimmelreiter, der wie bei Theodor Storm ebenfalls Hauke heißt und nachts in seinem perlmuttmetallicweißen Ford Mustang, Baujahr 1978, den Deich am Koog entlangfegt. Doch bei Straftaten herrscht absolute Ebbe. Was ist nur los mit den Fredenbüllern? Hundertprozentiger Rückgang bei den Tötungsdelikten. Dass es bei den Körperverletzungen lediglich achtzig Prozent sind, ist nur einer kleinen Rempelei beim letzten Schützenfest zu verdanken. Den Diebstahl einer Großpackung Grillkohle aus dem Edeka-Markt durch zwei Jugendliche aus dem Ort hatte Filialleiter und Bürgermeister Hans-Jürgen Ahlbeck leider gar nicht erst zur Anzeige gebracht. Treckerlärm vom Biohof und Jauchemief aus der Geflügelhalle zählten auch nicht zu den Offizialdelikten. Die Beschwerden des Eppendorfer HNO-Professors Müller-Siemsen und seiner Gattin, die außerhalb von Fredenbüll ein proper renoviertes Reetdachhaus besitzen, finden in keiner Statistik ihren Niederschlag. Und auch das Lieblingsprojekt von Bürgermeister Hans-Jürgen Ahlbeck – »Fredenbüll soll Luftkurort werden« – verspricht keinen Aufschwung der Kriminalität. Kürzlich hatte Thies Besuch von einem Beamten der Polizeidirektion Flensburg bekommen. Der arrogante Schlaumeier aus der Stadt hatte da schon wieder so verdächtige Äußerungen gemacht. Flensburg erwäge eine Schließung der Polizeinebenstelle in Fredenbüll, und Thies solle sich schon mal auf eine mögliche Versetzung einstellen. Die Vorstellung, nach Bredstedt oder sogar ins anonyme Husum versetzt zu werden, ist für ihn der blanke Horror.

In Thies' sorgenvollen Blick mischt sich Panik, und er bekommt seinen Kuhblick. Thies sieht ja eigentlich gut aus in seiner knapp sitzenden Polizeiuniform, besonders seit er die neue Frisur aus dem Salon »Alexandra« hat. Nach der tragischen Verletzung seines Lieblingsspielers vor der letzten WM hat ihm Friseurmeisterin Alexandra, assistiert von Lehrling Janine, statt des kleinen blonden Strubbelspoilers vorne jetzt eine Marco-Reus-Bürste verpasst, als Akt mitfühlender Solidarität sozusagen. Ein großes Foto der Frisur hängt seit einem halben Jahr auch im Schaufenster des Salons. Auf den Grillfesten kommt der neue Schnitt bei der Fredenbüller Damenwelt bestens an. »Irgendwie schnittig«, findet sogar Thies' Frau Heike. Aber wenn Thies panisch wird oder ein Bierchen zu viel intus hat, bekommt er eben immer diesen Kuhblick, der nicht so recht zur neuen Frisur passt.

Thies' düstere Gedanken werden plötzlich von einem dumpf grollenden Motorengeräusch unterbrochen. Und das während der Mittagsruhe, denkt sich Thies empört. Wahrscheinlich wieder der Schimmelreiter. Aber der Motor klingt irgendwie tiefer, bedrohlicher. Das Grollen wird lauter.

4

In der Filiale der Nordfriesischen Raiffeisenbank im Nachbarort Schlütthörn herrscht
Hochbetrieb. Zwei Kunden befinden sich im
Schalterraum. Kurz vor der Mittagspause will
die frisch frisierte Oma Ahlbeck ihre Rente
abholen. Außerdem wartet die Bredstedter
Zahnärztin Ute Butz-Christensen auf ein An-
lageberatungsgespräch mit Filialleiter Heiko
Thormählen, der in einem Hinterzimmer re-
sidiert.

Die junge Kassiererin Wencke Petersen hat
im Moment alle Hände voll zu tun.

Die gebürtige Fredenbüllerin hat nach einer
Banklehre im fernen Schleswig eine Anstel-
lung als Kassiererin in der kleinen Filiale gefunden. In ihrem dunklen Hosenanzug, mit
dem strengen Pferdeschwanz und der akkura-
ten pink schillernden Fielmann-Brille sieht
Wencke Petersen tatsächlich wie ein Bankfräulein aus. Aber am Wochenende trägt sie
regelmäßig ihr Haar offen, dreht sich gern mal
Locken rein und zwitschert ab ins pulsierende

Bredstedt. Dann wird Wencke zur Discoqueen.

Heute Morgen ist davon nichts zu merken. Wencke Petersen hilft Frau Ahlbeck am Automaten beim Ausdrucken der Kontoauszüge. Ihre Handtasche hält die korpulente Frau Ahlbeck in der Rechten, ihren Hackenporsche hat sie vor einem Ständer mit Broschüren zur Altersvorsorge der Raiffeisenkassen geparkt. Zahnärztin Ute Butz-Christensen wartet auf einer Sitzgelegenheit zwischen zwei Hydrokulturen und blättert mit sorgenvollem Blick in einem Ordner mit Depotauszügen.

»Ich bin mit Herrn Thormählen verabredet«, drängelt die Zahnärztin ärgerlich an die junge Kassiererin gewandt und sieht auf ihre Uhr. »Meine Patienten warten. Ich hab nicht ewig Zeit.«

»Ich frag gleich mal nach, Frau Doktor«, antwortet Jungbankerin Wencke beflissen, während sie Frau Ahlbecks Kontoauszüge aus dem Drucker zieht.

»Ich kann mir schon vorstellen, dass Ihr Herr Thormählen sich am liebsten drücken möchte. Aber ich habe mit dem Herrn Filialleiter dringend etwas zu besprechen.« Sie knallt geräuschvoll den Aktenordner zu.

»Wahrscheinlich wieder fix am Rechnen, der Heiko«, schreit die schwerhörige Frau Ahlbeck durch den überschaubaren Schalterraum.

»Nur, dass er sich bei mir leider fix *ver*-rechnet hat«, erwidert Ute Butz-Christensen gallig.

»Is sowieso gleich Mittag«, gibt Oma Ahlbeck zu bedenken. Der Zahnmedizinerin steigt Zornesröte ins Gesicht.

In dem Moment wird der Schalterraum ganz plötzlich in gelbes Licht getaucht. Currygelb. Auf dem Fußweg direkt vor der Filiale hat sich ein riesengroßer zerbeulter alter Ford Granada vor den Eingang geschoben. Das satte Motorengeräusch ist sogar durch die neuen Sicherheitsfenster der Bankfiliale zu hören.

Zwei Männer mit Indianermasken hechten aus dem Fond, der Fahrer, der Cowboyhut und Spiegelsonnenbrille trägt und sich außerdem ein schwarzes Tuch vor Mund und Nase gebunden hat, schält sich etwas langsamer aus dem verrosteten Oldtimer. Der Wagen steht so nahe an der Eingangstür, dass er kaum aussteigen kann. Die beiden Indianer sind mit abgesägten Schrotflinten bewaffnet, der Cowboy trägt einen Colt und hat einen großen Plastikmüllsack dabei.

Die drei stürmen dicht hintereinander in die Bank. Mit ihnen zusammen weht ein Duftgemisch aus Auspuffgasen und nicht verbranntem Benzin durch die weit aufgestoßene Eingangstür in den Schalterraum. Einer der beiden Indianer gibt mit der doppelläufigen Schrotflinte eine Salve in die Decke ab. Eine Neonröhre zersplittert knallend und zischelnd. Putz und Teile der Deckenverkleidung rieseln herab.

»Das ist ein Überfall!«, schreit der kleinere der beiden Indianer und hält die Waffe demonstrativ in die Luft. Er trägt einen hellblauen Trainingsanzug, der nicht recht zu der Maske passt. »Schön ruhig bleiben!«, brüllt er warnend. Die Maske mit Kriegsbemalung und heruntergezogenen Mundwinkeln blickt grimmig.

Kassiererin Wencke stößt einen spitzen Schrei aus, und Frau Butz-Christensen umklammert erschrocken mit beiden Armen ihren Aktenordner. Nur Oma Ahlbeck blickt mehr interessiert als ängstlich.

»Wer-r-r hier ist zuständig?«, will der Cowboy mit slawischem Akzent wissen. Die Anwesenden sehen ihn mit großen Augen an, worauf der grimmige Indianer eine zweite Salve in die Hydrokultur neben der Zahnärztin abfeuert. Eine ganze Ladung brauner Granulatkügelchen stäubt auf und ergießt sich kullernd über den Boden. Frau Butz-Christensen verkriecht sich hinter ihrem Aktenordner.

»Wer-r ist Filialleiter?«, brummt der Cowboy wieder.

»Alle stumm hier, oder wat?«, schaltet sich jetzt auch der andere Indianer ein, der einen Kopf größer als sein Stammesbruder ist. Er spricht mit unverkennbar norddeutschem Dialekt. Seine Indianermaske blickt noch grimmiger. Sie hat eine auffällige Kriegsbemalung und einen angestaubten Federschmuck. Irgendwie durchschauen die Bankräuber noch nicht, wer hier Bankangestellter und wer Kunde ist. Der jungen Wencke Petersen ist das ganz recht.

»Dat ist doch sicher fürs Fernsehen, oder?«, verkennt Oma Ahlbeck den Ernst der Lage und wedelt fröhlich mit den gerade ausgedruckten Kontoauszügen in der Hand.

»Fernsehen? Von wegen, Oma. Wir sind echt.« Der kleinere Indianer im Trainingsanzug, der nur ein Stirnband trägt, wird richtiggehend sauer und hält Frau Ahlbeck die Schrotflinte vor die Nase.

»Vorsichtig, junger Mann«, warnt Oma Ahlbeck und schiebt den Lauf der Flinte beiseite. »Ich war grad beim Friseur.« Frau Ahlbeck fasst sich prüfend in ihre bläulich getönte Betondauerwelle.

Auch der slawische Cowboy, der wie der Bandenchef wirkt, wird ungeduldig »Ist denn hier-r-r niemand der-r-r Chef?«

»Gute Frage«, traut sich Ute Butz-Christensen vorlaut, aber mit dünner Stimme hinter ihrem Leitzordner hervor. »Der Herr Filialleiter hat sich in seinem Hinterzimmer verkrochen und lässt das hier alles seine Frau Petersen machen.«

Wencke Petersen fühlt sich ertappt. Ihr ist sämtliche Farbe aus dem Gesicht gewichen. Auf solch eine Situation ist sie in ihrer Banklehre eigentlich nie richtig vorbereitet worden. Das Wort *Deeskalation* fällt ihr ein und die taktische Maßnahme, die ihnen damals empfohlen wurde: »*Persönlichen Kontakt zum Täter herstellen*«. Wencke weiß nicht recht.

»Ich kenn dat doch. Wie heißt dat? Versteckte Kamera?« Oma Ahlbeck sieht erwartungsvoll zu dem größeren Indianer mit Stirnband auf.

»Nee, nee, Frau Ahlbeck«, raunt die bleiche Wencke ihr zu.

»Langsam hab ich die Faxen dicke«, schreit der Indianer im Trainingsanzug. »Und Oma, du hältst mal deinen Rand.«

»Nun werden Sie mal nicht frech, junger Mann.«

»Wir bleiben alle ganz ruhig«, vermittelt der andere in breitem Norddeutsch und betrachtet sich dabei in dem Spiegel zwischen Hydrokultur und Garderobenhaken. Sorgfältig zieht er sich seine Indianermaske zurecht.

Der Cowboy hat währenddessen das Hinterzimmer geentert. Mit vorgehaltener Waffe schubst er jetzt Filialleiter Heiko Thormählen vor sich her in den Schalterraum.

»Wir sind nur eine kleine Filiale«, stammelt der Filialleiter in einem kornblumenblauen Anzug. »Wir haben hier ganz wenig Bargeld in der Bank.« Heiko Thormählen hat Schweißperlen auf der Stirn. »Bargeldloser Verkehr, Sie verstehen? Und wir sind hier auf dem Land.« Er gackert verschreckt auf.

»Dat wolln wir doch erst mal sehen!« Der norddeutsche Indianer wirkt nicht überzeugt.

»Und was ist mit meiner Rente?«, will Oma Ahlbeck besorgt wissen.

»Kann nich ma einer die Oma abstellen!«, schreit der Kleine.

»Mein Gott, Thormählen, tun Sie, was diese Leute sagen«, fordert die Zahnärztin den Filialleiter energisch auf und blickt verärgert hinter ihrem Aktenordner hervor.

Der kleine Indianer feuert eine weitere Salve in die Hydrokultur, die Substratkügelchen fliegen durch den Raum, Zimmerpalme und Zahnärztin zittern um die Wette.

»Vorsicht, die schönen Pflanzen!«, sorgt sich Oma Ahlbeck und tapert in Richtung Einkaufstrolley.

»Verdammte Scheiße, schaff Omma hier weg!«, schimpft der Bandenchef. »Wo ist Klo?«

»Toilette, ja natürlich«, piepst Jungbankerin Wencke und blickt verschreckt.

Der Jugo rückt ihr auf die Pelle. Die Kassiererin spiegelt sich in seiner Sonnenbrille. »Und, wo?«, blafft er sie an.

»Ach s-s-so… im Keller«, stottert Wencke.

Der Cowboy deutet dem kleineren Indianer mit seinem Revolver erst auf die Frauen, dann Richtung Kellertreppe. Der Indianer zieht ein Plastikband aus der Tasche seines Trainingsanzugs und fesselt erst Rentnerin Ahlbeck und dann die Bankangestellte an den Händen hinterm Rücken.

»Was machen Sie denn jetzt?«, protestiert Oma Ahlbeck, die gar nicht weiß, wie ihr geschieht. »Auuu... das tut weh, Sie schnüren mir ja die Hände ab.«

Wencke Petersen blinkert hektisch. »Euch passiert schon nix«, raunt ihr der große Indianer in beruhigendem Norddeutsch zu. Er hebt beschwichtigend die Hände. Dann betrachtet er sich noch mal im Spiegel und streicht sich eine blonde Haarsträhne hinter die Maske. Da kann Wencke kurz den Teil eines Tattoos auf seinem Unterarm sehen. Es sieht auch aus wie Federn eines Indianerkopfschmucks und darunter stehen die Buchstaben Z Y H O R S E. Damit kann Wencke im Augenblick wenig anfangen.

Der Cowboy zeigt derweil mit seiner Waffe auf Ute Butz-Christensen. »Du ruhig sitzen bleiben.« Dann wendet er sich an Filialleiter Thormählen. »So, Kollegge, und wir gehen an Kasse.« Er drückt ihm den Plastiksack in die Hand und hält die Waffe an seinen Kopf.

Währenddessen schubst der kleine Indianer

die beiden Frauen die Kellertreppe hinunter. »Ja, vamos, die Damen, aber 'n bisschen hopp.« Er drückt Wencke den Lauf seiner Schrotflinte in den Rücken. Im Untergeschoss drängt er die beiden in die enge Toilette, zieht den Schlüssel an der Innenseite der Tür ab, knallt die Tür zu und schließt von außen ab.

Wencke Petersen drängt sich mit Frau Ahlbeck in der kleinen Kabine.

»Das ist ja eine Frechheit«, ereifert sich die Mutter des Bürgermeisters. »Und ich denk noch, die sind vom Fernsehen.«

Wencke Petersen fehlen die Worte.

»Ganz schön eng hier, nä, Wencke?«, schreit Oma Ahlbeck. Mit ihrem stattlichen Busen drückt sie die Kassiererin an die Toilettenwand. In der Kniekehle spürt Wencke die Klopapierrolle. Im Gesicht kitzelt Frau Ahlbecks neue Dauerwelle, der Duft des Haarsprays beißt ihr in der Nase.

»Setzen Sie sich doch hin, Frau Ahlbeck«, bietet Wencke ihr an.

»Setzen is gut, wohin denn?«

»Ja … na ja … aufs Klo.« Oma Ahlbeck setzt sich ächzend auf den Klodeckel, so gut das mit auf dem Rücken gefesselten Händen geht. Trotz allem ist sie froh, fürs Erste aus der direkten Schusslinie zu sein. Die Kassiererin lehnt erschöpft und blass an der Wand und lauscht angestrengt nach oben. Im Schalterraum scheinen die Bankräuber jetzt dabei zu sein, die Kasse auszuräumen. Es entsteht eine Unruhe. »Das soll alles sein? Das ist nicht wahr-r-r!«, hört sie den Anführer schreien.

»Wie gesagt…«, winselt Filialleiter Thormählen. Den Rest können die beiden Damen im Kellerklo nicht verstehen, nur eine Kanonade von Kraftausdrücken. Dann hören sie Schritte auf der Treppe ins Untergeschoss. Die Stimmen werden lauter.

»Von weggen, hier gebben es keine Tresor! Und was ist das hier?«, poltert der jugoslawische Cowboy.

»Ach so, d-d-den hier, das ist nur … also …«

»Nix redden, aufmachen.«

»Keine Faxen, Meister!«, motzt einer der Indianer. Der andere hält wahrscheinlich oben die Zahnärztin in Schach, denkt sich Wencke. In der Toilette wäre auch kein Platz für eine dritte Person. Sie lauscht weiter.

»Los, aufmachen die Kiste. Wir haben keine Zeit«, schnaubt der Indianer.

Wencke meint das Ticken des drehbaren Zahlenknopfes auf dem Tresor zu hören.

»Nicht dat die mir mit meiner Rente übern Deich gehen.« Oma Ahlbeck blickt sorgenvoll von ihrem Toilettensitz hoch.

»Keine Sorge, ich hab Ihnen ja noch nichts ausbezahlt«, raunt Wencke Petersen.

»Was sagst du, Wencke?«, schreit Frau Ahlbeck.

Die Bankangestellte hält sich den Finger vor den Mund.

»Ich hab Ihnen die Rente ja noch nicht ausbezahlt«, flüstert sie eindringlicher.

»Das ist es ja«, gibt Oma Ahlbeck lautstark zu bedenken. »Du glaubst doch wohl nich, min Deern, dat diese Wildwest-Gauner hier auch nur einen Cent liegen lassen.«

Da erhebt sich wieder die Stimme des Ausländers im benachbarten Tresorraum. »Ich nicht glaube, was ich sehe.« Dann hört man das metallene Geklapper von Geldkassetten.

»Ich glaub, ich werd verrückt!«, meldet sich der andere Bankräuber zu Wort. Auf einmal scheint es ein Gerangel zu geben, gefolgt von einem Schmerzensschrei des Filialleiters.

»Die sind ganz schön brutal, nä, Wencke.« Oma Ahlbeck verzieht das Gesicht. »Besonders der lütte Indianer.«

»Der große Indianer dagegen is 'n büschen freundlicher«, findet das Bankfräulein.

Die beiden hören, wie etwas dumpf gegen eine Tür knallt, ein Stuhl fällt scheppernd um, Thormählen stöhnt. Jemand rennt die Treppe hinauf. Wencke und Frau Ahlbeck horchen. Sind jetzt alle wieder oben im Schalterraum? Plötzlich hört man einen Schuss und kurz darauf einen startenden Motor und das Summen durchdrehender Reifen.

»Wencke!«, schreit Oma Ahlbeck und zeigt auf die Toilette. »Ich müsste wohl tatsächlich mal.«

Dann fällt noch ein Schuss.

5

Rosa-violett getuschte, in der Abendsonne schimmernde Wolkenbilder ziehen von der See über das grüne Deichvorland hinweg. Angelica Müller-Siemsen hat sofort den Salzgeschmack in der Nase, den eine laue Spätsommerbrise von der Nordsee herüberweht und an der Frontscheibe ihres schwarzen Audi-Cabriolets vorbeistreichen lässt. In ihrer schicken giftgrünen Steppjacke von Joop, die sie kürzlich in einer Pöseldorfer Boutique erstanden hat, lässt es sich im offenen Wagen aushalten. Sie schlägt den Kragen aus Bisonfell hoch. Der Fahrtwind fährt ihr in die blond gefärbten Haare, die in den letzten Jahren deutlich dünner geworden sind. Aus der Musikanlage des Autos perlt Sades Smooth-Jazz, der früher auch irgendwie cooler klang.

Angelica hat diese Fahrten immer genossen. Doch das Hochgefühl, das sie sonst immer erfasst, sobald sie die hohe Brücke über den Nord-Ostsee-Kanal überquert und die kleinen, graden Nebenstraßen am Sönke-

Nissen-Koog durch die weite Landschaft fliegt, will sich heute nicht einstellen. Angelica Müller-Siemsen ist immer noch aufgewühlt. Dass ihr Ehemann, der Eppendorfer HNO-Professor Ulrich Müller-Siemsen, immer mal wieder kleine – wie sie es nennt – Techtelmechtel mit jungen Kolleginnen, Studentinnen und Schwestern pflegt, damit hatte sie sich inzwischen fast abgefunden. Das hatte nie wirklich eine Bedeutung gehabt. Ulrich und sie hatten ihr gemeinsames Leben in ihrem Eppendorfer Freundeskreis, mit ihren Konzertbesuchen, Malkursen und Essenseinladungen mit französischem Käse vom Isemarkt. Auf den Dinnerpartys war Angelica, mit C statt K, worauf sie großen Wert legt, immer noch der Mittelpunkt.

Vor allem haben sie ihr historisches altes Reetdachhaus an der Nordseeküste. Jahrelang hatten sie an dem baufälligen Haus herumrenoviert, aber stets streng nach historischen Vorbildern. Sie hatten den Kampf mit den Holzwürmern im Fachwerk aufgenommen, hatten alte Steinböden freilegen lassen, sie selbst hatte alte Bauernschränke mit nach Originalrezepturen selbst hergestellten Naturfarben restauriert. Auf einem extra erworbenen Wiesenstück hatte Ulrich sich mit einer Bienenzucht versucht, allerdings mit zweifelhaftem Erfolg. Die Honigausbeute war bescheiden, die Schwellungen im Gesicht des Hobbyimkers nach einer Attacke des Bienenvolkes dagegen waren beachtlich gewesen. Zuerst hatten sich die Fredenbüller über den verschrobenen Hamburger Professor, der mit Strohhut und Bienenkorb auf dem Gepäckträger seines alten Hollandrads durchs Dorf schaukelte, noch lustig gemacht. Aber seit er regelmäßig in »De Hidde Kist« einkehrt oder sich bei Antje die von ihm geliebte Rote Grütze holt, ist er in die Dorfgemeinschaft integriert. Außerdem unterstützt er Huberta von Rissen bei der Organisation ihrer legendären Kammerkonzerte auf dem Gut. Und wenn er auf dem Fest der Freiwilligen Feuerwehr mit der rassigen Friseurmeisterin Alexandra flirtet, dann sieht Angelica großzügig darüber hinweg, meist geht sie gar nicht erst mit auf die Festivität. Ulrich liebt eben nicht nur die Kammermusik, sondern auch das Volksvergnügen. Den Spaß lässt sie ihm.

Es ist noch ein warmer Spätsommertag. Aber die Sonne kommt nicht mehr richtig durch. Jetzt in der Dämmerung liegt Nebel über den Wiesen. Eine Gruppe Schafe mit neonfarben auf das Fell gesprayten Zahlen sieht dem vorbeirasenden Cabrio hinterher. Angelica Müller-Siemsen tritt wütend aufs Gaspedal. In einer der wenigen Kurven kommt der Wagen fast von der Straße ab und droht in den Graben zu rutschen. Ihr ist das in dem Moment egal.

Ulrich ist für mehrere Tage zu einem Ärztekongress nach London gereist. Und heute Morgen hatte sie ein Handy gefunden, das offensichtlich ihrem Mann gehört. Er hatte es scheinbar vergessen, aber es war nicht das Telefon, das er normalerweise benutzte. Sie hatte gleich ihren Mann unter der bekannten Handynummer in London angerufen, und er war auch ans Telefon gegangen. Das Telefon, das vor ihr lag, blieb stumm. Was war das für ein Handy? Warum hatte Uli ein Telefon, von dem sie nichts wusste? Ein Krankenhaus-Telefon, von dem er ihr nichts erzählt hatte?

Angelica hatte es sofort genauer untersucht. Sie hatte sich die Nummern der Gesprächsteilnehmer und die zuletzt empfangenen und gesendeten SMS aufgerufen. Mit einer Ausnahme, einer nordfriesischen Festnetznummer einer Dr. Butz-Christensen, war es immer ein- und dieselbe Nummer. Die SMS wurden von einer gewissen Conchita geschrieben.

»Erwarte dich beim Nachtdienst! Conchita.« – »Kann ohne dich nicht sein, mein Nasenbär«.

Wie witzig! Als Kosename für einen HNO-Arzt! Nein: Degoutant!

Und dann vor allem diese SMS: »Sehe dich nachher auf Tagung in FB. U.« Angelica wusste sofort, was das bedeutete: FB, das war kein Ärztekongress in Freiburg, FB, das konnte nur Fredenbüll heißen. Es war der Gipfel der Geschmacklosigkeit. Wenn der Herr Professor zwischendurch immer mal schnell nur für eine Nacht in ihr Ferienhaus fuhr, dann nicht, um nach seinen Bienen zu sehen, wie er behauptete, sondern weil er sich in dem von ihr an langen Wochenenden bemalten Bauernbett wahrscheinlich mit irgendeiner jungen Assistentin verlustierte.

Wer ist diese Conchita? Fieberhaft ging sie das weibliche Personal der Klinik durch, das sie von Klinikempfängen und einer Kunstvernissage in den Eppendorfer Räumen kannte. Vor ihrem inneren Auge erschienen Assistenzärztinnen, die hysterisch über die Bonmots ihres Mannes lachten und die Haare warfen, die attraktiven MTAs und die rassige, für Hörtests zuständige Audiologieassistentin. An attraktiven Frauen herrschte in der HNO Eins der Eppendorfer Klinik kein Mangel. Sie kannte viele seiner Kolleginnen, aber in einer Universitätsklinik gab es natürlich auch häufigen Personalwechsel. Angelica hatte als Erstes im Krankenhaus direkt angerufen. Doch dort kannte niemand eine Conchita. Wahrscheinlich war es ein Kosename. Klang reichlich nach abgehalftertem Hollywood oder billigem Musical.

Dann war Angelica noch etwas ganz anderes wieder eingefallen. Schon seit längerer Zeit hatte sie sich gewundert, dass die gewohnten Zuwächse in ihrem Wertpapierdepot auf einmal ausblieben. Ulrich arbeitete nicht unbedingt weniger. Er war Chef der HNO-Abteilung einer Universitätsklinik. Er hatte jede Menge Privatpatienten und korrigierte fleißig Nasenscheidewände und räumte Stirnhöhlen aus. Er hatte damit immer ordentlich verdient. Über ihre finanzielle Situation hatte Angelica einen besseren Überblick als ihr Mann. Sie legte die Gelder an, verwaltete die Wertpapierdepots der Familie und verhandelte mit den Anlageberatern der Banken. Doch in letzter Zeit gab es kaum mehr etwas anzulegen. Er operiere nicht mehr so viel, hatte Ulrich gesagt. Aber heute Mittag hatte sie einen ganz anderen Verdacht. Sie suchte nach dem Ordner mit den Abrechnungen seiner Privatordinationen, die einzigen Bankbewegungen, auf die der Professor selbst ein Auge hatte. Und in diesem Ordner entdeckte sie regelmäßige fünfstellige Überweisungen auf ein Konto der Nordfriesischen Raiffeisenbank in Schlütthörn.

Angelica fiel es wie Schuppen von den Augen: Dahinter steckte auch diese Unbekannte. Sie muss herausbekommen, wer diese Conchita ist. Und dann hatte Angelica Müller-Siemsen eine Idee gehabt. Sie schrieb eine SMS auf dem gefundenen Handy: »Heute Abend wie üblich Kongress in FB. Komm bitte! Dringend. Hab was zu besprechen. U.«

Schon nach wenigen Minuten kam die Antwort: »Du klingst so geheimnisvoll. Komme. Freu mich! Conchita.«

6

Als Thies Detlefsen in der Schlütthörner Bankfiliale vorfährt, gibt es bereits einen mittleren
Menschenauflauf vor dem Eingang. Der Mechaniker der Schlütthörner Tankstelle, im
blauen Overall und mit verschmiertem Gesicht, steht zusammen mit der Frau des orts-
ansässigen Obstbauern in der Tür. Zwei Kinder, die der Schulbus gerade ausgespuckt hat,
drängen sich an ihnen vorbei in den Schalterraum.

»Sagt mal, ich glaub, ich spinne«, blafft der
Fredenbüller Polizist die Schulkinder an. »Dat
is 'n Tatort hier! Schön Abstand halten! Kapiert?!«

»Da liegt unsere Zahnärztin im Blumenkas-
ten.« Eines der beiden Schulkinder zeigt auf
Ute Butz-Christensen, die reglos mit einem
blutverschmierten zerfransten Loch auf der
Stirn halb in den Hydrokulturen hängt. Auf
dem Sitz daneben wird Heiko Thormählen
verarztet. Der Notarzt aus dem Husumer
Nordseeklinikum versucht vergeblich, den Fi-

lialleiter aus seinem blauen und jetzt blut-
durchtränkten Anzug herauszuschälen, um
die Schusswunde im Oberarm zu versorgen.
Schließlich greift er zur Schere.

Thies nickt dem Notarzt zu und wirft einen
kurzen Blick auf das Mordopfer. »Dat darf
nich wahr sein. Alle die mit der Sache nichts
zu tun haben, sofort raus hier. Am besten ab
nach Hause!«

»Dann kann ich ja gehen. Ich hab mit dem
Ganzen nix zu tun, ich wollte nur meine Rente
abholen.« Oma Ahlbeck sitzt schwer atmend
auf einem Drehstuhl, den ihr die leichenblasse
Wencke Petersen kurzerhand aus der Kasse
herübergerollt hat. Sie hält mit beiden Händen den Griff ihres Einkaufstrolleys fest umklammert. Die Handtasche liegt auf dem
Schoß.

»Nee, Frau Ahlbeck, Sie brauchen wir
noch, Sie sind doch Zeugin, oder? Die Kommissarin kommt gleich, Spurensicherung und
so weiter.« Thies macht ein wichtiges Gesicht.
»Hat doch hoffentlich keiner wat angefasst.
Ich sag immer gleich: Nix anfassen!«

Thies hat mit Mordfällen ja mittlerweile
Erfahrung. Als eben die Meldung über den
Bankraub mit der Toten bei ihm einging, hat

er sofort die Mord Zwei in Kiel alarmiert. Kriminalhauptkommissarin Nicole Stappenbek wollte sich gleich ins Auto setzen und den Kollegen von der Spurensicherung mitbringen.

Jetzt holt Thies Detlefsen erst mal das rotweiße Absperrband aus dem Auto, das er im Kofferraum immer dabei hat, und sperrt den Eingang der Raiffeisenfiliale großräumig ab.

»Mächtig in Äktschn, wat, Thies.« Der Tankwart steckt sich eine Zigarette ins ölverschmierte Gesicht.

Im Schalterraum begutachtet Thies die tote Zahnärztin. Das Einschussloch mitten auf der Stirn wirkt seltsam akkurat. Es sieht regelrecht nach einer Exekution aus. Thies schaut besser nicht länger hin. Ein Ständer mit Werbeprospekten liegt umgestürzt mitten im Raum. Die Werbebroschüren der Raiffeisenbanken mit der Aufschrift »Wir machen den Weg frei« liegen überall verteilt, dazwischen Granulat aus der Hydrokultur. Die alte Frau Ahlbeck sitzt, ihren Hackenporsche fest im Griff, noch auf dem Drehstuhl und atmet schwer. Wencke Petersen läuft hektisch im Schalterraum umher und sammelt das Prospektmaterial vom Boden.

»Nee, Wencke, bloß nich, nix anfassen, dat is 'n Tatort hier.« Die Jungbankerin blickt Thies verunsichert an. »Da muss erst mal die Spusi ran. Aber die sind gleich da.«

Nach mehreren Mordfällen ist Polizeiobermeister Detlefsen mit den Abläufen bestens vertraut. »Wie is dat denn überhaupt abgelaufen?«

Wencke Petersen fehlen im Augenblick die Worte.

»Ja, Wencke, jetzt bist du zuständig. Hättest du auch nich gedacht, dass du hier so schnell Filialleiterin wirst.«

»Mensch, Thies, hör bloß auf.« Sie wird immer nervöser.

»Wir dachten zuerst, die sind vom Fernsehen«, meldet sich Oma Ahlbeck stattdessen zu Wort.

»Na ja, Frau Ahlbeck dachte das.« Wenckes geschminkte Augen zwinkern aufgeregt hinter der rosa fluoreszierenden Brille. »Ich war mit Frau Ahlbeck gerade Kontoauszüge ausdrucken, da kamen die reingestürmt – zu dritt.«

»Ein Cowboy und zwei Indianer«, schreit Frau Ahlbeck.

»Indianer?«, fragt Thies erstaunt.

Währenddessen bugsieren die Rettungssanitäter aus dem Notarztwagen den verletzten Filialleiter auf einer Trage nach draußen.

»Moment!«, protestiert Thies. »Wo wollt ihr mit Heiko Thormählen hin. Ich muss den Mann verhören.«

»Dat geht jetzt nich, siehst doch selbst«, brummt einer der beiden Sanitäter. »Der Mann is momentan nich vernehmungsfähig.«

»Ja, wat denn, wir haben hier Bankraub mit 'ner Toten, und Thormählen ist der Filialleiter.« Thies läuft neben der Trage her. »Wo bringt ihr ihn hin?«, fragt er die Rettungssanitäter.

»Husum. Nordseeklinikum«, bellt der Sanitäter, während er die Trage auf die Schiene im Heck des Unfallwagens setzt.

»Und wat is mit der Frau da drinnen?«, will Thies von dem Notarzt wissen.

»Für die kommen wir zu spät. Das ist ein Fall für euren Gerichtsmediziner.«

Dann wendet sich Thies noch schnell an den Filialleiter der Schlütthörner Raiffeisenbank. »Heiko, ganz kurz: Wie viele waren das? Wer hat geschossen? Und wat hab'n sie mitgehen lassen.«

Einer der Sanitäter schüttelt verständnislos den Kopf.

»Die waren zu dritt«, haucht der Raiffeisenbanker mit dünner Stimme. Sein schmerzverzerrtes Gesicht ist kalkweiß. Kurz bevor die Sanitäter die Heckklappe des Krankenwagens schließen, stöhnt Thormählen kaum vernehmbar aus dem Innern des Unfallwagens: »'ne Viertelmillion«.

»Viertelmillion?« Detlefsen glaubt, er hat sich verhört. »Wat wollt ihr denn hier in Schlütthörn mit so viel Geld?«

7

Die ersten Blätter der großen Kastanie vor dem Biohof haben ein paar gelbliche trockene Flecken. Vor dem großen Scheunentor sind diverse Kürbisse auf Holzbänken drapiert. Der Hof mit dem schönen alten Kopfsteinpflaster ist mit Autos aus dem gesamten Bundesgebiet vollgeparkt. An den Wänden der Tenne hängen Plakate für das bevorstehende große Kürbisfest. Im Hintergrund tröpfelt leise Meditationsmusik aus den hinter getrockneten Kräutern versteckten Lautsprechern. Der Hofladen ist brechend voll. Mit weggetretenem Lächeln, aber wachem Geschäftssinn verpackt Lara Brodersen Fläschchen mit Duftölen in braunes Packpapier und berät die überwiegend weibliche Kundschaft. Ihre neue Hilfskraft, eine arbeitslose Ergotherapeutin, die zu ihrer nebenberuflichen Tätigkeit als Hellseherin dringend dazuverdienen muss, sortiert auf 450-Euro-Basis Klangschalen und Kürbisse in die bienengewachsten Holzregale.

»Eichen-mo-o-os«, haucht Lara Brodersen

einer Kundin, die ein grünes Duftfläschchen in der Hand hält, mit bedeutsamer Stimme zu. »Du weißt, das hat niedrige Schwingungen.«

Die Kundin, in Sachen »Schwingungen« nicht ganz auf dem neuesten Stand, blickt fragend.

»Schlaffördernd«, raunt die bleiche Lara Brodersen bedeutsam. »Wenn du etwas Energetisierendes suchst, würde ich dir *Autumn Breeze* empfehlen.« Sie öffnet ein Fläschchen, aus dem es penetrant nach verfaultem Laub muffelt.

»Mhmmm«, summt die Kundin.

»Birte, bring mir doch mal eine von unseren Duftschalen«, weist Lara Brodersen ihre neue Hilfskraft sanft, aber bestimmt an. »*Autumn Breeze* habe ich jetzt ganz neu für den kommenden Herbst destilliert. Das ist beruhigend, aber auch erhebend und erotisierend.«

»Riecht irgendwie ein bisschen … na ja.«

»Das ist das Aroma der Natur«, säuselt Lara, während sie einige Tropfen Herbstbrise in das Duftschälchen träufelt. »Die duftende Seele der Pflanze.«

Die Kundin verzieht das Gesicht. »Ich glaub, ich nehm doch lieber das Fichtennadelöl.«

»Waldig und auch energetisierend«, summt Lara.

»Und dann hätte ich noch gern eine dieser schönen Bürsten. Die sind wirklich schön, so ganz …«

»… ganz einfach«, bringt Lara den Satz bedeutungsvoll zu Ende.

Im Biohof Brodersen hat sich allerlei verändert in den letzten zwei Jahren. Nach dem brutalen Mord an dem schönen Biobauern Jörn Brodersen, dem gar nicht so heimlichen Schwarm der gesamten Fredenbüller Damenwelt, war es eine Weile ruhig geworden um den stolzen historischen Fachwerkhof im Ortskern von Fredenbüll. Die Witwe Lara Brodersen hatte die Produktion ihrer berühmten Duftöle zeitweilig eingestellt. Die Reklametafel mit der Aufschrift DINKEL-KISSEN HIER lag halb von Gras überwuchert im Graben. Lara Brodersen, »dat Gespenst«, wie sie von Postbote Klaas und dem Rest der Besetzung in die »De Hidde Kist« getauft wurde, hatte nach dem Tod ihres Mannes gänzlich die Bodenhaftung verloren und soll Tag und Nacht im weißen Gewand und mit noch blasserer Gesichtsfarbe als sonst meditierend durch Tenne und Heuboden des Fachwerkhofes geschwebt sein.

Aber dann hatte sich »dat Gespenst« mit dem bekannten Fernsehmoderator Markus März getröstet und erstaunlich schnell wieder gefangen. Seit Kurzem war der Talkshow-Moderator zusammen mit seinem halbwüchsigen Sohn Marvin Manolo aus geschiedener zweiter Ehe sogar hier eingezogen. Die meiste Zeit hielt er sich zwar immer noch in Hamburg auf, um seine Sendung ›Daily März‹ zu moderieren. Aber der Talkmaster hatte gerade ein Buch über das ursprüngliche, einfache friesische Landleben geschrieben. ›Glück hinterm Deich‹, mit dem prominenten kantigen Konterfei und dem eckigen Grinsen des Moderators auf dem Cover, klettert gerade die Bestsellerlisten empor. Darin predigt der selbst ernannte Deichgraf die Besinnung auf das Wesentliche, schwärmt von würzigem Mist und gibt praktische Tipps für das Nähen mit Rinde und zur Herstellung von Holzrechen in Maßarbeit. In verschiedenen Hochglanzmagazinen posiert der Moderator mit dekorativ verwehtem Haar und in Vintage-Lederjacke als Landlord auf einem Trecker-Oldtimer oder mit Heugabel und in jauchefestem Schuhwerk neben einem Misthaufen. Dabei assistiert ihm ein Model im dekorativ verschwitzten Hemd der neuen selbst kreierten »Deichlust«-Modelinie und präsentiert mit extra erdigen Fingernägeln frisch geerntetes Fredenbüller Biogemüse.

Die Produkte aus dem Hofladen sind inzwischen heiß begehrt. So viele Lammkeulen, wie die aus der Großstadt angereiste Kundschaft gerne hätte, gibt der Biohof nicht her. Und auch mit der Produktion ihrer Kräuteröle kommt Lara Brodersen kaum hinterher. Zum Meditieren hat sie kaum mehr Zeit. Ihre Seminare »Hühner für Anfänger«, »Mantel und Mütze aus Moos« oder »Mundgeblasenes Fensterglas« finden regen Zulauf. Ganz so zerrupft wie früher sieht Lara Brodersen auch nicht mehr aus. Die strohigen hellblonden Haare hat sie neuerdings zu einem Timoschenko-Haarkranz geflochten.

An den Wochenenden fallen dann neuerdings die Hamburger Medienleute in Fredenbüll ein. Wirtin Renate, in deren Einzimmerpension sich höchst selten mal ein Gast verirrte, hat ein zweites Gästezimmer eingerichtet und ist ständig ausgebucht. Etliche Kollegen von Markus März haben in der Gegend alte Reetdachkaten mit traditionellem Fachwerk und munterem Holzwurmleben darin erworben.

Beim letzten Schützenfest zelebrierte die Fernsehschickeria in stilvoller Landmode derbe Genever-Gelage. Nach ausgiebiger Zecherei kam es zu kurzfristigen Verbrüderungen zwischen einheimischen Nordfriesen, polnischen Saisonarbeitern und der angereisten Kulturschickeria. Nur der verwöhnte Marvin Manolo mag sich nicht recht mit dem einfachen Landleben arrangieren und findet Misthaufen schlicht kacke.

Auch die Stammbesetzung in »De Hidde Kist« beobachtet die neueste Entwicklung mit Skepsis. Der Imbiss platzt am Wochenende aus allen Nähten. Wirtin Antje kommt mit der Produktion des berühmten »Putenschaschlik Hawaii« und der neu kreierten Rollmops-Burger kaum hinterher. Die vor zwei Jahren erworbene italienische Kaffeemaschine läuft an den Wochenenden heiß. Nur wenn die Großstadt-Ladys fragen, ob die Fischbrötchen auch »organic« seien und der Latte Macchiato laktosefrei, blickt Antje noch etwas ratlos hinter ihrem Glastresen mit Sauerfleisch und Roter Grütze.

Zur samstäglichen Bundesligazeit kam es in dem engen Imbiss zu ersten ernsthaften Unstimmigkeiten. Stehtisch Zwei, der heilige Stammplatz von Piet Paulsen, Postbote Klaas und Thies Detlefsen, war beim Eintreffen des Landmaschinenvertreters a. D. eine Stunde vor Spielbeginn durch ein paar fröhlich zechende Jungjournalisten in St.-Pauli-Shirts besetzt.

»Freunde, wir haben hier 'ne Dauerkarte«, hatte Paulsen mürrisch gekrächzt und mit Blick auf die braunen St-Pauli-Hemden hatte HSV-Anhänger Paulsen gebrummt: »Und dat wollen wir hier gar nich erst einführen.«

Die hippe Jungjournaille war dann aber sofort zu Althippie Bounty an Stehtisch Eins umgezogen. Und nach mehreren von ihnen spendierten Runden Jägermeister wurde es sogar noch ein ganz launiger Fußballnachmittag, zumal der HSV mit einem Auswärtspunkt in Mönchengladbach glimpflich davongekommen war. Inzwischen gucken die Männer jetzt regelmäßig in »De Hidde Kist« zusammen Fußball, während sich die Frauen auf dem Dachboden des Biohofes zum Trance-Tanzen treffen.

Die Meditationsmusik im Hofladen wird schon wieder von dem Martinshorn eines Unfallwagens übertönt. Vor ein paar Minuten war ein erster Notarztwagen die Fredenbüller Dorfstraße Richtung Schlütthörn entlanggebrettert. Kurz danach hatte Thies Detlefsen in seinem altersschwachen Escort mit der verunglückten Polizeilackierung und mobilem Blaulicht den Ort verlassen. Jetzt donnert ein zweiter Krankenwagen am Biohof vorbei. Hellseherin Birte stößt vor lauter Schreck das *Autumn-Breeze*-Duftfläschchen um, worauf der ganze Laden in faulig-schimmligem Jauchemief erstickt und die Kundin endgültig vom Duftölkauf Abstand nimmt.

Auf der Dorfstraße gibt es auf einmal ungewöhnlich regen Autoverkehr. Markus März' Journalistenkollege von der Hamburger Boulevardzeitung röhrt in einem grasgrünen Porsche-Oldtimer den Blaulichtern hinterher. Auch die Kundschaft verlässt auf einmal fluchtartig den Bioladen, um zu sehen, was da in der Provinz vor sich geht. Die Blaulichter haben ganz plötzlich die Sensationslust der ruhesuchenden Landlustjünger geweckt. Lara Brodersen und Aushilfe bleiben verdattert hinter ihrer Duftölkollektion zurück.

»In Schlütthörn hab'n sie die Bank überfallen«, ruft Postbote Klaas in den Laden und schwingt sich dann sofort in blau-gelber Montur auf sein Fahrrad.

Halb Fredenbüll ist aus den Häusern gekommen. Friseurmeisterin Alexandra, Lehrling Janine und die unvollendete Dauerwelle Frau Bandixen mit Lockenwicklern und Friseurumhang stehen im Eingang des Salons und blicken fasziniert der Autokolonne hinterher. Der Bürgermeister und Besitzer des Edeka-Frischemarktes Hans-Jürgen Ahlbeck, Sohn von Oma Ahlbeck, lässt vor Schreck fast die Plakate mit dem Sonderangebot »Schattenmorellen. Drei Gläser 3,98 €«, die er gerade ans Schaufenster klebt, fallen.

»Banküberfall in Schlütthörn!«, ruft der vorbeiradelnde Klaas ihnen zu. »Angeblich mehrere Tote!«

»Um Gottes willen, meine Mutter wollte zur Bank!«, ruft der Edeka-Mann ihm entsetzt hinterher. Eine der Reklamefolien klebt jetzt halb auf seinem Kittel.

8

Thies staunt nicht schlecht, als Nicole Stappenbek zusammen mit Spusi-Mann Mike Börnsen in einem nagelneuen Mondeo in der silbernen Zivillackierung bei der Raiffeisenbank vorfährt. Die Kieler Kriminalhauptkommissarin hat schon wieder einen neuen Dienstwagen abbekommen, während Thies immer noch seinen altersschwachen Privatwagen mit der provisorischen Polizeilackierung fährt. Seit Jahren ärgert sich Thies über die falsche Lackierung. Erst hatte der Idiot von der Tankstelle in Schlütthörn die Farben vertauscht. Kotflügel grün, Motorhaube weiß, normalerweise gehört das umgekehrt. Und nachdem Thies Frau Heike auf dem Edeka-Parkplatz mit Vollgas rückwärts in die Einkaufswagen gerauscht war, hatte der Schlütthörner Mechaniker den Kotflügel hinten rechts im neuen Polizei-Blau gespritzt. »Sieht irgendwie nich aus«, findet Klaas, und Thies muss ihm recht geben. Aber die Hoffnung auf ein neues Dienstfahrzeug hat er mittlerweile aufgegeben. Er ist ja schon froh, wenn sie seine Polizeinebenstelle Fredenbüll nicht dichtmachen. Die tote Zahnärztin könnte fürs Erste seine Rettung bedeuten.

Zu Hause allerdings droht neuer Ärger, befürchtet Thies. Seine Frau Heike ist auf die blonde Kommissarin gar nicht gut zu sprechen. Bei seinen letzten beiden Mordfällen hatte Thies wohl etwas zu offensichtlich für Nicole geschwärmt. Beim Fredenbüller Feuerwehrfest waren sich Hauptkommissarin und Polizeiobermeister unter dem nächtlichen Sternenhimmel auf dem Deich unerwartet nähergekommen. Zuletzt hatte Nicole Heike den ganzen schönen Familienurlaub auf Amrum vermasselt. Nicht nur Thies, auch die Zwillinge Telje und Tadje bewunderten die Kommissarin, die sie inzwischen »Tante Nicole« nannten. Heike hatte getobt.

Nicole Stappenbek und Kriminaltechniker Mike Börnsen tauchen synchron unter dem gestreiften Absperrband durch. Thies hat die Kieler Kommissarin lange Zeit nicht gesehen. Sie sieht wieder gut aus, denkt er sich. Braun gebrannt und die blonden Haare, in denen auch bei schlechtem Wetter eine Sonnenbrille steckt, wie immer mit einem Haargummi zu einem kurzen Pferdeschwanz zusammengebunden. Aber irgendetwas ist anders. Ihre Jacke. Statt der hässlichen mokkabraunen Lederjacke trägt sie jetzt eine in rostbraunem abgeschabtem Leder mit ein paar Nieten drauf. Sieht ein bisschen nach Wildwest aus. Viel schöner ist die eigentlich auch nicht.

»Na, schon wieder neues Auto und neue Lederjacke, oder?«, fragt Thies unvermittelt.

»Ich brauchte mal 'ne neue.« Nicole Stappenbek lacht ihn an.

»Aber so auf alt gemacht. Schick«, flunkert Thies.

Nicole küsst Thies auf beide Wangen.

»Und du, neue Frisur?« Nicole deutet auf seine Marco-Reus-Bürste und lacht ihn an. Thies bekommt sofort seinen Kuhblick.

Mike Börnsen setzt ebenfalls sein breitestes Grinsen auf. »Moin Thies, bei euch ist ja wieder gefährliches Pflaster.« Der Spusi-Mann, der schon seinen weißen Tatort-Schutzanzug trägt, harkt sich seine blonde Jungensfrisur einmal quer über die Stirn. Thies begrüßt ihn mit Handschlag. »Ohne dich wären wir wohl bald arbeitslos.« Dabei hat Börnsen bereits die tote Zahnärztin im Blick.

»Ach, Mike, hör bloß auf.« Wenn es nach Thies ginge, hätte Nicole den vorlauten Kriminaltechniker gern in Kiel lassen können. Bei ihren ersten gemeinsamen Mordfällen hatte der blonde Spusi-Mann der gesamten Fredenbüller Damenwelt den Kopf verdreht und auf dem Feuerwehrfest betanzt. Sogar Thies' Frau Heike hatte für den jungen Kriminaltechniker geschwärmt. Mike Börnsen hatte sich in Fredenbüll mächtig aufgespielt. Aber so wie es in der Schlütthörner Raiffeisenfiliale aussieht, brauchen sie hier dringend einen Kriminaltechniker.

Kriminalhauptkommissarin Stappenbek wendet sich sofort der toten Zahnärztin zu. »Haben wir die Identität der Toten?«

»Ja, dat is Frau Dr. Butz-Christensen ...« Thies kann den Satz kaum zu Ende bringen, da fällt ihm lautstark Frau Ahlbeck ins Wort. »Dat is die neue Zahnärztin in Bredstedt. Ich hab nächste Woche 'n Termin bei ihr, ich soll neue Zähne kriegen. Wat wird damit denn nu?«

»Und wer sind Sie?«, fragt Nicole und schnieft einmal kräftig durch die Nase. Mit ihren Allergien ist es scheinbar immer noch nicht besser geworden, und das Rauchen hat sie sich auch noch nicht abgewöhnt. Aus einer

Brusttasche der neuen Lederjacke lugt die obligatorische goldene Benson & Hedges-Schachtel heraus.

»Dat is Frau Ahlbeck, die Mutter unseres Bürgermeisters in Fredenbüll.«

»Und Sie waren bei dem Überfall dabei?«

»Zuerst ja«, schreit die korpulente Oma Ahlbeck. »Aber dann hat uns ja der kleinere von den beiden Indianern in der Toilette eingeschlossen.«

»Indianer?« Mike Börnsen muss schon wieder grinsen. Nicole blickt Thies fragend an.

»Ich hab mich auch schon gewundert«, erklärt Thies. »Dat sollen wohl zwei Indianer und ein Cowboy gewesen sein. Wencke, sach du am besten mal ... Dat is Wencke Petersen, sie ist hier Kassiererin«, stellt Thies die Bankangestellte vor.

Ehe die schüchterne Wencke etwas sagen kann, meldet sich wieder Frau Ahlbeck zu Wort. »Der kleine Indianer, dat war so 'n giftiger, der war richtig unverschämt. Der andere Indianer war netter, und er sah auch besser aus, so 'n stattlicher Typ.«

»Hatten die jetzt Masken auf, oder wie darf ich mir das vorstellen?«, will die Kommissarin wissen.

»Ja, die waren verkleidet«, sagt Wencke kleinlaut. »Einer hatte einen Cowboyhut auf, eine Sonnenbrille und ein Tuch vor Mund und Nase, und die anderen beiden hatten Gummimasken auf, wie gesagt, Indianer. Frau Ahlbeck hat schon recht, der größere der beiden war sehr viel freundlicher. Der war eigentlich sogar ganz nett.«

Mike Börnsen sieht die Kommissarin stirnrunzelnd an und lässt anschließend seinen Blick durch den Raum wandern. »Ich werd mich derweil schon mal um die Tote kümmern und ein paar Spuren sichern.« Er geht zum Auto, um seinen Alukoffer zu holen.

»Hat einer von Ihnen denn mitbekommen, wer den tödlichen Schuss auf Frau Butz… ähh …«

»… Christensen!«, antworten Wencke, Oma Ahlbeck und Thies im Chor.

»… Butz-Christensen abgegeben hat«, bringt Nicole Stappenbek den Satz zu Ende.

»Nee, wir waren ja auf der Toilette eingeschlossen«, wiederholt Frau Ahlbeck mit einer Selbstverständlichkeit, als wären Thies und Nicole dabei gewesen.

»Also, dann lassen Sie uns mal ganz von vorne anfangen.« Nicole wird langsam ungeduldig. »Die Täter waren zu dritt, das haben Sie beide mitbekommen? War sonst noch jemand im Raum hier anwesend?«

»Na ja, die Frau Doktor.«

»Die tote Zahnärztin.«

»Nee, die war ja zuerst noch lebendig«, verkündet Oma Ahlbeck in Saallautstärke.

»Davon geh ich mal aus«, seufzt Nicole und schnieft einmal kräftig durch die Nase. »Aber wer die Zahnärztin erschossen hat, haben Sie nicht gesehen? Vorher haben die Täter Sie in der Toilette eingeschlossen, richtig?«

»Was denn?«, schreit Frau Ahlbeck.

»Sie waren in der Toilette eingeschlossen!«, schreit die Kommissarin zurück.

»Dat sag ich doch.« Frau Ahlbeck blickt beleidigt und fasst sich mit einer Hand in die kräftige Hüfte.

»Na, Nicole, kommst klar?« Börnsen, der mit seinem KTU-Koffer gerade wieder den Schalterraum betritt, grinst breit und widmet sich dann den Einschusslöchern in der Deckenverkleidung und den Pflanzenkübeln. Zwischendurch winkt Oma Ahlbeck plötzlich nach draußen. Sie hat unter den Schaulustigen ihren Sohn im Edeka-Kittel entdeckt, der gerade über das Absperrband klettern will, aber von einem Sanitäter des zweiten Krankenwagens daran gehindert wird.

»Und wer ist der Verletzte, den sie eben abtransportiert haben?«, fragt Nicole Stappenbek weiter.

»Dat is Heiko Thormählen, der Filialleiter«, erklärt Thies.

»Der saß erst in seinem Büro, bis der Cowboy ihn da rausgeholt hat«, rekapituliert Schalterfräulein Wencke die Ereignisse.

»Der Cowboy?«, seufzt Nicole.

Thies kommt ihr zu Hilfe. »Wie is dat mit Täterbeschreibung? Wencke, wie sahen die Männer aus?«

»Mal abgesehen davon, dass es Indianer waren«, ergänzt Nicole.

»Der große hatte so richtigen Federschmuck.« Frau Ahlbeck gerät regelrecht ins Schwärmen. »Aus Gummi oder so, nä, aber sah richtig echt aus.«

»Frau Ahlbeck …!«

»Der kleine Indianer hatte einen hellblauen Trainingsanzug an«, sagt Wencke Petersen. »Und der Cowboy hatte so 'n ausländischen Akzent.«

»Der war ganz schlecht zu verstehen«, trompetet die Rentnerin.

»Sie hört nich mehr so gut«, flüstert Thies Nicole zu.

»Thies, wat soll dat denn heißen?«, ruft Oma Ahlbeck empört. Was sie nicht hören soll, versteht sie grundsätzlich sehr gut.

»Können Sie den Akzent etwas genauer bestimmen?«, will die Kommissarin von Wencke wissen.

»Osten, würde ich sagen.« Wencke überlegt. »Irgendwie klang er so ähnlich wie der Wirt vom Dubrovnik in Bredstedt.«

»Dubrovnik-Grill. Haben sie aber letztes Jahr dichtgemacht. Is jetzt 'n Chinese drin«, erklärt Thies.

»Der brutale Kleine in dem Trainingsanzug sprach ... ja, ich würd sagen, dat war Hochdeutsch«, sprudelt es jetzt auf einmal aus dem Bankfräulein heraus, »und der Große könnte hier aus der Gegend gewesen sein.«

»Ja, der längere der beiden Indianer hat sehr schön deutlich gesprochen«, schwärmt Oma Ahlbeck.

Mike Börnsen pult, auf einer Trittleiter stehend, mit einer Pinzette mehrere Projektile aus der Deckenverkleidung und lässt sie erst in kleinen Plastiktütchen und dann in seinem Alukoffer verschwinden. »Das is hier 'n kleineres Kaliber, Schrotflinte oder so«, ruft Börnsen von seinem Stuhl herunter. »Nach der Mordwaffe bei der Frau sieht mir das nich aus.«

»Haben Sie auf der Toilette etwas von den Schüssen mitbekommen?«, fragt Nicole die beiden Zeuginnen.

»Die haben hier ja gleich mächtig rumgeballert, als sie reingestürmt sind.« Frau Ahlbeck wirft einen verschämten Blick auf die tote Zahnärztin. »Aber, wie gesagt, da war Frau Doktor noch lebendig.«

»Dann fielen erst mal keine Schüsse mehr«, ergänzt Wencke Petersen. »Erst zum Schluss wieder. Aber das konnten wir nur aus dem Klo hören.«

»Zum Schluss? Was heißt das?«, will die Kommissarin genauer wissen.

»Als sie aus der Bank getürmt sind, haben sie noch mal geschossen.« In Oma Ahlbecks Gedächtnis arbeitet es, und dabei hat sie den Einkaufswagen fest im Griff. »Mehrmals, glaube ich.«

»Das waren zwei Schüsse, und es hörte sich fast an, als ob die Gangster aus der Bank schon draußen waren«, überlegt Wencke laut.

»Wie soll dat denn gehen?«, gibt Thies zu bedenken.

»Die Schüsse waren drinnen, Wencke!« Frau Ahlbeck ist sich ganz sicher.

»Ja, ich weiß auch nicht. Klingt komisch, nä? Aber mir ist so, dass draußen der Wagen schon wegfuhr, als geschossen wurde.« Wencke blinkert mit den geschminkten Wimpern.

Nicole legt die Stirn in Falten, und Thies zeigt Ansätze seines Kuhblicks.

»Wie ich gehört habe, sollen die Täter eine größere Summe erbeutet haben«, wendet sich Nicole Stappenbek an die Kassiererin. »Erstaunlich, wie viel Geld Sie hier in Ihrer Filiale in… ähh… Schlütthörn haben.«

»Ja, genau dat hab ich auch schon gesagt, ganz schöner Batzen für so 'ne kleine Filiale«, pflichtet Thies der Kommissarin bei.

»Na ja, wie viel war das? Rente von Frau Ahlbeck hatte ich ja noch nicht ausbezahlt.« Wencke Petersen überlegt. »So knapp viertausend Euro.«

»Wie bitte?«

9

»Antje, machst uns noch 'ne Runde Rollmops-
Burger ... mit begleitenden Getränken«,
gluckst Bounty und hebt alle fünf Finger seiner rechten Hand.

»Begleitende Getränke?«, wundert sich die
vollschlanke Imbisswirtin.

Postbote Klaas hält die Bierflasche mit dem
Bügelverschluss hoch.

»Fünf Bier?«

Die auf die beiden Stehtische verteilte
Truppe nickt. Schäfermischling Susi sieht zwischen den Imbissgästen hin und her.

»Wat is los, Bounty, hast im Lotto gewonnen?« Landmaschinenvertreter Piet Paulsen
schiebt die schwere Gleitsichtbrille auf die
Nase zurück.

»Na ja, so ähnlich.« Bounty grinst breit.
Der Althippie, wie immer in gestreifter Latzhose, spendiert ganz gegen seine Gewohnheit
und zum Erstaunen der anderen Stammkun-
den bereits die dritte Runde.

»Jo, jo. Wieder ordentlich wat von deine

Grünpflanzen vertickert oder wie seh ich dat.« Paulsen zieht den Schirm seines Basecaps der Nordfriesischen Raiffeisenbank verschwörerisch ins Gesicht.

»Mensch, Piet! Psst!« Klaas deutet unauffällig auf Thies und die Kieler Kommissarin.

»Freunde, ich will davon gar nix wissen. Und Nicole sicher auch nich. Wir hab'n sowieso anderes zu tun.« Thies guckt wichtig. Er knöpft die obersten Knöpfe seiner Polizeijacke auf.

»Antje, nach so 'n Fischbrötchen brauch ich aber noch wat Richtiges«, krächzt Piet Paulsen und bleckt die dritten Zähne, die der Bredstedter Zahnarzt, der Vorgänger von Frau Dr. Butz-Christensen, eindeutig eine Nummer zu groß ausgesucht hat.

»Wie immer, Piet? Putenschaschlick Hawaii?«

»Ja, Antje, schön scharf und nicht zu viel Ananas.«

»Mögen Sie auch noch was anderes essen, Frau Kommissarin?« Antje zieht die Holzstäbchen aus den Rollmöpsen und lässt ihre Spezialsoße auf die Fischbrötchen träufeln. »Ich kann Ihnen auch 'n Croque machen.«

»Nicole! Wir waren schon beim Du.« Die Kommissarin schnupft kurz und lacht Imbisswirtin Antje an.

»Ach so, ja klar. Nicole. Ich hab jetzt was Neues: Croque Störtebeker.«

»Interessant.« Bei den Ermittlungen zu ihrem ersten Mordfall in Fredenbüll hat Kriminalhauptkommissarin Stappenbek ihre Mahlzeiten gemeinsam mit Postbote Klaas und Rentner Piet Paulsen eingenommen. Sie hat zusammen mit Paulsen vor der Tür etliche Benson & Hedges geraucht und sich vorwiegend von Antjes leckeren Croque-Kreationen ernährt. »Croque Störtebeker? Was darf man sich darunter vorstellen?«

»Dat is wie 'n Fischbrötchen, nur länger«, kräht Paulsen.

»Richtig lecker.« Thies läuft gleich das Wasser im Munde zusammen.

Die Stimmung in »De Hidde Kist« steigt. Der hohe Besuch von KHK Stappenbek aus Kiel wird gebührend bei ein paar kühlen Getränken gefeiert. Antje, Klaas und Bounty bewundern Nicoles neue Vintage-Lederjacke. Dabei werden die ersten Ermittlungsergebnisse diskutiert. Doch die sind bislang ausgesprochen mager.

»Die hab'n ja richtig fette Beute gemacht, nä.« Klaas lässt den Bügelverschluss einer Bierflasche ploppen.

»Fette Beute?« Thies runzelt die Stirn unter der Marco-Reus-Bürste.

»Viertelmillion! Haben sie eben im Radio gesagt.«

»Da gehen die Angaben noch auseinander«, kommt Nicole Thies zuvor. Der Ermittlungsstand ist noch dürftig. Aber die spärlichen Ermittlungsergebnisse muss man den anderen ja nicht unbedingt auf die Nase binden, findet Nicole.

»Wir hab'n die hier ja heute Morgen vorbeifahren sehen«, sagt Antje mit ernster Miene. »Ein Cowboy und zwei Indianer. Da müssen die direkt auf dem Weg zur Bank gewesen sein. Jede Wette.« Die vollschlanke Imbisswirtin pudert eine Extraportion Curry über Paulsens Putenschaschlik.

»Wisst ihr denn schon, wo die Pistoleros hin sind?«, will Bounty wissen und gackert in sich hinein.

»Dat ist ja das Merkwürdige«, antwortet Thies traurig. »Wir haben dat alles abgeriegelt, sämtliche Straßen, so gut es geht. Eigentlich is dat ja ziemlich übersichtlich bei uns.«

»Kannst dich nur hinterm Deich verstecken«, stellt Paulsen treffend fest.

»Streng genommen hätten uns die Täter ins Netz gehen müssen. Aber die sind nirgendwo aufgekreuzt.« Thies schüttelt den Kopf und nimmt einen Schluck aus der Bierflasche. »Wie vom Erdboden verschluckt.«

»Ja, hier, nu pass auf!« Postbote Klaas verschluckt sich fast an seinem Fischbrötchen. »Der Schimmelreiter ist wohl vorhin am Hauke-Haien-Koog diesem gelben Auto begegnet. Er dreht ja abends immer 'ne Runde.«

»Ach, du meine Güte, den Schimmelreiter gibt's auch noch«, schnieft Nicole. Schon bei ihrem ersten Fredenbüller Fall hatte der Schimmelreiter eine Rolle gespielt.

»Was hat er denn gesagt? Wo hat er sie gesehen?«, will Thies wissen.

»Ja, wat hat er gesagt?«, Klaas überlegt. »Gelber Wagen… currygelb …«

»Curry?« Nicole blickt ungläubig und nimmt auf dem Glastresen ihren Croque Störtebeker in Empfang. »Das will er bei dem Nebel gesehen haben?«

»Ja, Curry hat er gesagt.«

»Mit Autolackierungen kennt der Schimmelreiter sich aus«, gurgelt Bounty.

»Dat ist ja wie auf mein' Putenschaschlik hier«, bemerkt Paulsen verblüfft.

Nicole muss grinsen.

»Und der Motor hatte angeblich einen Wahnsinnssound«, sagt Klaas.

Nun muss man wissen, dass der Schimmelreiter in seinem Ford Mustang Modell »King Cobra« die Rückbank herausgenommen und stattdessen zwei stattliche 1000-Watt-Boxen eingebaut hat, aus denen ausschließlich das dumpfe Dumm-dumm-dumm von AC/DC zu hören ist. In letzter Zeit machte der Motor Zicken, und der Mustang hustete noch lauter als sonst. Außengeräusche müssen also schon recht deutlich sein, um dagegen anzukommen.

»Wenn die noch hier in der Nähe sind, dat muss man doch irgendwie hören«, findet Wirtin Antje.

»Nich, wenn sie dat Fluchtfahrzeug gewechselt haben«, gibt Thies zu bedenken. »Die sind inzwischen vielleicht mit 'm Fahrrad unterwegs. Haben wir doch alles schon gehabt. Die sind hier noch ganz in der Nähe, jede Wette. Und jetzt suchen sie sich irgendwo 'n Schlafplatz.« Thies sieht zu der Sinalco-Uhr über der Tür. »Schon nach neun.«

»Thies, ich weiß nicht, muss ja vielleicht nix bedeuten«, Antje stellt Schäfermischling Susi ihren Fressnapf mit Kartoffelsalatresten hin, »aber als ich eben noch mal mit Susi draußen war, brannte bei Professor Müller-Siemsen in seinem Reetdachhaus dat Licht. Und der Professor is nich da und seine Frau auch nich.«

»Und wat is mit seine junge Assistenzärztin«, raunt Piet Paulsen.

»Nee, Piet, wat soll die hier ohne den Professor. Und der is nich da, der hätte sich sonst längst Rote Grütze bei mir rausgeholt.«

KHK Stappenbek und POM Detlefsen sehen sich vielsagend an.

10

Als Angelica Müller-Siemsen sich mit dem
Auto ihrem Haus nähert, sieht sie schon Licht
brennen. Vor dem Haus steht ein brauner
Mini Cooper mit Hamburger Kennzeichen.
Das alte Fachwerkhaus mit dem stolzen Reet-
dach liegt außerhalb des Örtchens abgelegen
auf einer Warft. Auf der Wiese zwischen dem
Biohof Brodersen und der Halle des Geflü-
gelbarons Dossmann führt eine kleine Stich-
straße auf zwei schmalen Spuren aus Beton-
platten Richtung Nordsee. Nachdem man
einen Deichdurchlass, der bei Sturmfluten geschlossen werden kann, passiert hat, kann
man von Weitem schon das schmucke Ferienhaus der Müller-Siemsens sehen.

Inzwischen ist es dunkel. Der Nebel ist
noch dichter geworden. Der Mond ist nicht
zu erkennen, nur eine diffuse, milchige Licht-
scheibe am Himmel. In der Ferne ist das Bel-
len eines Hundes zu hören. Angelica fährt den
Wagen hinter das kleine Häuschen aus rotem
Backstein, das neben der Deichdurchfahrt un-

ter einigen Pappeln steht. Von hier hat sie einen ungehinderten Blick auf das Haus, wird selbst aber weder von der Straße noch vom Haus aus gesehen. Sie will sich erst mal mit gebührendem Abstand ein Bild davon machen, wer dieses Flittchen, diese Conchita ist. Sie zückt ihr Fernglas, das sie wohlweislich mitgenommen hat. Im Augenblick sieht sie nur die erleuchteten Fenster. Eigentlich wirklich schön, unser Häuschen, denkt sie bei sich, als sie plötzlich die Silhouette einer Frau im Licht ihrer antiken Küchenleuchte sieht. Als sich die Frau zum Licht dreht, erkennt sie sie sofort: Sandra Siggelkow, die langjährige Assistentin ihres Mannes und seit Kurzem Oberärztin. Sie hatte mit vielem gerechnet, aber nicht mit dieser biederen Dr. Sandra Siggelkow.

Was wollte Ulrich von dieser grauen Maus? Sie mochte ja vielleicht eine große Nummer beim Korrigieren schiefer Nasenscheidewände sein. Aber auf Empfängen und Cocktailpartys war diese altkluge Schnepfe eine unübertroffene Langweilerin. Schon dieser akkurate, biedere Pagenschnitt, der aussieht, als würde sie ihn jede Woche nachschneiden lassen. Und die nennt sich ausgerechnet »Conchita«? Einfach lächerlich! Angelica ist wütend und schämt sich richtiggehend für ihren Mann. Das ist alles einfach unwürdig.

Sie kann sehen, wie Sandra-Conchita in ihrer Küche eine Flasche Weißwein entkorkt und sich ein Glas einschenkt. Sie bewegt sich in ihrer Küche, als gehörte sie ihr. Was bildete diese Tusse sich eigentlich ein? Dann setzt sie sich auf einen der von Angelica in mühsamer Arbeit restaurierten Melkschemel, die Müller-Siemsens als Sitzgelegenheit am Küchentisch haben. Doch kurz darauf steht sie wieder auf und blickt nach draußen. »Tja«, raunt Angelica, »da kannst du dumme Pute lange auf deinen Professor warten.«

Sie will gerade ihr Fernglas einpacken und zu ihrem Auto gehen, als ein laut röhrendes Auto mit viel zu hoher Geschwindigkeit und lautem Motorstampfen die schmale Straße auf den Deichdurchlass zurast. Ohne das Tempo wesentlich zu drosseln, donnert der demolierte gelbe Straßenkreuzer an ihr vorüber und hält genau vor ihrem Haus. Zwei Gestalten springen aus dem Wagen und gehen erst zögernd, aber dann entschlossen auf den Eingang zu. Einer der Männer klingelt und klopft an der Tür, der andere sieht durch das Fenster in die erleuchtete Küche.

Schon nach wenigen Augenblicken öffnet Sandra Siggelkow die Tür, wird aber sofort von dem kleineren der beiden Männer zurückgestoßen und in den Hausflur geschubst. Der größere folgt ihr. Was geht hier vor? Angelica Müller-Siemsen kann sich überhaupt keinen Reim darauf machen und verharrt angespannt auf ihrem Beobachtungsposten.

Nach wenigen Minuten kommt der große wieder aus dem Haus. Er geht zu dem Wagen, spricht mit dem Fahrer und deutet zu dem Fachwerkschuppen, worauf das im Mondlicht gelb leuchtende Auto mit lautem Motorhämmern hinter dem Haus verschwindet. Beide Männer gehen ins Haus.

Was hat das alles zu bedeuten? Was hat Sandra Siggelkow mit diesen Männern zu tun? Und was haben die überhaupt in ihrem Haus zu suchen?

Ehe Angelica einen klaren Gedanken fassen kann, hört sie einen zweiten Wagen. Er bewegt sich deutlich langsamer auf die Deichdurchfahrt zu als das erste Auto. Sie geht in Deckung. Am Steuer des silbergrauen Wagens sitzt eine blonde Frau und auf dem Beifahrersitz ein Mann in Polizeiuniform. Sie erkennt den Fredenbüller Dorfpolizisten Thies Detlefsen. Soll sie nun beunruhigt oder froh darüber sein?

Der Wagen hält ein Stück vor dem Haus. Die Frau und der Polizist steigen aus dem Wagen und gehen langsam auf das Haus zu, um dann plötzlich geduckt weiterzulaufen. Sieht sie das richtig, dass die Frau, die keine Uniform trägt, eine Waffe in der Hand hält?

Der Uniformierte klingelt an der Haustür, während sich die Frau mit gezogener Waffe an die Mauer drückt. Eine ganze Weile passiert nichts. Dann wird die Tür von Sandra Siggelkow geöffnet. Auch die blonde Zivilbeamtin tritt aus dem Schatten heraus und verstaut ihre Waffe unter ihrer Jacke. Die drei reden miteinander. Doch Angelica kann auf die Entfernung nichts verstehen. Dann schließt Ulrichs Oberärztin Sandra-Conchita die Tür wieder. Die beiden Polizisten gehen zu ihrem Auto und fahren davon.

11

Fredenbüll und Schlütthörn sind auch einen Tag nach dem Bankraub noch in hellster Aufregung. Nur im Friseursalon »Alexandra«, der vor zwei Jahren selbst Schauplatz eines grauenhaften Mordes war, ist es vergleichsweise ruhig. Lediglich Stammkundin Frau Michelsen wartet mit Lockenwicklern im Haar auf eine Dauerwelle und informiert sich über das Neueste aus den europäischen Königshäusern.

Janine, Auszubildende im dritten Lehrjahr, fegt gerade Haare zusammen, als ein Fremder, den hier niemand zuvor je gesehen hat, eingehend das Schaufenster mit den Frisurenfotos betrachtet und dann den Salon betritt.

»Moin, ich wollte zum Friseur.«

»Da sind Sie bei uns genau richtig«, antwortet Alexandra mit heiserem Lachen in der Stimme. Die Salonchefin ist mit der roten Löwenmähne, den grün lackierten Fingernägeln und der verwaschenen, unter dem Po dekorativ zerrissenen Jeans auch im mittleren Alter immer noch ein echter Feger.

Der Mann verzieht keine Miene. Sein Blick fällt zuerst auf Alexandras Friseurwerkzeug, das wie ein Westerncolt an ihrer Hüfte hängt, dann auf den Riss in ihrer Jeans. Seinem Dialekt nach kommt er aus der Gegend. Alexandra und Janine mustern ihn kritisch, vor allem die blonde Topffrisur. Ein neuer Schnitt wär hier schon mal nötig. Gelangweilt fegt Janine weiter.

»Was können wir für Sie tun? Schneiden?«, fragt Alexandra, während sie gerade eine Paste für Frau Michelsens Dauerwelle anrührt.

»Ja, also…« Der Topfschnitt druckst herum. »Ja, schneiden…, und zwar so wie auf dem Foto draußen im Fenster.« Er zeigt zum Schaufenster.

»Im Fenster?« Alexandra legt ihr Friseurwerkzeug beiseite. »Müssen Sie mir mal zeigen, welches Sie meinen.«

»Ganz links«, brummt der Blonde.

»Die gefönte Bürste, Chefin«, weiß Janine sofort. »Der Schnitt, den Thies Detlefsen jetzt neu hat.«

Alexandra holt das Frisurenbild aus dem Schaufenster und betrachtet es. »Aha. Sie denken offensichtlich an eine Typveränderung.«

»Joo … genau.« Entschlossen sieht der

Blonde unter seinem Pottschnitt hervor und grient verstohlen.

Lehrling Janine blickt fragend zu ihrer Chefin. Angesichts der etwas komplizierteren Frisur runzelt Alexandra die Stirn. »Ich glaub, das sollte ich lieber selbst schneiden. Ich mach hier Frau Michelsen erst mal fertig. Aber Janine, du kannst den Herrn schon mal waschen!«

Der Friseurlehrling stellt etwas unwillig den Besen beiseite. »Auch Waschen?«, fragt sie den Fremden noch mal zur Sicherheit.

Der blonde Topfschnitt zuckt die Schultern und nickt dann.

»Lässt sich nass besser schneiden«, sagt Alexandra mit rauchiger Stimme. »Ich bin gleich bei Ihnen.«

Janine shampooniert dem Blonden am Waschbecken die Haare und setzt ihn anschließend mit Handtuchturban auf einen Friseurstuhl.

»Wollen Sie 'n Kaffee? Und was zu lesen?«

»Ach, joo, nehm ich beides.« Er macht es sich auf dem Friseurstuhl gemütlich. Mit Frotteeturban sieht er schon völlig verändert aus.

Janine bringt ihm mehrere Illustrierte, als oberste eine zerfledderte ›Landlust‹. »Hier, da sind wir drin«, verkündet Janine stolz. »Also, hier Fredenbüll, der Biohof Brodersen.«

»Brodersen?« Der Mann reißt plötzlich den Kopf herum, dass ihm der Turban verrutscht.

»Ja, das ist der Biohof hier im Ort«, gibt Janine stolz Auskunft. »Die sind so berühmt geworden, weil Lara Brodersen jetzt mit diesem März zusammen ist... Der hat ja diese Talkshow im Fernsehen, und der wohnt hier neuerdings sogar... angeblich. Seitdem ist bei uns im Ort fix was los.«

Während der Lehrling ihm seinen Kaffee bringt, blättert der Blonde höchst interessiert in dem stylischen Magazin über das einfache Landleben. Insbesondere die Reportage über den idyllischen Biohof scheint es dem Fremden angetan zu haben.

»Interessant, nä«, findet auch Janine.

Der Blonde sagt gar nichts mehr. Die Lektüre fordert seine ganze Konzentration.

»Machen Sie Urlaub hier?«, fragt Alexandra, die jetzt das Frisurenfoto neben den Spiegel gestellt hat und die Schere zückt.

»Ja... nee.«

Alexandra harkt mit dem Kamm durch die nassen Haare. »Beruflich?«

»Ja... so ähnlich.« Der Kunde macht keinen redseligen Eindruck. Vielmehr scheint er wie gefesselt von der Zeitschrift zu sein. Auch während des Haareschneidens kann er sich gar nicht von der ›Landlust‹ losreißen. Fragend starrt er das Foto des TV-Moderators mit dem kantigen Kopf an, der mit verwehten Haaren und einer antiquarischen Holzforke neben dem Misthaufen posiert.

»Aber wieso eigentlich Brodersen? Dat is doch nich Brodersen, oder?«

»Nein, das ist der Fernsehmoderator Markus März«, sagt Alexandra, während sie mit routinierten Handgriffen dem Topfschnitt zu Leibe rückt.

Janine steht daneben und guckt zu. »Is aber eigentlich ganz nett.«

»Er hat den Hof ordentlich in Schwung gebracht. Lara Brodersen kam ja überhaupt nicht mehr klar, nachdem sie ihn ermordet hatten.«

»Ermordet?« Der Blonde, inzwischen nur noch mit halbem Pottschnitt, wird immer hellhöriger.

»Ja, Brodersen, er ist ja in seinem eigenen Mähdrescher gefunden worden. Ganz grausam zugerichtet.« Alexandra hält ein Haarbüschel zwischen den Fingern und schneidet

dicht entlang der grün lackierten Fingernägel.
»Wir haben das ja alles direkt mitgekriegt.
Haben Sie das gar nicht gelesen? War in allen
Zeitungen. Das is nun auch schon wieder zwei
Jahre her.«

»Chefin, da war ja dat halbe Dorf drin ver-
wickelt, oder?«, überlegt Janine.

»Ja, das war für Fredenbüll und unsern
Dorfsheriff eine Riesensache.«

»Dieser Brodersen, war der von hier?« Der
Blonde blickt von der ›Landlust‹ auf.

»Nee.« Alexandra überlegt. »Er war eigentlich auch gar kein Landwirt. Er hat ja wohl
ewig studiert. Psychologie, glaube ich, und
dann war er in Südamerika so 'ne Art Tanz …
ähh … nee, nich Lehrer, so ähnlich …«

»… Therapeut. Tanztherapeut«, platzt es
unvermittelt aus dem Blonden heraus.

»Genau.« Alexandra wundert sich. »Kennen Sie ihn?«

Der blonde Unbekannte zögert einen Moment. »Nee, wieso?«

12

Heike pfeffert eine Ladung Leinsamen in ihr Müsli. Seit sie in der Volkshochschule in Bredstedt einen veganen Kochkurs belegt hat, ist die Stimmung im Hause Detlefsen gerade am Esstisch häufiger mal getrübt. Und jetzt kommt auch noch Thies' neuer Mordfall dazu.

»Sag mal Thies, das ist nicht dein Ernst, dat diese Nicole hier schon wieder antanzt.« Heike ist schwer angesäuert.

»Heike, da kann ich doch auch nix für.« Thies knöpft seine Polizeijacke zu und pustet in den heißen Kaffeebecher. »Hast doch auch mitbekommen, den Bankraub mit der toten Zahnärztin. Da muss die Mordkommission ran.«

»Ja, aber is doch komisch. Als wenn das bei denen niemand anderen gibt.« Heike, am Morgen in Joggingklamotten, versucht vergeblich, ihre Frisur zu ordnen. Auch ihre regelmäßigen Besuche im Salon Alexandra können nicht verhindern, dass sie nach ein paar Tagen wieder diesen blonden Heuwagen auf dem Kopf hat, der nur mit einem Haargummi zu bändigen ist. »Die hab'n in der Mordkommission doch bestimmt auch Männer.«

»Ja, in der Mord Eins, aber für Nordfriesland ist die Mord Zwei zuständig. Und Nicole und ich sind ja mittlerweile 'n gutes Team.«

»Gutes Team, pah.« Heike steigt die Zornesröte ins Gesicht. »Vielleicht will die Dame hier ja gleich einziehen.«

»Ach, Heike, red doch jetzt keinen Quatsch. Nicole hat wieder ihr Zimmer bei Renate.«

»Gestern Abend warst du doch auch gleich wieder mit ihr unterwegs. Statt mit der feinen Dame aus Kiel hier durchs Dorf zu turnen, solltest du dich lieber um deine Familie kümmern.« Heike imitiert die nasale Stimme der chronisch allergiegeplagten Kommissarin, indem sie sich die Nase zuhält. Schon während ihres ersten Fredenbüller Mordfalls hatten Heike und ihre Freundinnen ausgiebig über die zu große Nase der Kommissarin und die hässliche mokkabraune Lederjacke gelästert.

»Ich weiß gar nicht, was ihr alle gegen Nicole habt? Und wat heißt hier eigentlich um die Familie kümmern?«

Heike macht ein betont ernstes Gesicht. »Telje erzählt neuerdings nämlich reichlich komische Geschichten von Melanie, ihrer neuen Freundin aus dem Gymnasium.«

Die Detlef'schen Zwillinge sind nach wie vor kaum auseinanderzuhalten, und zum Konfirmandenunterricht gehen sie gemeinsam. Aber ihre Schulkarrieren verlaufen jetzt unterschiedlich. Seit die aufgewecktere Telje aufs Gymnasium nach Husum gekommen ist, entwickelt sie sich deutlich anders als ihre etwas dösige Zwillingsschwester Tadje. Heike sieht das mit Sorge. Sie war gleich gegen das Gymnasium. Aber Thies meint, für den gehobenen Dienst bei der Kriminalpolizei braucht seine Tochter Abitur. Und Telje träumt nun mal davon, Hauptkommissarin zu werden.

»Telje hat erzählt, dass sie bei Melanie zu Hause im Keller geschossen haben.«

»Mit ihren Erbsenpistolen«, vermutet Thies.

»Eben nich! Mit richtigen Pistolen!«, trumpft Heike auf. »Und dieser Marvin Manolo, oder wie der Spross von dem Fernsehfritzen heißt, war wohl auch dabei.«

»Wie bitte? Telje soll mit 'ner echten Pistole geschossen haben?«

»Ja, da staunst du, was. Der Vater von Melanie hat in seinem Hobbykeller… wie soll ich sagen, na ja, so was wie 'n Schießstand.«

»Ach, Heike, dat denkt Telje sich aus. Sie spielt doch immer gern so 'n büschen Polizei. Da geht in der Stadt die Fantasie mit ihr durch.«

»Wieso in der Stadt?«

»Na ja, in Husum.« Für Thies ist die »graue Stadt am Meer« schon der Inbegriff des Asphaltdschungels.

»Nee, die wohnen doch in Reusenbüll.«

»Und in Reusenbüll hat er den Keller voller Waffen? Ach, wat, Heike!«

»Ja, der soll sich wohl in der DDR groß mit Waffen eingedeckt haben. Der soll sogar 'ne Panzerfaust haben, oder so ähnlich. Von der NVA. Hab'n sie beim Friseur erzählt.«

»Heike, beim Friseur wird allerlei erzählt und bei Alexandra ganz besonders.«

»Thies, dat solltest du nich auf die leichte Schulter nehmen.« Heike versucht vergeblich, den Heuwagen auf ihrem Kopf zu ordnen. »Reusenbüll, dafür bist du zuständig.«

»Heike, erst mal bin ich für den Mordfall in der Raiffeisenkasse Schlütthörn zuständig.«

Als Thies und Nicole die Schlütthörner Filiale der Raiffeisenbank betreten, blickt Kassiererin Wencke Petersen ängstlich hinter ihrer

Panzerglasscheibe hervor. Sie ist allein in der Bank. Mike Börnsen und die Kriminaltechnik haben den Tatort gestern Abend noch geräumt. Auf dem Sitz neben der Hydrokultur sind noch deutlich die Umrisse der ermordeten Zahnärztin zu sehen. Eine zerschossene Deckenplatte hängt halb herunter. Auch die Hydrokultur hat gelitten. Ansonsten wirkt die kleine Filiale nach dem Banküberfall schon wieder halbwegs aufgeräumt.

»Na, Wencke, ganz allein?«

»Ja, so ganz wohl is mir nich dabei.« Die Jungbankerin sieht heute Morgen etwas mitgenommen aus. Der Lidstrich hinter der pink schillernden Brille ist leicht verrutscht. »Mir sitzt der Schreck noch richtig in den Gliedern. Gibt's denn schon irgendwas Neues?«, fragt sie mit dünner Stimme. »Irgend 'ne Spur von den Tätern?«

»Da können wir im Augenblick noch gar nix sagen.« Thies blickt wichtig. »Dat sind laufende Ermittlungen.«

»Wir haben da noch ein paar Fragen an Sie«, setzt Nicole Stappenbek an.

Wencke blinkert nervös.

»Sie waren ja hier im Schalterraum, als die Täter die Bank stürmten. Können Sie uns noch mal beschreiben, was die Gangster im Einzelnen für Waffen hatten.«

»Die beiden verkleideten Indianer hatten so 'ne Art Schrotflinten. Der eine hat damit ja auch gleich rumgeballert. Und der Cowboy hatte einen Revolver, sah tatsächlich so aus wie im Western.«

»Hat er damit geschossen?«, fragt die Kommissarin.

»Nein, ich glaub nich. Nich, solange wir im Raum waren. Der kleinste von den dreien hat Frau Ahlbeck und mich ja gleich in die Toilette eingesperrt.«

»Dort haben Sie dann aber noch einmal Schüsse gehört?«, fragt Nicole weiter.

»Wencke, da gibt es in den Aussagen nämlich noch einige Widersprüche«, funkt Thies dazwischen. Nicole sieht ihn strafend an. Das Prinzip der »abtastenden Vernehmung«. Basiswissen aus dem Fortbildungsseminar »Vernehmungstechniken I«. Jetzt fällt es Thies wieder ein. Zu spät. Manchmal prescht er gerne ein bisschen vor.

»Ich weiß schon, was du meinst, Thies«, sagt Wencke. »Ich meine ja, es waren zwei Schüsse. Und das Merkwürdige ist, draußen lief schon wieder der Motor von dem Gangsterauto. Der Riesenschlitten war ja nicht zu überhören. Hörte sich fast so an, als fuhr der schon wieder los, aber das kann ja gar nicht angehen.«

»Nee, eigentlich nicht. Wenn sie mit 'm Auto weg waren, können sie nich mehr geschossen haben«, resümiert Thies. Nicole schnieft.

»Frau Petersen«, übernimmt die Kommissarin die Befragung, »was wollte die Tote, Dr. Butz-Christensen, eigentlich gestern bei Ihnen in der Bank? Sie hatte ja angeblich einen Termin mit dem Filialleiter.«

»Richtig, sie war mit Heiko, also mit Herrn Thormählen verabredet.«

»Und was war der Anlass zu diesem Termin?«

»Na ja ... Anlageberatung«, antwortet Wencke etwas zögernd.

»Wissen Sie, worum es da ging?«

»Da kann ich eigentlich gar nichts zu sagen.« Wencke wird deutlich nervöser. »Für Investmentbanking sind wir ja eigentlich gar nicht zuständig. Normalerweise. Und wenn, dann ist das Chefsache.«

»Frau Dr. Butz-Christensen soll ja einen Aktenordner dabeigehabt haben. Wir und unsere Spurensicherung haben aber keinen Aktenordner finden können.« Nicole schnieft.

»Weiß ich auch nicht, wo der abgeblieben ist«, rätselt Wencke. »Den muss wohl jemand mitgenommen haben.«

»Aber die Frau Doktor hat ihn nicht mehr mitgenommen«, stellt Thies fest. »Und die Bankräuber ja vermutlich auch nicht.«

Nicole blickt kritisch. »Aber irgendwo muss dieser Aktenordner doch geblieben sein«, drängt sie. »Was war denn in diesem Ordner?«

»Unterlagen über das Depot von Frau Dr. Butz-Christensen, vermute ich mal. Wie gesagt, für Anlageberatung is eigentlich Flensburg zuständig. Aber für einzelne Kunden hat Heiko das auch hier gemacht, für Frau Doktor, und der Professor mit dem Ferienhaus bei euch in Fredenbüll hat, glaube ich, auch Gelder bei Heiko angelegt. Ich glaub, auf den Namen seiner… ähhh… Bekannten.«

KHK Stappenbek zieht die Augenbrauen hoch und sieht Thies fragend an.

»Heiko hat da so spezielle Tipps, wo es auch 'n bisschen mehr gibt als normalerweise. Das sind Anlagen der höheren Risikogruppe, Ausland, Emerging Markets, Übersee und so.« Wencke blinkert hinter der rosa Fielmann-Brille und verzieht dann erschrocken das Gesicht. Zu spät fällt ihr auf, dass sie gerade Informationen ausplaudert, die eigentlich unter das Bankgeheimnis fallen. Rasch redet sie weiter. »Anlage ist ja auch nicht mehr so einfach, heutzutage. Aber ich will nichts gesagt haben.«

»Ist schon gut, Wencke«, beruhigt Thies sie.

Ohren und Wangen der jungen Kassiererin leuchten mittlerweile knallrot gegen die rosa Brille.

»Ganz schöner Stress, so 'n Bankraub, nä«, stellt Thies fest, um Wencke ein bisschen zu beruhigen.

»Ja ehrlich, dat war 'n richtiger Schock für uns alle. Ich seh die Indianer hier noch immer reinstürmen. Das Bild werd ich so schnell nich wieder los. Damit rechnest du doch nich. Heiko Thormählen war wohl genauso überrascht. Sonst hätte er vielleicht noch Alarm drücken können.«

»Wer hat den Überfall eigentlich gemeldet?«, will Nicole wissen.

»Sönke drüben von der Tankstelle«, sagt Thies. »Der hatte sich auch gewundert, was da für 'ne laute Kiste unterwegs is. Defekter Auspuff, da hat er als Mechaniker ja ein Ohr für. Und dann hat er die Gangster mit ihren Masken gesehen.«

»Frau Ahlbeck und ich, wir haben da ja noch 'ne ganze Weile auf'm Klo gesessen, und von oben haben wir Heiko leise stöhnen hören. Bis uns dann einer von den Sanitätern da rausgeholt hat.«

»Für Sie ist das jetzt auch alles ein bisschen viel.« Nicole Stappenbek zeigt Verständnis.

»Ehrlich, ich dreh langsam durch. Ich seh schon Gespenster. Gestern Abend, als Ihre Leute von der Spusi wieder weg waren, hab ich hier noch 'n büschen aufgeräumt, die ganzen Prospekte vom Boden wieder eingesammelt. Die sind ja größtenteils noch zu gebrauchen ...«

Nicole lächelt gequält und wird ungeduldig. »Ja. Und dann?«

»War ja fast schon dunkel. Als ich rausgucke, seh ich da im Nebel Heiko Thormählen im Bademantel, wie er in der Gelben Tonne rumwühlt. Mir wurde für'n Moment richtig schwindelig. Wie gesagt, ich seh schon Gespenster.«

13

Thies und Nicole klingeln Sturm, aber in der Wohnung von Frau Ahlbeck in dem Backsteinbau über dem Edeka-Markt öffnet niemand. Von drinnen sind laut krachende Schüsse und Hufgetrampel zu hören. Nach einer Weile kommt Supermarktbesitzer Hans-Jürgen Ahlbeck aus seinem Laden.

»Moin, moin, Sie wollen zu meiner Mutter? Hört sie mal wieder nichts?«

»Moin, Herr Ahlbeck.« Thies tippt sich mit dem Finger an die Polizeimütze. »Ja, wir haben noch ein paar Fragen an Ihre Mutter.«

»KHK Stappenbek aus Kiel, aber wir haben uns ja schon kennengelernt.« Nicole gibt ihm die Hand.

»Frau Stappenbek, Sie sorgen hier ja schon wieder ganz schön für Aufruhr in unserem friedlichen Fredenbüll.«

»Na, dafür sorgen schon andere.« Nicole zieht geräuschvoll Luft durch die Nase.

»Fredenbüll soll Kurort werden, das ist

mein großes Projekt. Bad Fredenbüll! Da machen sich Tote gar nicht gut, wie Sie sich vorstellen können.« Er lächelt gequält.

Thies winkt hinter Ahlbecks Rücken ab und Nicole geht nicht darauf ein.

»Na, dann wollen wir mal sehen, was meine Mutter so treibt«, sagt Ahlbeck und schließt die Wohnungstür auf. Schlagartig wird der pfeifende Schusswechsel noch lauter. »Muddiii!«, schreit Ahlbeck gegen Ennio Morricones verzerrte Gitarrenfetzen in Richtung Wohnzimmer an. »Ich bin dat!« Und dann leiser zu Nicole: »Meine Mutter hört ja nich mehr so gut.«

Er öffnet die Wohnungstür. Die Lautsprecher scheppern, dass man kaum etwas versteht. Der Kaktus auf dem Fernseher zittert, die Sammeltassen in der beleuchteten Glasvitrine des schweren Eichenschranks klappern, die ganze Wohnung scheint zu vibrieren. Nicht nur der Ton, auch die Farben sind bis zum Anschlag aufgedreht. Im Fernseher fahren Clint Eastwood und Eli Wallach mit knallroten Köpfen in einer Kutsche gerade durch eine in allen Regenbogenfarben leuchtende Westernlandschaft. Oma Ahlbeck hat es sich davor mit der Morgenzeitung bei einer Tasse

Kaffee und Käsebrötchen in einem voluminösen mit quietschgrünem Kunstleder bezogenen Fernsehsessel gemütlich gemacht. Sie ist nicht nur schwerhörig, denkt Nicole, sie muss auch farbenblind sein.

Als ihr Sohn mit den beiden Polizisten das Wohnzimmer betritt, fällt ihr vor Schreck das Käsebrötchen erst auf die Kittelschürze, dann aufs grüne Kunstleder.

»Muddi, Besuch für dich, Thies Detlefsen und Frau Stappenbek haben noch mal ein paar Fragen an dich.«

»Sie haben mir vielleicht 'n Schreck eingejagt. Ich hab Sie gar nich kommen hören.« Oma Ahlbeck fischt das heruntergepurzelte Käsebrötchen zwischen Häkelkissen und Sessellehne heraus. »Hier!« Sie zeigt auf Clint Eastwood, der in Großaufnahme gerade seinen Gegner mit zusammengekniffenen Augen wie aus Schießscharten fixiert. »›Zwei glorreiche Halunken‹. Hab ich bestimmt schon zehnmal gesehen.«

»Na, Frau Ahlbeck, schon wieder 'n büschen erholt von gestern?«, erkundigt sich Thies.

»Ja, wieso?«, strahlt Frau Ahlbeck freudig aus ihrer neuen Dauerwelle heraus und deponiert das Käsebrötchen vor sich auf einem Teller mit Blümchenmuster.

»Meine Mutter fand das richtig spannend«, erläutert ihr Sohn.

»Kennt man doch sonst immer nur aus 'm Fernsehen«, sagt die Seniorin.

»Frau Ahlbeck, wir würden die Ereignisse gern noch mal mit Ihnen durchgehen«, kommt Nicole Stappenbek jetzt zur Sache. »Sie sind ja eine unserer wichtigsten Zeuginnen.«

»Mutti, stell den Ton doch mal leise.« Ihr Sohn sucht vergeblich nach der Fernbedienung, während das Zigarillo in Clint Eastwoods unbewegtem, ledernem Gesicht von einem Mundwinkel zum anderen wandert.

»Frau Ahlbeck, beschreiben Sie uns doch bitte mal die Waffen der Bankräuber«, sagt die Kommissarin.

»Na ja, die beiden Indianer hatten diese Jagdflinten«, antwortet Oma Ahlbeck, als wäre es die normalste Sache der Welt. »Und der Cowboy hatte einen Revolver.«

»Revolver, keine Pistole?«, schreit Thies gegen den Fernseher an.

»So ein richtiges Schießeisen, wie Cowboys das haben«, ruft Frau Ahlbeck begeistert.

»Trommelrevolver?«, fragt Thies weiter.

»Trommelrevolver?« Oma Ahlbeck wuchtet sich kurzatmig ein Stück aus dem Fernsehsessel heraus und überlegt. »Ja, Cowboys haben doch normalerweise Trommelrevolver, oder?« Sie zeigt auf Clint Eastwood, der gerade einen ungewöhnlich farbenfreudig eingerichteten Saloon betritt, seinen Poncho zurückschlägt und die rechte Hand schussbereit an die Hüfte hält. Nicole sieht Thies mit einem Stirnrunzeln an.

»Meine Mutter sieht leidenschaftlich Western«, flüstert Edeka-Mann Hans-Jürgen.

»Was sagst du?«, schreit seine Mutter. Ihr Sohn winkt ab.

»Dat bestätigt die Aussage von Wencke Petersen«, raunt Thies Nicole zu. Die wird angesichts des plüschig staubigen Wohnzimmers von einer kurzen Niesattacke überfallen.

»Frau Ahlbeck«, fährt die Kommissarin fort, »wenn ich das richtig verstanden habe, wurde durch die ersten Schüsse der Bankräuber, die sie mitbekommen haben, noch niemand getroffen.«

»Nur die Blumenkästen.«

»Als sie zusammen mit Frau Petersen in der Toilette eingeschlossen waren, haben sie noch einmal Schüsse gehört, ist das richtig?«

»Erst noch nicht, aber zum Schluss ist noch mal geschossen worden.«

Auch Clint Eastwood zieht gerade seine Waffe, schießt und zündet sich dann das Zigarillo an.

»Wann war das, wann sind die Schüsse gefallen?«

»Wie gesagt zum Schluss, das waren zwei einzelne Schüsse, und danach müssen sie ja wohl auch getürmt sein.«

»Frau Ahlbeck, haben Sie den Wagen gehört?«

»Na ja, der war ja nicht zu überhören.«

Die beiden Polizisten sehen sich angesichts ihrer Schwerhörigkeit an.

»Haben Sie erst den Wagen gehört und dann die Schüsse oder umgekehrt?«, hakt Thies nach.

»Natürlich erst die Schüsse und dann den Wagen.« Oma Ahlbeck schüttelt den Kopf. »Mensch Thies! Wenn die weggefahren sind, können sie doch nicht mehr schießen. Wie soll dat denn gehen?«

»Sind Sie da ganz sicher?«

»Thies, ich denk mir dat doch nich aus.«

»Frau Ahlbeck, Sie haben uns sehr weitergeholfen.« Nicole bekommt die nächste Niesattacke. Sie muss möglichst schnell aus dieser Plüschbude raus.

»Ja, Frau Kommissarin, jetzt hab ich aber auch mal 'ne Frage.«

Thies und Nicole sehen sie erwartungsvoll an.

»Wat wird eigentlich jetzt mit meinem Termin bei Frau Dr. Butz-Christensen? Ich soll doch neue Zähne bekommen.«

14

Als Bounty gegen Mittag aufwacht, ist er schwer verkatert. Nachdem er seinen sensationellen Fund in der »Hidden Kist« begossen hatte, natürlich ohne jemandem davon zu erzählen, hatte er den Koffer zu Hause einer gründlichen Inspektion unterzogen. Gefühlte fünf Stunden hatte er im Schein mehrerer Kerzen vor dem geöffneten Koffer gesessen und auf die Geldbündel gestarrt. Er konnte immer noch nicht glauben, was er da sah. Wo kam dieses ganze Geld her? Was hatte es mit den ausländischen Währungen auf sich? Mit dem Schlütthörner Bankraub am selben Tag konnte dieser Koffer ja wohl nichts zu tun haben.

Bounty schwirrte der Kopf. Eine zünftige Kostprobe der frisch gepflückten »Spitzkegeligen Kahlköpfe«, die er sich nach den Drinks im Imbiss noch gönnte, schärfte seine Wahrnehmung nicht unbedingt. Tief in der Nacht, der Pilzcocktail hatte seinen Wirkungshöhepunkt erreicht, zwinkerten ihm die langhaarigen Typen auf den Banknoten höhnisch zu.

Bounty bekam es mit der Angst zu tun und bereute es bereits, den Koffer überhaupt ausgegraben zu haben. Doch im nächsten Moment wurde er wieder von Euphorie übermannt und witterte den verführerischen Duft von ungeahnten Möglichkeiten, was er mit dem Geld alles anstellen könnte. Eine Schafzucht hinterm Deich, so etwas wie Brodersens Biohof, nur nicht so kommerziell, oder ein Musikclub in Bredstedt.

In den frühen Morgenstunden war Bounty schließlich erschöpft weggedämmert, und in seinen Träumen war Gott sei Dank alles beim Alten. Aber als er heute Mittag aufwachte, stand der Koffer wieder da. Das war keine Halluzination.

Bei Tageslicht und mit einigermaßen klarem Kopf betrachtet, weiß Bounty eigentlich gar nicht, was er mit der ganzen Kohle anfangen soll. Er wusste ja noch nicht einmal, was die Geldbündel überhaupt wert waren. Sicher, er wäre wahrscheinlich nicht mehr auf Hartz IV angewiesen, er könnte sich endlich eine Original Gibson, von der er als Gitarrist immer geträumt hat, zulegen oder in »De Hidde Kist« öfter mal eine Runde schmeißen. Aber sonst hat er eigentlich keine Veranlassung, sein Leben zu ändern. Er ist zufrieden in seinem alten Haus an der Reusenbüller Drift. Der Hanf in seinem Bauerngarten und die Pilze auf den Wiesen hinterm Deich gedeihen vorzüglich. Seine Ziege Jimi kredenzt ihm Milch für einen wunderbaren Käse, Imbisswirtin Antje versorgt ihn mit Kokosriegeln, und ein paarmal im Jahr, bei Schützenfesten und Hochzeiten in der Gegend, geht es mit »Stormy Weather« auf die Bühne. Ansonsten lassen ihn die Leute zufrieden.

Zuallererst muss dieser Koffer aus dem Haus, da ist sich Bounty auf einmal ganz sicher. Wer weiß, wer hier bei ihm noch aufkreuzt. Also schnallt er den Geldkoffer auf den Gepäckträger seiner alten Zündapp und fährt zum ehemaligen Dorfkrug in Reusenbüll. Der wurde vor vielen Jahren aufgegeben und rottet seitdem vor sich hin. »Stormy Weather« hat in dem alten Tanzsaal ihren Übungsraum. Sonderlich viel üben müssen sie zwar nicht, denn »Jumping Jack Flash« und die anderen Klassiker aus der guten alten Zeit haben sie nach all den Jahren drauf, aber sie können dort jederzeit eine Session machen und die Instrumente sind untergebracht.

Nur Bounty und sein Bassist Dr. Niggemeier, der hauptberuflich Lehrer für Deutsch und Geschichte im Husumer Theodor-Storm-Gymnasium ist, haben einen Schlüssel zum Tanzsaal. Aber Niggemeier würde nie auf die Idee kommen, im Übungsraum herumzustöbern. Und der Eigentümer und frühere Wirt des Krogs, der alte Röpke, kommt aus seiner miefigen Wohnung im Hinterhaus kaum mehr raus. Bounty hat einen Plan. Das ist nicht unbedingt die Regel, aber jetzt hat er tatsächlich eine Idee, wo er den Geldkoffer verstecken kann. Fürs Erste zumindest.

Die bereits tiefer stehende Sonne wirft ein paar Schlaglichter durch die verdreckten Fensterscheiben in den Saal, in dem zentimeterhoch der Staub liegt. Es riecht spakig. Hier hat seit Jahren keiner sauber gemacht, es wird nicht mal gelüftet. Zielstrebig steuert Bounty auf das Schlagzeug zu. Mit wenigen Handgriffen öffnet er an der großen Bass-Drum die Einstellschrauben und nimmt die ganze vordere Membran heraus. Er verstaut den Koffer in der Basstrommel und verschließt sie wieder. Zur Probe setzt er sich ans Schlagzeug und tritt ein paarmal die Fußmaschine der Bass-Drum. Es klingt nicht mehr ganz so voll, eher gedämpft, aber dem verpennten Husu-

mer Gymnasiasten aus dem Geschichtsgrund-
kurs von Dr. Niggemeier, der vor einiger Zeit
als Aushilfsschlagzeuger bei »Stormy Weather« eingestiegen ist, fällt das sicher nicht auf.

Dann setzt Bounty sich wieder auf seine
Zündapp und knattert weiter zur Raiffeisenbank in Schlütthörn. Er will dort die Lage
sondieren. Nicht dass Thies Detlefsen oder
seine Kieler Kommissarin wegen des Über-
falls noch vor Ort sind, wenn er einen ersten
kleinen Versuchsballon startet, um ein paar
Scheinchen aus seinem Geldkoffer unters Volk
zu bringen.

»Devisen«, ruft Wencke Petersen, die in der
Schlütthörner Filiale außer mit dänischen
Kronen bis jetzt wenig mit Fremdwährungen
zu tun hatte. »Mensch Bounty, wo hast die
denn her?«

»Jo … gefunden«, nölt Bounty.

»Ja, ich hab neulich auch noch Geld aus'm
Urlaub von vor zwei Jahren wieder gefunden.«

»Hmm, genau«, nuschelt der Althippie.

»Die beiden Fünfziger hier, das sind Dollars, aber was ist das überhaupt für 'ne Währung?« Wencke zeigt auf den Waldschrat und
blinkert hinter der rosa Brille mit den getuschten Wimpern.

»Jo … weiß auch nich… lag bei mir noch so rum. Was is das Zeug denn überhaupt wert?«

Die Jungbankerin betrachtet eingehend den Schein. »Könnten Schweizer Franken sein. Die Kurse muss ich sowieso erst nachsehen. Dauert 'n Moment.« Sie verlässt den Schalterraum und telefoniert. Bounty wird leicht mulmig.

15

Die Stationsschwester in der Chirurgie im
Nordseeklinikum Husum ist auf den Patienten mit der Schussverletzung gar nicht gut zu
sprechen, als Thies und Nicole auf die Station
kommen, um Filialleiter Heiko Thormählen
zu befragen.

»Der hält uns hier den ganzen Betrieb auf.
Permanent Besuch und dann war die Presse
auch schon mehrmals da. Macht sich ganz
schön wichtig. Wir haben hier schließlich
auch noch was anderes zu tun.« Sie will mit
ihrem Medikamententablett weiterziehen.

»KHK Stappenbek und das ist mein Kollege POM Detlefsen. Wir haben ein paar Fragen an Ihren Patienten Heiko Thormählen.«
Nicole kramt den Ausweis aus ihrer rostbrau-
nen Vintage-Lederjacke.

»Hier gleich, Zimmer hundertsieben.«

»Der Mann ist doch vernehmungsfähig,
oder?« Thies setzt seine wichtige Ermittler-
miene auf. Die Schwester ist schon weiter-
gegangen, dreht sich jetzt aber noch einmal

um. »Vernehmungsfähig? Wieso soll der nich vernehmungsfähig sein?«

»Ja, wat denn?!« Thies fühlt sich nicht ganz ernst genommen. »Banküberfall! Der Mann hat schwere Schussverletzungen.« Thies und Nicole gehen der Schwester hinterher.

»Ach was, der läuft hier schon wieder munter rum und nervt uns alle. Er will unbedingt entlassen werden und zurück in seine Bank. Hat da wohl ganz dringend was zu erledigen, sagt er. Gestern Nachmittag, er kam grade aus 'm OP, wollte er hier unbedingt telefonieren. Handy hat er bei dem Überfall angeblich in der Bank liegen lassen.«

»Wissen Sie, mit wem er telefoniert hat?«, fragt Nicole.

»Wohl mit seiner Bank.«

»Haben Sie mitbekommen, worum es in dem Telefonat ging?«

»Hab ich nun auch nicht so mitgehört«, beteuert die Schwester, aber erinnert sich dann doch sehr genau. »Hat sich erkundigt, ob der Müll schon abgeholt ist. Die Gelbe Tonne.«

»Die Gelbe Tonne?« Thies staunt.

»Das ist eben auch so einer, der sich für unabkömmlich hält und seine Entlassung nicht abwarten kann. Aber er soll noch 'n Tag zur

Beobachtung hierbleiben.« Die Stationsschwester schiebt mit ihrem Pillentablett ab.

Thies und Nicole klopfen an die Zimmertür von Thormählen und gehen hinein. Der Filialleiter kommt gerade im Bademantel und mit einem Tropf an einem fahrbaren Ständer aus der Toilette.

»Heiko, ich hab gehört, du bist schon wieder auf den Beinen.« Thies setzt die Polizeimütze ab.

»Ja, ich hab wohl Schwein gehabt. Hätte auch anders ausgehen können.« Der Raiffeisenbanker hält sich den Arm und macht ein gequältes Gesicht. Thormählen und Thies setzen sich auf die einzigen beiden Stühle in dem Krankenzimmer. Nicoles Blick bleibt an dem halb offenen Kleiderschrank hängen, in dem man den zerschossenen kornblumenblauen Anzug mit den Blutflecken erkennen kann.

»Wer hat den Schuss abgegeben, Heiko?«, will Thies wissen.

»Der Typ mit dem slawischen Akzent, der nicht als Indianer verkleidet war. Erst hat er mir eine Kugel verpasst, dann hat er Frau Dr. Butz-Christensen erschossen, und dann sind die auch schon mit dem ganzen Geld raus zu ihrem Wagen. So genau hab ich das leider nicht mehr mitbekommen.«

»Warum haben die Bankräuber denn überhaupt geschossen?«, fragt Nicole.

»Na ja, ich hab mich vielleicht auch nicht ganz richtig verhalten.« Thormählen hält sich den verbundenen Arm. »Als ich mich nicht gleich auf den Boden legen wollte, hat der Typ sofort auf mich geschossen, und als mir Frau Dr. Butz-Christensen zu Hilfe kam, auch auf sie.«

»Herr Thormählen, was war das für eine Waffe?«

»Die beiden anderen hatten so abgesägte Schrotflinten, aber der hatte eine Pistole.«

»Oder Revolver?«, platzt Thies dazwischen. Nicole hebt die Augenbrauen.

»Revolver oder Pistole, so genau kenn ich mich mit Waffen nicht aus.« Thormälen fasst sich wieder an seinen Arm und verzieht demonstrativ das Gesicht. »Ich soll mich noch schonen. Ich würde mich jetzt gern wieder hinlegen.«

Nicole sieht ihn prüfend an. »Eine Frage haben wir noch, Herr Thormählen. Wie viel haben die Bankräuber erbeutet?«

»Ja, wieso, 'ne Viertelmillion, so über'n

Daumen. Das hab ich Thies doch schon gesagt.«

»Ja, Heiko, da hat uns Wencke Petersen aber 'ne ganz andere Summe genannt«, sagt Thies mit wichtiger Miene.

»Ja, … also, Wencke …«, stöhnt Thormählen, der von einer plötzlichen Schmerzattacke überfallen wird. »Wencke ist über unsere ganzen Bargeldbestände meist gar nicht so auf dem Laufenden …« Er zögert. »Und jetzt würde ich wirklich gerne …«

Thies will nachhaken, aber Nicole hält ihn zurück. »Dann werden wir Sie jetzt mal in Ruhe lassen. Wir haben später sicher sowieso noch ein paar Fragen an Sie.« Sie zieht einmal Luft durch die enge Nase. »Nur Ihr Jackett müssten wir schon mal mitnehmen.« Sie deutet auf den Kleiderschrank und fischt eine größere Plastiktüte aus ihrer Lederjacke.

Als die beiden Polizisten Thormälens Krankenzimmer verlassen, kommt ihnen die Stationsschwester wieder entgegen. Sie scheint die Medikamente verteilt zu haben und macht jetzt einen deutlich kooperativeren Eindruck.

»Sagen Sie, von wem hat Herr Thormählen

denn Besuch bekommen?«, nutzt Nicole gleich die Gelegenheit.

»Erst Nordfriesland Bote, dann auch noch Nordseezeitung, und alle mit der großen Besetzung, immer mit 'm Fotograf dabei. Und das alles wegen so einer lächerlichen Fleischwunde.«

»Einmal abgesehen von der Presse. Wer war sonst da?«

»Erst war diese Frau da. Ich dachte zuerst, das is seine Frau. Sah irgendwie so aus wie seine Frau.«

»Hat die Frau einen Namen genannt?«, fragt Nicole.

»Nicht, dass ich das wüsste.«

»Können Sie die Frau beschreiben«, will Thies wissen.

»Sah eigentlich ganz nett aus.«

»Wir wollen nich wissen, ob die nett is, sondern wie sie aussieht«, fährt Thies sie an. Nicole wirft ihm einen strafenden Blick zu für diesen Verstoß gegen die Regeln einer »abtastenden Vernehmung«.

»Ich weiß auch nich.« Die Krankenschwester überlegt laut. »Eigentlich normal.«

»Was heißt bei Ihnen normal?«, fragt die Kieler Kommissarin bemüht geduldig.

»Na ja, sie hatte so 'ne Frisur, so 'n Pagenschnitt, und sie hatte auch 'ne Lederjacke an.«
Sie mustert Nicoles Nietenjacke. »Aber 'ne normale Jacke, nich so eine wie Ihre.«

Nicole schnieft abfällig zweimal durch die Nase und wendet sich an Thies.

»Kennst du die Frau? Kommt dir irgendetwas bekannt vor?«

»Lederjacke? Nö.« Thies zeigt Ansätze seines Kuhblicks.

»Sie sagten, das war nicht der einzige Besuch, den Herr Thormählen bekommen hat.«

»Da war dieser große Blonde. Der war eigentlich auch ganz nett. Aber als er im Zimmer bei dem Patienten war, wurde es ziemlich laut. Hörte sich so an, als wenn die mächtig Streit hatten.«

»Können sie uns den Mann denn vielleicht beschreiben?« Große Hoffnung auf eine verwertbare Personenbeschreibung hat Nicole nicht, das ist aus ihrem Tonfall herauszuhören.

Doch diesmal kommt die Antwort prompt. »Der hatte so 'ne Frisur wie dieser Fußballer.« Die Krankenschwester starrt Thies plötzlich fasziniert an. »Der hatte genau dieselbe Frisur wie Sie!«

16

Durch die alte Tenne des Biohofes tröpfeln sphärische Harfenklänge. Lara Brodersen schwebt mit geflochtenem Timoschenko-Haarkranz und wie eh und je im weißen Gewand über die historischen Fliesen. »Dat Gespenst« macht seinem Spitznamen mal wieder alle Ehre. Lara hat einen anstrengenden Tag hinter sich. Das Geschäft im Hofladen floriert. Nachdem Moderator Markus März auf dem Cover seines Bestsellers mit einer nostalgischen Forke neben dem Misthaufen posiert hat, gehen die Umsätze der handgearbeiteten Holzforken regelrecht durch die Decke. Seit Neuestem lassen sie die Heugabeln »Modell Tradition« in Rumänien fertigen. Aber auch die naturgefetteten Schafwollwesten aus der »Deichlust«-Kollektion, die natürlich zerbeulten Hammerschlag-Blechthermoskannen, die Duftöle und Dinkelkissen gehen weg wie nichts. Der Erfolg beflügelt auch Lara. Sie schwebt noch einen Zentimeter höher über dem Boden als sonst.

Markus März ist nach der Aufzeichnung mehrerer Ausgaben seiner Sendung abends noch nach Nordfriesland hochgefahren. Gemeinsam mit Lara will er die Details für das geplante große Kürbisfest besprechen, das in Kürze auf dem Biohof stattfinden und vom Regionalfernsehen übertragen werden soll. In alten Körben, auf Bierbänken und in freiliegendem Fachwerk, überall liegen Kürbisse. Neben einem kunstvoll aufgetürmten Kürbisarrangement sind mehrere Stapel mit dem März'schen Bestseller ›Glück hinterm Deich‹ drapiert zusammen mit einem Foto des Moderators. Neben dem Eingang stehen mehrere riesige Pappkartons mit der Lieferung fünfzig neuer Heugabeln und zwanzig handgeschmiedeter Äxte zum Schnäppchenpreis von dreihundert Euro.

»Gleich kommt unser Aufnahmeleiter noch, um sich die Location anzusehen. Wegen der Ausleuchtung und des Tons und so.«

»Diese vielen Kabel finde ich aber gar nicht gut bei uns auf dem Hof. Ist diese ganze Technik wirklich notwendig?«, haucht Lara mit verklärtem Gesichtsausdruck. »Was passiert dann mit den Energien hier im Raum.« März sieht sie konsterniert an. »Ich hab kein gutes

Gefühl dabei«, flötet Lara und wirkt im selben Moment noch bleicher.

»Ein paar Kabel brauchen wir schon, wenn wir eine Fernsehsendung machen.« Das eckige Grinsen ist aus seinem Gesicht gewichen, und dann bemerkt er die Meditationsmusik. »Was ist das überhaupt für ein Gedudel hier?«

»›Energetic Waves 3‹. Die neue CD.«

»Für das Kürbisfest brauchen wir aber was anderes, irgendwas Erdiges aus Nordfriesland, oder so. Gibt es hier im Ort nicht diesen Gitarristen mit seiner Band?«

»Stormy Weather. Aber Bounty spielt nur Stones und Jimi Hendrix.«

»Klingt tatsächlich nicht besonders nordfriesisch.«

Nach der ersten Romantik kommt es zwischen dem frisch gebackenen Fernseh-Deichgrafen und der meditierenden Duftölkönigin immer wieder mal zu leichten Meinungsverschiedenheiten. An Stehtisch Zwei in »De Hidde Kist« wurde schon wiederholte Male heiß diskutiert, was der smarte Moderator von der bleichen Witwe will.

»Ich weiß nicht, wat die Männer an ihr finden, sie muss wohl irgendwie verborgene Talente haben«, vermutet Imbisswirtin Antje.

»Er hat 'n echten Misthaufen für seine Fotos, dat Gespenst is mit ihrem Hof wieder obenauf und kommt jetzt auch noch ins Fernsehen«, analysiert Postbote Klaas.

»Aber wer will sich dat denn im Fernsehen angucken?«, krächzt Piet Paulsen, der allerdings nicht unbedingt repräsentativ ist. Denn nicht nur der Biohof floriert, auch die Einschaltquoten von ›Daily März‹ profitieren von der neuen Landliebe ihres Moderators.

Während Markus März die Kürbisarrangements begutachtet, stolpert März junior Marvin Manolo mit überdimensionierten Kopfhörern auf den Ohren grußlos durch die Tenne.

»Hat der Herr vielleicht die Güte, Guten Abend zu sagen«, schnauzt März ihn an.

»Moin moin«, gibt der Junior provozierend grinsend zurück, ohne die beiden eines Blickes zu würdigen.

»Marvin Manolo, du hast eine schlechte Aura«, flötet Lara ihm hinterher.

»Schlechte Aura? Geht's noch?«, nuschelt Marvin Manolo im Vorbeigehen, tippt sich an die Stirn und verzieht sich in den Wohnbereich.

Lara kommt gar nicht dazu, das Thema

weiter zu vertiefen. Am Tor der Tenne klopft und rüttelt jemand unverschämt laut. März denkt zunächst, es ist sein Regisseur. Aber das ist jemand anders, der durch das kleine Fenster am Tor hereinschaut.

»Wir haben geschlossen«, haucht Lara sanft, aber bestimmt durch das nur einen Spalt weit geöffnete Tor.

»Da haben wir aber ganz was anderes gehört«, motzt der kleine der drei Männer und drängt die weißblonde Biobäuerin in die Tenne zurück, wobei sie zwei Zierkürbisse von einer Bank herunterreißt.

»Der Hofladen hat geschlossen«, kommt Markus März Lara zu Hilfe.

Die späte Kundschaft lässt sich davon keineswegs abhalten. Drei Männer betreten polternd die Tenne. Der kleinere der drei, in einem hellblauen Trainingsanzug, kickt einen der Kürbisse quer über die alten Fliesen.

»Wir nix kaufen wollen«, sagt ein anderer, ein Typ mit Westernhut und osteuropäischem Akzent. »Ganz im Geggenteil.«

»Haben Sie nicht gehört, wir haben nicht mehr geöffnet. Was bilden Sie sich eigentlich ein, hier reinzupoltern.«

»Wer bist du überhaupt?«, schnauzt ihn

der Kleine an. »Du bist doch nicht Brodersen.«

»Ganz richtig beobachtet, junger Mann, ich bin nicht Brodersen.« Markus März, der normalerweise überall sofort erkannt wird, guckt beleidigt.

Lara Brodersen stiert die drei Männer ungläubig an. »Aber ich heiße Brodersen«, flüstert sie.

»Und was ist mit *Jörn* Brodersen?«, fragt der Kleine und rückt Lara mit herausgestreckter Brust auf die Pelle.

»Jörn?« Die Witwe rätselt, was diese drei Typen von ihrem vor über zwei Jahren ermordeten Mann wollen. »Jörn ist … auf einer weiten Reise«, haucht Lara mit entrückter Stimme.

»Lange Reise ist gut. Wir suchen ihn schon seit ein paar Jahren.« Der Mann macht eine kurze Pause. »Wir drei waren nämlich … sozusagen auch 'ne längere Zeit im Urlaub.«

»So kann man dat auch nennen.« Der große Blonde grinst und streicht sich über seinen neuen Bürstenhaarschnitt.

»Und Brodersen hat für uns was aufbewahrt, das uns gehört.«

»Das konnten wir in unsern Urlaub nämlich nich mitnehmen. Aber langsam hätten wir das gern mal wieder.«

»Was redet ihr da für einen Quatsch?«, erregt sich Markus März.

»Nicht unverschämt werden«, ermahnt ihn der ältere mit dem slawischen Akzent, der wie der Chef des Trios wirkt.

»Bitte? Wer ist denn hier unverschämt? Ihr könnt hier nicht abends nach Ladenschluss einfach reinspazieren«, schimpft er und fügt mit offizieller Moderatorenstimme hinzu: »Ich möchte Sie jetzt dringend auffordern zu gehen, sonst sehe ich mich gezwungen die Polizei zu rufen.«

Der Kleine will sofort auf ihn losgehen und fasst in seine ausgebeulte Jackentasche. Der Typ mit dem Westernhut hält ihn beschwichtigend zurück.

»Brodersen, is dat dein Mann oder Bruder?«, wendet sich der große Blonde mit dem Bürstenschnitt an Lara.

»*War* ihr Mann!«, berichtigt März ihn. »Jörn Brodersen ist tot! Ermordet!«, fügt der Moderator hinzu und klingt dabei irgendwie triumphierend.

»Ja, ja, wir haben da auch schon so wat läuten hören«, nickt der Blonde.

»Damit hier keine Missverständnisse aufkommen, das ist doch der Brodersen, der zwanzig Semester Psychologie oder so studiert hat, in Marburg, oder?«, fragt der Kleine. »Und dann war er ganz plötzlich verschwunden ... Richtung Südamerika.«

Lara Brodersen sieht die drei Männer an, als hätte sie eine Erscheinung.

»Und war kommische Tanzlerrer«, sagt der Cowboy aus dem Osten.

»Tanztherapeut«, berichtigt ihn der Blonde, der es ganz genau weiß.

»Woher kommt ihr?«, haucht Lara, als wären es Außerirdische, die eine Botschaft des toten Jörn bringen.

»Dat spielt jetzt keine Rolle, Gnädigste«, entgegnet der Blonde und fasst sich in die Marco-Reus-Bürste.

»Woher kennt ihr Jörn?«, will Lara wissen.

»Von früher, als er in dieser Marburger Kommune gewohnt hat. Da bin ich auch mal für 'n Weilchen untergetaucht. Damals hat er für mich was aufbewahrt, und das hätten wir gern wieder.« Der Kleine baut sich angriffslustig vor der inzwischen nicht mehr schwebenden, aber immer noch einen Kopf größeren Lara auf.

»Wir haben mit der ganzen Sache nichts zu tun, und jetzt ist hier langsam Sendeschluss.« Der Moderator verliert allmählich die Geduld.

»*Du* hast damit nix zu tun!«, schreit der Kleine plötzlich mit hochrotem Kopf. Er fasst wieder in seine Jackentasche und dreht sich zu März. »Also halt deinen Rand! Aber die Lady hier war mit Brodersen verheiratet. Die weiß ganz genau, worum es geht.«

»Wir können Ihnen da wirklich nicht weiterhelfen, fürchte ich.« Der Moderator klingt auf einmal deutlich kleinlauter. »Sie hören ja, Jörn Brodersen ist seit zwei Jahren tot.«

Während es in dem Kleinen und dem großen Blonden noch arbeitet, ist der Cowboy in seinen Überlegungen schon ein Stück weiter. »Und wo ist Koffer?« Wie er das Wort »Koffer« ganz ruhig und langsam in seinem slawischen Akzent ausspricht, klingt irgendwie bedrohlich.

»Was für ein Koffer?«, haucht Lara und starrt entgeistert auf einen weiteren zu Boden kullernden Kürbis. »Ich weiß von keinem Koffer.«

Jetzt ist die Überlegung auch bei dem Giftzwerg angekommen. »Das könnt ihr uns nicht erzählen«, bellt er. »Brodersen ist mit dem Scheißkoffer abgetaucht, und jetzt hast du ihn, gib's zu.« Er fasst Lara am Kragen ihres weißen Gewandes und zieht sie ein Stück zu sich herunter.

»Was machst du da?«, flüstert sie und sieht ihn staunend an.

Der Moderator macht Anstalten einzugreifen, traut sich dann aber doch nicht. Das telegene eckige Grinsen ist mittlerweile vollständig aus seinem Gesicht gewichen.

In dem Moment stolpert Marvin Manolo wieder in die Tenne. »Ey, Leute, was geht hier denn ab?«

»Misch dich da nicht ein«, fährt sein Vater ihn an.

»Hey, Kleiner, weißt du, wo Koffer ist?«, will der Jugoslawe wissen.

»Was denn für ein Koffer?« Marvin Manolo versteht gar nichts.

»Was ist denn überhaupt in dem Koffer drin?«, fragt Lara und klingt tatsächlich so, als wüsste sie es nicht.

»Ihr kennt Koffer ganz genau«, brummt der Cowboy jetzt etwas lauter.

»Spiel hier bloß nicht die Unschuld vom Lande«, keift der Kleine, der jetzt richtig sauer wird. Er lässt Lara los und stößt sie ein Stück von sich weg. »Was ist das hier überhaupt für ein Scheißgedudel die ganze Zeit. Kann nicht mal einer diese Mucke abdrehen?!«

»Energetic Waves«, säuselt Lara Brodersen unbeeindruckt.

»Scheißmusik, hab ich auch schon gesagt«, pflichtet der Moderator dem Kleinen bei.

»Du Komiker hältst jetzt, verdammt noch mal, dein Maul!«, schreit der Kleine.

»Vorsicht, er wird leicht wütend«, warnt der Blonde. »Am gesündesten für euch wär's, ihr rückt jetzt mit der Kohle raus.«

»Was denn für Kohle?«, fragt Lara.

»Das Ganze muss ein Missverständnis sein«, versucht März zu moderieren.

Das bringt den Kleinen richtig in Rage. Er geht wie wild auf den Fernsehfritzen los und stößt ihn vor die Brust. Der Talkshow-Moderator rudert mit den Armen und fällt rücklings in das herbstliche Kürbisarrangement. Die Kürbisse purzeln einer nach dem anderen von der Bank und trudeln über den Tennenboden.

Markus März hat auf einmal einen verschreckten Gesichtsausdruck, wie man ihn in seinen Fernsehsendungen noch nie gesehen hat. Umständlich rappelt er sich aus den Kürbissen wieder hoch.

»Was soll das für Geld sein?«, fragt Lara Brodersen mit unerwartet bestimmter Stimme. »In einem Koffer? Jörn hat nie so einen Koffer besessen, das wüsste ich.«

»Ein Koffer randvoll mit Geld, dat is nich zu übersehen«, posaunt der blonde Norddeutsche heraus. Markus März wird hellhörig.

»Derbe«, staunt Marvin Manolo und sieht die drei Eindringlinge fast bewundernd an. »Voll krass.«

»Du, Hänfling, pass mal auf, dass wir dir nich gleich *voll krass* eine verpassen«, fährt ihn der Kleine an.

»Voss, gehst du checken andre Zimmer!« Der Cowboy deutet zu den Türen, die zu den Wohnräumen führen, worauf der Blonde in den Nebenräumen des großen Hofs verschwindet.

Lara Brodersen protestiert – vergeblich. Doch dann blickt sie fasziniert immer wieder zwischen den beiden Männern hin und her. »Irgendwoher kenne ich euch doch.« In Lara arbeitet es. »Von irgendwelchen Plakaten?«

»Das vergiss mal ganz schnell wieder.« Der Kleine mit den schmierigen Haaren zieht eine

Waffe aus seiner Jacke und hält sie Lara Brodersen an den Kopf. »Stattdessen erzähl uns
besser, wo der Geldkoffer ist.«

Draußen auf dem Hofplatz hört man ein
Auto vorfahren. Die Scheinwerfer blenden
einmal kurz in die Tenne.

17

Die Nebel der letzten Tage haben sich verzogen. Die Schafe räkeln sich auf dem Deich in der Sonne. Die bereits tiefer stehende Sonne wirft einzelne Strahlen in die kleine Wache in dem Backsteinbau neben der Freiwilligen Feuerwehr. Es ist noch mal ein warmer spätsommerlicher Tag. Der Obstbauer, der im Nachbarort Reusenbüll hinterm Deich einen Apfelhof betreibt, tuckert auf seinem Trecker mit einem Anhänger voller Gravensteiner an der Wache an der Dorfstraße vorüber. Thies Detlefsen pustet in seinen »Coffee to go«, den er sich aus »De Hidde Kist« mitgenommen hat. Hauptkommissarin Nicole Stappenbek drückt ihre Zigarette aus und beißt in einen Croque Störtebeker. Sie hat sich, wie schon bei ihren ersten Fredenbüller Mordfällen vor zwei Jahren, an einem Schreibtisch in der kleinen Wache häuslich eingerichtet. Gegenüber der Wand mit dem verblichenen Fahndungsplakat, von dem die Bankräuber Sinsic, Zaczyk und Voss auf die beiden Arbeitsplätze blicken, heftet Nicole ihre obligatorischen Zettel mit den Tatorten und den ersten Verdächtigen auf eine Karte von Fredenbüll und Umgebung. Bisher allerdings hängen dort nur zwei kleine Zettel: »Raiffeisenbank Schlütthörn« und der Name des Mordopfers »Ute Butz-Christensen«. Einige Blankozettel warten neben der Badestelle Neutönninger Siel im Naturpark Nordfriesisches Wattenmeer noch auf ihren Einsatz.

Wie genau die Bredstedter Zahnärztin zu Tode gekommen ist, ist immer noch nicht geklärt. Über die Höhe der Beute gibt es sehr unterschiedliche Angaben. Von den Bankräubern fehlt noch immer jede Spur. Doch heute Morgen ist Kriminaltechniker Mike Börnsen mit neuen Erkenntnissen aus Kiel angereist. Als der blonde Spusi-Mann die Wache betritt, verschlägt es ihm die Sprache. Fassungslos starrt er auf das Fahndungsplakat an der Wand.

»Sacht mal, das gibt's doch nich.« Er harkt sich seine blonde Frisur einmal quer über die Stirn.

Thies sieht den Kriminaltechniker an und weiß sofort Bescheid. »Ich hatte gleich so 'ne Ahnung. Dabei hatte ich die Hoffnung schon aufgegeben. Ich wollte dat Plakat schon abhängen.«

Nicole weiß erst mal gar nicht, worum es geht, und blickt die beiden Männer verwundert an.

»Hier, Nicole«, Börnsen zeigt auf das Fahndungsplakat. »Das sind unsere Täter: Besnik Sinsic oder wie er heißt ...«

»... Hansi Zaczyk und Torben Voss«, führt Thies den Satz zu Ende.

»Seid ihr euch sicher?« Nicole ist noch nicht ganz überzeugt.

»Spricht vieles dafür. Die Geschosse, die ich da in der Bank aus der Decke rausgeholt hab, Zwanziger Kaliber, das ist ganz ungewöhnlich. Das gibt's eigentlich gar nicht mehr. Schrotflinte, sowjetische Bauart, kam zuletzt immer noch mal im Jugoslawienkrieg zum Einsatz.«

»Jugoslawienkrieg?!«, ruft Thies begeistert und wittert internationale kriminelle Verwicklungen.

»Über das Kaliber sind wir auf die drei Kollegen hier gekommen«, erklärt Börnsen. »Wir haben die Angaben mal durch den Computer laufen lassen, und dann hat er Sincic und seine Kumpanen sofort ausgespuckt. Die haben über die Jahre zig Banken im ganzen Bundesgebiet überfallen, und immer mit denselben Schrotflinten rumgeballert, dasselbe Kaliber zumindest.«

»Ja, ich weiß«, bestätigt Thies eifrig, der bestens über die Bande informiert ist. »Und zwischendurch haben Sie mal 'ne Zeit gesessen.«

»Alle Achtung, Thies, wozu brauchen wir überhaupt noch 'n Computer, wenn wir dich haben.« Mike Börnsens ironischer Unterton ist unüberhörbar und Thies leicht beleidigter Kuhblick darauf unübersehbar.

Nicole betrachtet sinnierend das Fahndungsplakat, dann wendet sie sich an Börnsen. »Und was habt ihr im Kopf der erschossenen Zahnärztin gefunden?«

»Achtung, jetzt kommt's: keine Schrotmunition. Neun-Millimeter-Parabellum!«, verkündet Börnsen voller Stolz.

»Dann muss der Jugo geschossen haben, der hatte als Einziger 'n Revolver. Laut übereinstimmender Aussagen von Wencke und Frau Ahlbek«, kombiniert Thies.

»Revolver?«, fragt Mike Börnsen betont ungläubig. Thies sieht ihn fragend an.

»Hallo?«, trumpft Börnsen auf. »Neun-

Millimeter-Parabellum? Das ist eindeutig 'n Pistolenkaliber.«

»Aber der Jugo-Cowboy hatte eindeutig 'n Revolver, das haben Wencke und Oma Ahlbeck ausgesagt – eindeutig«, kontert Thies.

»Wie so ein Cowboy im Western«, bestätigt Nicole und grinst dabei.

»Cowboy?« KTU-Mann Börnsen sieht seine vorgesetzte Hauptkommissarin skeptisch an. Fängt Nicole jetzt etwa auch schon mit diesem Cowboy-und- Indianer-Spiel an?

»Wer soll denn sonst geschossen haben? Oma Ahlbeck wird's nicht gewesen sein«, schnieft Nicole. »Die alte Dame wird kaum ihre Zahnärztin erschossen haben.«

»Nee«, bestätigt Thies prompt, »zumal sie grade neue Zähne bekommen sollte. Außerdem war sie während der Schüsse auf 'm Klo eingeschlossen.«

»Läuft mal wieder alles auf den großen Unbekannten raus?«, rätselt KTU-Mann Börnsen. »Ist da noch jemand, den ihr überhaupt nicht auf der Rechnung habt?«

»Kann eigentlich nich sein.« Nicole muss niesen. »Der Filialleiter war doch die ganze Zeit dabei und ist dann ja selbst angeschossen worden.«

»Mit 'ner Waffe, die keiner gesehen hat«, fasst Thies den bisherigen Stand der Ermittlungen zusammen.

»Aber was hat eigentlich der Filialleiter nachts an der Mülltonne zu schaffen?«, überlegt Nicole.

»Gelbe Tonne«, präzisiert Thies. »Und das hat Wencke sich nur eingebildet … hat sie doch selbst gesagt.«

»Und wenn sie doch nicht spinnt? Die Schwester im Nordseeklinikum hat schließlich auch erzählt, dass Thormählen sich noch am Tag seiner Einlieferung in einem Telefonat mit der Bank nach der Müllabfuhr erkundigt hat«, überlegt Nicole. »Ist doch seltsam.«

»Du meinst, er hat da was entsorgt?« Thies denkt nach.

»Na ja, wozu sind Mülltonnen da? Und uns fehlt eine Tatwaffe und außerdem ein Aktenordner mit Depotauszügen.«

»Wobei, der gehört eigentlich in die Blaue Tonne mit dem Altpapier.«

18

»Wo wollt ihr in der Stadt bloß mit den ganzen Mistgabeln hin?«, wundert sich Landmaschinenvertreter a. D. Piet Paulsen. »Oder habt ihr den Jungfernstieg bei euch in Hamburg jetzt auf *Integrierten Anbau* umgerüstet?«

In »De Hidde Kist« ist an diesem Morgen allerlei los. Die auswärtigen Landlust-Jünger haben auf Markus März' »Glück hinterm Deich«-Website gelesen, dass die neue Lieferung handgeschmiedeter Äxte und Mistforken »Modell Tradition« eingetroffen ist. Die angereisten Anhänger des einfachen Landlebens stehen in zweiter und dritter Reihe um die beiden Stehtische herum und treten sich gegenseitig auf die Füße. Eine Hamburger Lady in Reithose, aber noch ohne Pferd, ordert Sauerfleisch in Gelee, eine andere in Edelgummistiefeln mit hohem Keilabsatz nimmt Currywurst. Antjes Fritteuse läuft auf Hochtouren. Aber nicht alle wollen Pommes.

»Ist der Croque auch vegan? Ich bin Veganerin«, verkündet eine der Städterinnen, die mehrere wallende Gewänder wie Zwiebelhäute übereinanderträgt.

»Oha«, krächzt Piet Paulsen und lässt dabei vor Schreck ein Stück Putenschaschlik von seinem Plastikpiekser zurück in den scharfen Curryketchup fallen.

»Wieso? Was dagegen?«, entrüstet sich die vegane Dame und wirft einen verächtlichen Blick auf Paulsens »Putenschaschlik Hawaii«.

»Weganer? Von der Wega? Dat sind doch diese Außerirdischen, oder?« Paulsen schiebt sich die große Gleitsichtbrille zurück auf die Nase und sucht sein Schaschlikstück in der roten Soße.

»Bitte?« Die Frau verdreht die Augen und wendet sich Hilfe suchend an ihre Freundin, auf deren Kapuzenpullover das Bild eines putzigen Ferkels mit der Aufschrift »Bacon had a Mom« prangt.

»Na klar, ›Invasion von der Wega‹, dat war doch so 'ne Fernsehserie«, ruft Antje gegen das Brutzeln der Fritteuse an und taucht die nächste Portion Pommes ins heiße Fett.

Althippie Bounty, der sich mit Imbisshund Susi eine Familienpackung Kokosriegel teilt und dabei das Prospektmaterial eines exklusiven Versandhandels für historische Gitarren durchblättert, lacht gackernd in sich hinein.

»Mensch Piet, dat is so wat Ähnliches wie Vegetarier«, klärt Postbote Klaas seinen Stehtischnachbarn hinter vorgehaltener Hand auf.

»Für die vegetarische Kost is hier der Hund zuständig«, ächzt Paulsen für alle hörbar.

Die Veganerin sieht den Landmaschinenvertreter a. D. böse an. Schäfermischling Susi sieht traurig zwischen Paulsen und der Dame im Zwiebelkleid hin und her. Als Bounty ihm einen weiteren Kokosriegel spendiert, verbessert sich die Laune des Hundes schlagartig.

»Verwöhn sie nich so, Bounty!«, ruft Frauchen Antje hinter ihrem Glastresen hervor. »Susi soll auch ruhig mal was Richtiges fressen.«

»Was Richtiges? Was soll das denn heißen!«, ereifert sich die Veganerin hämisch.

»Ja, Bounty hat schon wieder die Spendierhosen an. Hast gute Geschäfte gemacht? Sag mal, Bounty, wat hast du da eigentlich in diesem Metallkoffer, mit dem ich dich vorhin auf deinem Moped gesehen hab?« Piet Paulsen sieht prüfend über seine Gleitsichtbrille zwischen mehreren Landlust-Touristen hindurch zu dem Altkommunarden an Stehtisch Zwei hinüber.

»Wie, was für'n Koffer?« Der Althippie zerknüllt nervös das Schokoladenpapier. »Ach so, der Koffer. Ja … so Sachen für die Band und so …«

»Sachen für die Band ist gut«, Paulsens heiseres Lachen geht in Husten über. »Damit ihr bei eurer Beatmusik ordentlich in Stimmung kommt, oder wie seh ich dat? Da war wahrscheinlich dieses Designer-Rauschgift drin, dat jetzt in Mode is.«

»Nee, nee, so was kommt mir nich ins Haus. Bei mir ist alles voll organic.« Bounty wirft der Veganerin einen bedeutungsvollen Blick zu und gackert in sich hinein.

»Na, eure Bankräuber schon gefasst?«, ruft Klaas, als Thies und Nicole den Imbiss betreten.

Die Gespräche in der gesamten Imbissbude verstummen. Alle drehen sich nach den beiden Polizisten um. Von dem Bankraub in der Schlütthörner Raiffeisenfiliale haben inzwischen auch alle Zugereisten gehört. Thies winkt ab.

»Da staune ich aber, Antje«, ruft Nicole.

»Dein Lokal ist ja inzwischen schwer ange-
sagt, 'ne richtige In-Location.«

»Und? Erst mal Ladde Macchiato?« Antje
unterbricht das Salzen der Pommes. Die
Kommissarin genießt bei ihr Vorzugsbehand-
lung. »Für dich auch Thies, nä?«

»Die Bankräuber sind euch ja wohl durch
die Lappen gegangen, oder wie seh ich dat?«,
brummt Piet Paulsen und widmet sich dann
wieder seinem Putenschaschlik.

»Die sind hier noch ganz in der Nähe, jede
Wette«, schwört Postbote Klaas.

»Mit einer Viertelmillion, hört man«, schaltet sich einer der Zugereisten ein, der in dem
engen Imbiss in seinem dicken »Deichlust«-
Edelpullover aus Original naturgefetteter Fredenbüller Schafwolle mächtig ins Schwitzen
kommt.

Bounty verschluckt sich fast an seinem
Kokosriegel. Mischlingshündin Susi sieht erwartungsvoll zu ihm hoch und leckt sich ein
paar restliche Kokosflocken von der Schnauze.

Thies und Nicole halten sich mit Kommentaren zurück. »Dat sind laufende Ermittlungen«, verkündet Thies geschäftsmäßig.

»Habt ihr schon gehört, auf der großen
Weide vom Biohof ist 'n Schaf erschossen

worden«, berichtet Klaas. »Mit Schrot, und dann haben sie dat Tier halb zerlegt, nur die Keulen und 'n paar schiere Fleischstücke rausgetrennt. Mächtige Sauerei.«

»Igitt, ist ja grauenhaft, das ist Mord!«, quiekt die Veganerin, die augenblicklich kreidebleich um die Nase geworden ist. Der Kopf des Typen im Schafwollpullover wird dagegen immer röter.

»Dat waren keine Raubvögel und auch kein Wilderer«, konstatiert Paulsen.

»Dat waren die Bankräuber, jede Wette.« Klaas ist sich ganz sicher.

Thies und Nicole sehen sich fragend an.

»Die Zäune sind eingerissen. Die ganze Schafherde ist Richtung Neutönninger Siel getürmt«, weiß die Lady in Reithose, die am liebsten hinterhergeritten wäre. »Immer weiter gen Westen«, verkündet die Dame, als würde sie einen Viehtrack in einem Western anführen.

»Westen? Da kommen sie nich weit«, kräht Paulsen. »Da bist gleich an der Nordsee.«

»Die Tiere spüren die Gefahr«, ist Imbisswirtin Antje überzeugt.

»Das sagen Sie so und gleichzeitig braten Sie die Tiere in Ihrer Fritteuse«, ereifert sich die Veganerin. Hündin Susi guckt interessiert. Irgendwie spürt sie, dass sie nicht mehr der einzige Vegetarier im Imbiss ist.

»Lara Brodersens Polen sind schon dabei, die Herde wieder einzufangen und den Zaun zu flicken.«

»Aber die Bankräuber sind hier immer noch ganz in der Nähe«, ist Klaas überzeugt.

»Und dann war doch auch dieser blonde Typ hier«, fällt Antje plötzlich ein. »Wär mir gar nicht weiter aufgefallen. Ist ja in letzter Zeit allerhand los bei mir im Laden. Aber der wollte fünfzehn Rollmops-Burger zum Mitnehmen. Fünfzehn!«

»Jo, der hatte wohl ordentlich Appetit«, stellt Piet Paulsen fest.

»Rollmops-Burger, Matjesbrötchen und Croque Störtebeker… ich bin kaum hinterhergekommen und dann hat er gefragt nach … Klaas, wie hieß dat?« Bei ihren Überlegungen vergisst Antje glatt ihre Pommes in der Fritteuse.

»Ja, dat waren diese kleinen Hackwürstchen, die sie im ›Dubrovnik‹ in Bredstedt hatten, wo jetzt der Chinese drin ist.«

»Cevapcici«, kommt es bei Thies wie aus der Pistole geschossen. Er sieht Nicole an.

»Dat ist jugoslawisch! Hallo?! Klingelt da nich wat? Besnik Sinsic!«

»So sah der aber nich aus, Thies. Der war blond.« Antje mustert den Fredenbüller Polizisten eindringlich. »Thies, der hatte genau deine Frisur.«

»Dieselbe Frisur wie ich?« Thies fühlt sich wie ertappt und bekommt augenblicklich seinen Kuhblick. Dann sagt er wie zur Entschuldigung: »Die steht bei Alexandra im Schaufenster.«

Nicole sieht ihn fragend an.

»So 'n Frisurenfoto im Salon Alexandra.«

»Und ich hab heute Morgen wieder diesen gelben Schlitten gesehen, Wahnsinnskiste und vor allem ein Wahnsinnssound.« Bounty verfüttert den nächsten Kokosriegel an Susi, die ihn verliebt anhimmelt.

»Wo?«, will Nicole sofort wissen.

»Richtung Neutönninger Siel, vorm Deich, ganz in der Nähe von dem Haus von Müller-Siemsen.«

19

»Thies, das kommt überhaupt nicht infrage, dat lass ich nich zu.« Heike ist in hellster Aufregung, als Thies und Nicole im neuen Zivil-Mondeo bei Thies zu Hause vorfahren, um seine kugelsichere Weste herauszuholen. »Thies, du hast Familie, du hast Frau und zwei Kinder.«

»Ganz ruhig, Heike, ist doch nur zur Sicherheit«, beruhigt sie Thies, setzt dabei aber ein todernstes Gesicht auf.

»Wozu mach ich mir hier eigentlich noch Gedanken, dass wir uns gesund ernähren?«, schimpft Heike und legt die Gemüseraffel beiseite. »Dat kann ich mir dann eigentlich auch schenken.«

»Heike, du musst dir keine Sorgen machen, das ist reine Routine.« Nicole schnieft zweimal.

»Ich versteh das nich, musst du Thies da immer reinziehen. Thies ist doch eigentlich gar nicht zuständig.« Heikes blonder Heuwagen auf dem Kopf ist vollkommen derangiert. »Nur gut, dass die Zwillinge in der Schule sind.«

Thies hatte bislang wenig Gelegenheit, seine »beschusshemmende Weste«, wie sie offiziell heißt, zu tragen. Nur mal zur Probe. Die »ballistische Weste« hängt seit Jahren ungetragen im Kleiderschrank neben dem dunklen Anzug für Beerdigungen. Thies ist ganz begeistert, dass er das schwere Teil mit der weißen »Polizei«-Aufschrift endlich mal zum Einsatz bringen kann. Heike darf er das natürlich nicht so zeigen.

»Nur weil du kein Familienleben hast, musst du nicht glauben, dass andere Leute auch keins haben«, giftet Heike Nicole an. Sie klingt inzwischen nicht mehr ängstlich, sie wird jetzt richtig sauer. Thies hört das vom Schlafzimmer aus, während er die Weste vom Bügel nimmt, anlegt und im Herausgehen noch mal einen kurzen Blick in den Spiegel wirft. Zufrieden fährt er sich einmal durch die Frisur.

Nicole sitzt schon wieder im Wagen und hat sich eine Zigarette angezündet, als Thies in seiner »beschusshemmenden Weste« nach unten kommt. Heike räumt beleidigt die Geschirrspülmaschine ein und würdigt ihn keines Blickes.

Das Haus der Familie Müller-Siemsen wirkt verlassen, als Thies und Nicole sich der kleinen Warft vor dem Außendeich Richtung Neutönninger Siel nähern. Kein currygelber Straßenkreuzer ist zu sehen, dafür steht der braune Mini Cooper mit Hamburger Kennzeichen immer noch vor der Tür.

Nicole, inzwischen ebenfalls in kugelsicherer Weste, drosselt die Geschwindigkeit und lässt ihren silbergrauen Ford langsam über das Kopfsteinpflaster vor dem alten Reetdachhaus gleiten.

Beide steigen aus dem Wagen und laufen in leicht geduckter Haltung mit gezogener Waffe um das Haus herum. Thies schaut vorsichtig durch die Fenster. Drinnen herrscht Chaos. Auf dem Boden liegen Kissen, irgendwelche Klamotten und umgefallene Stühle. Aber es scheint niemand da zu sein. Oder sitzt da etwa jemand an dem Küchentisch vor einem Stapel mit schmutzigem Geschirr? Thies kann das durch die Vorhänge nicht so genau erkennen. Es könnte eine Frau sein, die auf einem dieser albernen, viel zu niedrigen historischen Melkschemel sitzt. Seltsam, sie sitzt vollkommen still und bewegungslos da.

Nicole läutet die alte Schiffsglocke an der

Haustür. Sie horchen beide. Von drinnen ist nichts zu hören. Thies drückt die Türklinke. Die Tür ist nicht verschlossen. Nicole stößt die Tür auf, erst einen Spalt, dann weiter. Vorsichtig, mit dem Rücken dicht an der Wand und immer noch mit gezogener Waffe betreten beide das Haus.

Der Fußboden der kleinen Tenne ist mit alten Zeitungen, irgendwelchen Papieren und allerlei Klamotten übersät. Vor der Treppe ins obere Geschoss liegen die Scherben eines zerschlagenen handgetöpferten Tellers auf den Steinfliesen.

»Hallo, ist hier jemand?«, ruft Nicole.

»Hier spricht die Polizei«, ruft Thies. Keine Antwort. Er lässt seinen Blick über das allgemeine Chaos schweifen. »Das ist eindeutig die Handschrift der Sinsic-Bande«, analysiert er messerscharf im Flüsterton.

»Woran siehst du das? Wie sieht denn die Handschrift der Sinsic-Bande aus?«, will Nicole wissen.

»Na ja, so wie hier, nä«, antwortet Thies knapp und mit bestechender Logik.

Ein alter Bauernschrank in der Diele steht offen, aus einem der Borde hängt halb herausgerissen Wäsche. Eine umgekippte Vase hat einen großen Wasserfleck auf einem handgewebten Läufer hinterlassen. Auf dem Boden liegen Bücher, Zeitungen und irgendwelche Papiere wild durcheinander auf dem Boden. Im Haus ist kein Geräusch zu hören. Thies arbeitet sich mit gezogener Waffe zur Küchentür vor.

»Nicole, da sitzt eine! Da auf 'm Schemel!« Thies zeigt auf die tote Frau, die am Küchentisch sitzt. Sie ist an den Händen und Oberschenkeln auf dem Stuhl gefesselt. Der Mund ist leicht geöffnet. Ihr starrer Blick ist fast verwundert auf das zerschlagene Geschirr vor ihr gerichtet.

Präzise auf der Mitte der Stirn prangt ein kreisrundes, nicht besonders großes Einschussloch, das an den Rändern mit kleinen Verbrennungspunkten leicht ausfranst. Aus der Wunde ist kaum Blut ausgetreten. Die Frau trägt einen Pagenschnitt, der so akkurat sitzt, als wäre sie nach dem Mord noch mal beim Friseur gewesen.

»Das ist doch ... die Frau von vorhin?«, schnieft Nicole.

»Ja, dat ist die Assistentin von dem Professor. Mit der war er hier immer mal ... na ja, du weißt schon ... also, ohne seine Frau.«

»Die Geliebte des Eppendorfer Professors?«

»Du hast die auch schon zusammen gesehen. Die waren damals bei unserem ersten Mordfall zusammen auf 'm Feuerwehrfest«, erklärt Thies.

Nicole kann sich daran peinlicherweise nicht mehr erinnern. Beim Fredenbüller Feuerwehrfest vor zwei Jahren hatte sie ein paar rote Genever zu viel gehabt, und dann waren sich die Kieler Hauptkommissarin und der Fredenbüller Polizeiobermeister im Mondschein auf dem Deich nähergekommen.

Nicole überhört Thies' Bemerkung einfach.

»Wie sie heißt, weiß ich eigentlich auch nicht. Sandra, glaub ich«, überlegt Thies.

»Was sind das überhaupt für seltsame Stühle?«, fragt Nicole erstaunt.

»Dat sind Melkschemel«, antwortet Thies, ohne zu überlegen. Über die extravagante Esstischbestuhlung im Hause Müller-Siemsen hatte das ganze Dorf schon seine Witze gemacht. »Irgendwie original. Aber man sitzt 'n büschen niedrig«, hatte der kleine Klaas bemerkt. Bei einer Paketzustellung hatte ihm die Dame des Hauses höchstpersönlich das von ihr restaurierte Sitzmöbel vorgeführt.

Nicole zieht ein paar Plastikhandschuhe aus ihrer Nietenlederjacke und berührt vorsichtig erst den Kopf der Toten, dann ihren Nacken, Hals und schließlich die Gliedmaßen.

»Die Totenstarre hat erst im Kopf und Nacken eingesetzt. Der Todeszeitpunkt kann also noch nicht lange her sein.«

»Hier Nicole, guck dir dat mal an!« Thies zeigt auf den großen antiquarischen Bienenkorb, der zur Dekoration in der Küche steht. Daneben liegt auf dem Fußboden silbrig schillernd eine Waffe.

»Thies, wart mal!«

»Ich weiß, nix anfassen. Sag ich auch immer.« Thies beugt sich zu der Waffe hinunter. »Dreimal darfst du raten, was dat is'.«

»Neun-Millimeter-Parabellum«, antwortet die Kommissarin sofort.

»Pistolenkaliber«, verkündet Thies triumphierend. »Dieselbe Waffe wie beim Bankraub.«

»Aber wieso lassen der oder die Täter die Mordwaffe hier am Tatort liegen?«

»Überrascht worden oder so?«

»Ich weiß nicht recht.« Nicole hat ihre Zweifel. Sie zückt ihr Handy und hat Mike

Börnsen, der bereits auf dem Rückweg nach Kiel ist, sofort in der Leitung.

»So, so, du sitzt am Tönninger Hafen in der Abendsonne und isst Eis. Dann schwing dich mal gleich in dein Auto und komm wieder her. Wir haben hier nämlich die nächste Tote. Müller-Siemsen, das große Reetdachhaus auf der Warft vor Fredenbüll.«

Im Anschluss versucht Nicole vergeblich, auch den Gerichtsmediziner zu erreichen. »Die Hausbesitzer müssen wir dann auch gleich informieren«, sagt Nicole. Aber zunächst wollen sich die beiden Polizisten einen Eindruck vom Tatort verschaffen, ohne den Kriminaltechniker und ohne aufgeregte Eigentümer.

»Hier, Thies, siehst du die Verbrennungen.« Die Kommissarin zeigt auf das Loch in der Stirn. »Spricht für einen Schuss aus kurzer Distanz. Sieht eigentlich genauso aus wie bei der Zahnärztin.«

»Ich sag's doch, die Handschrift der Sinsic-Bande.«

»Na ja, die bisherigen Aussagen der Zeugen über die Waffe sprechen nicht unbedingt dafür.«

»Aber wir haben hier übereinstimmende

Tatmuster, und die Fesselung an den Händen sieht mir auch nach Sinsic, Zaczyk und Voss aus.« Thies ist regelrecht fokussiert auf das Trio. Kein Wunder, die Herren hängen schließlich seit Jahren über seinem Schreibtisch. »An wen denkst du sonst, Nicole?«

»Thies, ich weiß es doch auch nicht.« Nicole Stappenbek fasst mit ihrem Gummihandschuh vorsichtig eine Hand des Opfers, die noch nicht von der Totenstarre erfasst ist. Sie begutachtet die dezent lackierten hellrosa Fingernägel, unter denen sie Haare entdeckt.

»Dat sind Tierhaare«, glaubt Thies.

»Hier ist ein richtiges kleines Büschel. Aber nach Hund oder Katze sieht das irgendwie nicht aus«, sagt Nicole.

»Nee, nä«, findet auch Thies.

»Das soll Mike Börnsen sich mal genauer ansehen.«

Die Kommissarin lässt ihren Blick weiter durch die Küche schweifen. Auf dem Boden liegen zwei umgestoßene Melkschemel, auf einer Anrichte steht jede Menge schmutziges Geschirr. Neben der Spüle liegen Reste eines angegessenen Croque aus der »Hidden Kist«, Alufolie und Pappschachteln aus dem Imbiss. Nicole kann sich einfach keinen Reim darauf machen, was sich hier in dem historischen Reetdachhaus von Müller-Siemsen abgespielt hat. Raubmord? Oder gibt es vielleicht ganz andere Motive? Sie schüttelt den Kopf. »Was ist das hier nur?«

»Also, dat hier is 'n halber *Störtebeker*!«, sagt Thies prompt.

Nicole ignoriert Thies' Einwurf. Sie muss immer wieder das Opfer ansehen. »Wenn sie die Geliebte des Professors ist ... was ist dann mit seiner Frau?«

»Motiv Eifersucht?«, fällt Thies sofort ein.

»Geht immer.« Nicole zieht Luft durch die Nase.

Sie hebt einzelne der auf dem Boden verteilten Zettel auf. Auf einem der Melkschemel am Küchentisch liegt ein Aktenordner, der offenbar durchsucht wurde. Einzelne Seiten sind halb herausgerissen. Der Ordner enthält offenbar Unterlagen für das Haus, Strom- und Handwerkerrechnungen.

»Da hat jemand ganz dringend was gesucht«, vermutet die Kieler Kommissarin.

»Aber die Rechnung für den Schornsteinfeger hier war es vermutlich nicht.« Thies deutet auf die aufgeschlagene Seite des Ordners.

»Und unsere Bankräuber dürften sich für diesen Papierkram auch nicht interessiert haben. Aber wer soll hier sonst was gesucht haben?« In dem Moment entdeckt Nicole zwischen antiken Mehl- und Kaffeekrügen ein Handy auf dem Küchenschrank. Das Telefon ist nicht gesperrt. Nicole kann sich sofort die Anrufliste aufrufen. Sie blättert die Nummern und Meldungen durch.

»Das Telefon der Dame hier?« Thies zeigt auf die Tote.

»Sieht so aus. Wie heißt Müller-Siemsen mit Vornamen?«

Thies überlegt. »Uli. Also Ulrich.«

»Kommt hin. Hier hat immer wieder ein U. Nachrichten geschickt. SMS von vorgestern: *Heute Abend wie üblich Kongress in FB.* Und dann die Antwort: *Komme! Freu mich! Conchita.*« Nicole streichelt auf dem Smartphone herum. »Heißt sie hier Conchita?«

»Conchita? Nö, ich mein, sie heißt Sandra, wie gesagt.«

Nicole hat sich in die Anruf- und Nachrichtenlisten von Conchita oder Sandra vertieft. »Eigentlich nur immer dieser U.« Sie scrollt weiter. »Und in den letzten Tagen ausschließlich dieselbe Nummer. Null-sechsund-

vierzig-zweiundsiebzig, das ist doch die Vor-
wahl von hier?«

Thies sieht sich die Nummer an. »Weißt
was, Nicole, dat is die Raiffeisenbank in
Schlütthörn. Ich kenn die. Hab da ja auch
mein Konto, nä.«

»Ist ja 'n Ding, immer wieder diese Nummer. Siebenmal. Da hat unsere Tote hier offenbar ein paar dringliche Telefonate geführt.«
Sie blättert weiter die Nachrichtenliste durch.
»Hier, Thies!« Nicole Stappenbek ist plötzlich hellwach. Thies wechselt spontan zu seinem Kuhblick.

»Hier ist aus der letzten Woche eine Nachricht von unserer Ute Butz-Christensen.«

»Die Zahnärztin, interessant, die beiden
Toten haben sich gegenseitig wat gesimst«,
stellt Thies fest. »Und was schreibt sie?«

»*Habe ebenfalls schlechte Erfahrungen mit
Investments bei der Raiffeisenbank gemacht!
Wollen wir uns mal treffen? Melden Sie sich
doch, wenn Sie wieder im Norden sind ...* Seltsam, findest du nicht?«

20

Der Beat hämmert in Wenckes Kopf. Die Laserstrahlen hängen in Spektralfarben wie ein Gitter über den Tanzenden. Wencke wirft die Arme und die Haare. Die halbe Disco brüllt laut Wolfgang Petrys ›Verlieben, verloren, vergessen, verzeihen‹ mit. Die Lichteffekte sind auf dem neuesten Stand der Technik. Aber sonst hat sich im »Old Flamingo« in den letzten zwanzig Jahren wenig getan. »Einmal Eintritt zahlen, zweimal feiern«, lautet seit vielen Jahren das Erfolgsrezept der schwer angestaubten Landdisco vor den Toren von Bredstedt. »Zehn Cola-Korn – Zehn Euro« oder »Alle offenen Getränke für einen Euro fünfzig« steht in knallbunten Buchstaben auf den Plakaten, die überall im Umkreis an Bäumen und Scheunentoren hängen. Die Bezahlbarkeit der Getränke war im »Old Flamingo« schon immer wichtiger als das Tanzgeschehen.

Auch das Publikum hat sich kaum verändert, zumindest bei der »Über-Dreißig-Crazy-Fun-Party« mit Schlagern und Partyhits der

Achtziger und Neunziger. Die Besucher sind gemeinsam mit dem »Old Flamingo« und DJ Bernie gealtert.

Von über Dreißig kann bei vielen allerdings nicht mehr die Rede sein. »Einige sind echt krass alt«, findet Wenckes Freundin Sabrina. Die ewig Junggebliebenen mischen sich mit blonden Mittzwanzigerinnen, die sich alle verblüffend ähnlich sehen, sich Rücken an Rücken müde zu dem Beat bewegen und ihre Smartphones zücken, um Grimassen schneidend Selfies zu machen.

Wencke tanzt nicht so gesittet, Wencke tanzt wild. Das Bankfräulein ist kaum wiederzuerkennen. Sie hat sich gewaltige Locken in die Haare gedreht. Ihr fluoreszierendes Make-up leuchtet neonfarben im Schwarzlicht. Die rosarote Fielmann-Brille hat sie im Etui verstaut. Sie sieht nicht allzu viel, aber das muss sie beim Tanzen auch nicht. Ihr Körper bewegt sich wie von selbst und erobert zuckend und sich drehend einen immer größeren Teil der Tanzfläche. Die um sie herum Tanzenden gucken, halb bewundernd, halb belustigt. Auch die Jungs, die an der Theke mit Cola-Korn betankt werden, starren sie an und sparen nicht mit Kommentaren. »Guck

dir das an, da hat mal wieder einer die Bank-
tante unter Strom gesetzt«, feixt ein Husumer
Gymnasiast. Der blonde Torben Voss, der mit
frisch gefönter Marco-Reus-Bürste an einem
Barhocker lehnt, sieht den Jungen grimmig
an.

»Ey, Bernie, kannst nich mal wat Vernünf-
tiges spielen. Häwi Meddl, AC/DC oder so«,
schreit der Schimmelreiter, der im »Old Flamingo« zu den Stammgästen gehört, aber immer nur an der Theke und niemals auf der
Tanzfläche zu finden ist.

»Voll porno, die Session hier«, feixt Marvin
Manolo, der Sohn des TV-Moderators, der
sich mit einem Mädchen aus seiner Klasse ins
»Old Flamingo« verirrt hat. »Absolut krank,
echt nicht zu fassen!« Marvin Manolo, seit
Neuestem mit einem schwarzen Lederhut,
wie ihn Piet Paulsen vor Jahren getragen hat,
grinst bekifft, und das Mädchen im Hippie-
Revival-Look mit geblümtem Stirnband, Ba-
tikshirt und runder blauer Nickelbrille guckt
auch nicht viel intelligenter.

»Kann nich mal einer bei der Discoqueen
den Stecker ziehn?«, schreit ein Typ aus Marvin Manolos Parallelklasse Richtung Tanzfläche.

»Pass ma auf, dat ich bei dir nich gleich den Stecker zieh«, fährt Torben Voss ihn an. Der blonde Bankräuber ignoriert offenbar jegliche Bedenken, erkannt zu werden, löst sich von der Bar und stürzt sich mutig ins Getümmel. Die Tanzschritte sind noch etwas unbeholfen, aber dann reiht er sich ins Tanzgeschehen ein. Mit wild rudernden Armen hüpft er vor Wencke herum und umgarnt das in allen Farben leuchtende Bankfräulein. Der Blonde kommt ihr immer näher, Wencke fällt das gleich auf. Aus den Lautsprechern stampft inzwischen die Discoversion von Udo Jürgens' ›Aber bitte mit Sahne‹. »Bei Mathilde, Ottilie, Marie und Liliane…«, singen einige mit, und dann schreien alle Tanzenden: »…aber bitte mit Sahne!« Torben Voss lacht Wencke an, Wencke lacht zurück und wirft die Haare.

»Guck ihn dir an hier, Marco Reus auf Freiersfüßen. Ich fass es nicht.« Der Gymnasiast ordert für sich und seine Kumpel die nächste Runde Cola-Korn.

»Ich hab die Faxen jetzt dicke. Spielt ma richtige Musik, ihr Spacken!« Bei Udo Jürgens ist die ohnehin schlechte Laune des Schimmelreiters jetzt endgültig auf dem Tiefpunkt angelangt.

»Ey, Hauke, wollen wir mal 'ne Runde in deinem Mustang drehen?«, fragt Marvin Manolo, der mit seiner Hippiefreundin drei Barhocker weiter sitzt, den Schimmelreiter.

»Willst 'n paar in die Fresse«, schreit Hauke Schröder ihn an, völlig außer sich, und verabschiedet sich Richtung Toiletten im Keller.

»Was is denn los mit ihm? Was taktet er denn gleich aus?«, fragt Marvin Manolo den Typ in Jeansweste hinter der Bar.

»Auto in der Werkstatt, Motorschaden«, antwortet der Barmann und stellt zwei weitere Drinks auf den Tresen.

Der Monteur der Schlütthörner Tankstelle hat dem Schimmelreiter heute die bittere Wahrheit über seinen Oldtimer offenbart. Der Motor des Mustang ist nicht mehr zu retten. Der Ford braucht eine neue Maschine, die in den USA bestellt werden musste. Kostenpunkt: siebentausend Dollar. Hauke Schröder musste mit dem Fahrrad in die Disco fahren. Eine Zumutung.

Eines der zahlreichen blonden Mädels fotografiert mit dem Handy ihre exakt gleich aussehende Freundin, im Hintergrund des Bildes die ekstatisch tanzende Wencke und Torben Voss. Als Torben sieht, dass er fotografiert wird, wird er richtig sauer. Ohne lange zu fackeln geht er auf die Blonde los und will ihr das Smartphone aus der Hand reißen. Wencke kann ihn gerade noch zurückhalten.

Nach zwei weiteren Tänzen zu discogecovertem deutschem Liedgut lädt Voss die Jungbankerin an der Bar zum Cuba Libre, dem teuersten Getränk im »Old Flamingo«, ein.

»Was machst du eigentlich beruflich so?«, schreit er Wencke ins Ohr und sortiert nach der wilden Tanzerei die Föhnfrisur.

»Ich arbeite in der Bank, hier ein paar Orte weiter in Schlütthörn.« Wencke blinkert mit den fett geschminkten Wimpern.

»Nee, nä?« Voss spielt den Erstaunten. »Etwa in dieser Bank, die grad kürzlich überfallen worden ist?«

»Genau«, schreit Wencke stolz gegen die Musik an.

»Die sollen da bei euch ja allerhand rausgeholt haben.«

Wencke zögert, weil sie nicht wirklich weiß, was sie sagen soll und wie weit sie anderen gegenüber überhaupt Auskunft geben darf.

»Waren ja so verschiedene Sachen zu lesen«, bohrt Torben Voss weiter. »Der Filialleiter... ähh...«

»Heiko Thormählen ...«

»... der hat doch angeblich wat von 'ner Viertelmillion erzählt ... stimmt dat denn? Sind die wirklich mit 'ner Viertelmillion übern Deich?«

»Ich weiß es auch nicht.« Wencke zieht an dem dicken Strohhalm, der in ihrem Cuba Libre steckt.

»Du darfst nix sagen, nä? Hab ich recht?« Torben Voss sieht sie prüfend an, und Wencke ordnet sich verlegen die Lockenpracht. Dann widmen sich beide wieder ihren Cocktails. Der blonde Kavalier ordert einen weiteren Drink.

»Der Filialleiter soll ja wohl angeschossen worden sein«, bringt Voss noch mal das Thema auf den Bankraub. »Warst du dabei?«

»Nee, die hatten mich und 'ne Kundin auf'm Klo eingeschlossen.«

»Auf'm Klo?«

»Ja.«

Der Blonde zeigt auffälliges Interesse für ihren Beruf. Seltsam, sonst reagieren die Jungs immer gelangweilt, wenn sie erzählt, dass sie in der Bank arbeitet. Das muss an dem Überfall liegen. Seitdem steht Wencke überall gleich im Mittelpunkt. Sie muss zugeben, irgendwie genießt sie es richtig.

»Was machst du denn überhaupt beruflich so?«, will jetzt auch Wencke von ihrer Discobekanntschaft wissen.

»Ja…so verschiedenes«, Torben Voss zögert. »Ich hab auch so mit Geld zu tun… also eher im kaufmännischen Bereich, nä.«

Irgendwie riecht der Blonde aus dem Mund, nach Zwiebeln und sauren Gurken. Wencke überlegt, an was sie der Geruch erinnert. Richtig, Rollmops. Er riecht nach Rollmops. Sie zieht gurgelnd die letzten Tropfen ihres ersten Cuba Libre durch den Strohhalm.

»Hast du die Viertelmillion gesehen?«, fragt Torben. »Wo hattet ihr die denn in der Bank liegen? Im Tresor?«

»Da will es aber einer ganz genau wissen.« Wencke blinkert mit den getuschten Wimpern.

»Wann lernt man in der Disco schon mal 'ne Frau kennen, die hautnah beim Banküberfall dabei war?«

»Ganz schöner Batzen Geld, so eine Viertelmillion, nä«, sagt sie verschwörerisch. Dass nur ein paar lächerliche tausend Euro geraubt worden sind, muss sie dem Fremden ja nicht unbedingt erzählen.

Wencke mustert den Blonden genauer, soweit ihr das ohne ihre Brille möglich ist. Irgendwie kommt ihr der Typ bekannt vor. Klar, er hat diese moderne Frisur, die sogar der Fredenbüller Dorfpolizist neuerdings trägt. Aber das allein ist es nicht. Seine Stimme kommt ihr bekannt vor. Irgendwo hat sie die schon mal gehört.

Als er nach seinem Cuba Libre auf dem Tresen greift, sieht sie auf einmal, auch ohne Brille, ganz deutlich das Tattoo: einen Indianerkopf mit mehrfarbigem Federschmuck und darunter in geschwungener Schrift CRAZY HORSE.

21

»Der Beruf ist tödlich für das Familienleben«, sagt Thies immer. Heike hat schon fünfmal auf Thies' Handy angerufen, um sich zu erkundigen, wo er so lange bleibt. Aber es hilft ja nichts, er muss sich jetzt voll auf die Ermittlungsarbeit konzentrieren. Für Thies und Nicole ist es eine lange Nacht. Er hat das Telefon jetzt einfach stummgeschaltet.

Die Identität der Toten ist inzwischen bestätigt. Der angereiste HNO-Professor Müller-Siemsen hat Sandra Siggelkow natürlich sofort identifiziert. Der Professor hatte sich nach seiner Rückkehr aus London in Hamburg gleich ins Auto gesetzt und war völlig aufgelöst und übermüdet in Fredenbüll angekommen. Bewegungslos hat er eine halbe Stunde lang auf einem der Melkschemel gesessen und fassungslos seine ehemalige Assistentin und jetzige Oberärztin Sandra Siggelkow angestarrt. Seine Frau war sehr viel schneller, bereits nach einer knappen Stunde vor Ort. »Dat schafft sie von Hamburg auch in ihrem schnellen Wagen nicht, niemals«, hatte Thies gleich bemerkt. »Die muss hier irgendwo in der Nähe gewesen sein.«

Die tote Assistenzärztin auf dem Schemel ist inzwischen völlig steif. Die Totenstarre ist mittlerweile auch in den Armen und Beinen angekommen. Der Gerichtsmediziner ist noch nicht eingetroffen, und ohne ihn wollen Nicole und Thies die tote Sandra nicht weiter anrühren. KTU-Mann Mike Börnsen dagegen ist bereits mitten bei der Arbeit. »Fingerabdrücke, DNA, dat ganze Programm«, hatte Thies ihn mit wichtiger Miene angewiesen.

»Toller Tatort«, hatte Börnsen angesichts des Chaos in dem Reetdachhaus zuerst gemault. Aber dann war er doch unternehmungslustig in seinen weißen Kapuzenanzug geschlüpft und hatte Maßband, Kamera, Pinsel und Pinzette herausgeholt. Seit mehreren Stunden verpackt er Stück für Stück die halbe Einrichtung in Zellophantütchen.

»Neun-Millimeter-Parabellum«, verkündet Mike Börnsen bedeutungsvoll, als er die Pistole eintütet. »Ob das die Waffe vom Banküberfall ist, wird die Ballistik zeigen. Aber sieht ganz danach aus.«

»Ich sag's doch, dat is die Handschrift von Sincic, Zaczyk und Voss.« Thies fühlt sich gleich bestätigt.

»Aber Fingerabdrücke haben sie auf der Waffe nicht hinterlassen«, wendet Kriminaltechniker Börnsen ein.

»Ist doch seltsam. Beim Banküberfall haben die Täter keine Handschuhe getragen.« Nicole Stappenbek schnieft.

Das Ehepaar Müller-Siemsen läuft inzwischen aufgescheucht durchs Haus. Die Stimmung zwischen den Eheleuten ist explosiv. Angelica Müller-Siemsen kocht innerlich. Ihre grüne Edelsteppjacke mit dem Bisonfellkragen von Joop hat sie längst ausgezogen. Sie regt sich furchtbar über das Durcheinander in ihrem Haus auf. Aber vor allem macht sie ihrem Mann die schlimmsten Vorhaltungen. Aus einem der oberen Zimmer hatten Thies und Nicole gerade eben noch einen lautstarken Streit gehört. »Was sitzt diese spießige Schnepfe da überhaupt in meiner Küche herum?«, hatte Angelica Müller-Siemsen geschrien. Mehr hatten die beiden Polizisten leider nicht verstehen können. Danach waren mehrere Gegenstände geflogen. In Gegenwart von Thies,

Nicole und Mike Börnsen nimmt sich das Ehepaar allerdings halbwegs zusammen.

»Wie kommt Frau Dr. Siggelkow denn in ihr Haus?«, fragt Nicole.

»Das müssen Sie meinen Mann fragen«, giftet Angelica Müller-Siemsen schnippisch und dann höhnisch zu ihrem Mann. »Tja, Herr Professor, da lassen Sie sich mal etwas einfallen!«

»Na ja, ich arbeite schon seit vielen Jahren mit Frau Siggelkow zusammen«, druckst der HNO-Professor herum. »Meine Frau und ich sind mit Frau Siggelkow befreundet ...«

»Ich? Befreundet mit dieser Person? Das ist doch grotesk!«, funkt Frau Müller-Siemsen dazwischen. »Was fantasierst du da für einen Quatsch zusammen.«

»Herr Professor, wir haben Ihre Assistentin ja schon öfter hier gesehen«, lässt Thies überhaupt keine Zweifel aufkommen. »Sie war ja sogar mal mit auf 'm Feuerwehrfest.«

»Jeder wusste es, nur ich nicht«, empört sich Angelica. »Führt der Herr sein kleines Flittchen hier im Dorf vor. Es ist demütigend!«

»Hatte sie denn einen Schlüssel für Ihr Haus?«, fragt die Kommissarin.

»Genau, das würde mich auch mal interessieren!«, funkt Angelica Müller-Siemsen wieder dazwischen.

»Ja, ähh, ich habe ihr wohl mal einen Schlüssel gegeben.«

Das Dorf kennt Müller-Siemsen als etwas spleenigen, aber immer freundlichen Hobbyimker, der an den Wochenenden auf seinem alten Fahrrad durch Fredenbüll gondelt und in der »Hidden Kist« doppelte Portionen Rote Grütze bestellt. Aber heute Nacht wirkt der Professor müde und gereizt.

»Und jetzt sieh dir bitte mal an, was diese Person hier für ein Durcheinander angerichtet hat«, giftet Angelica Müller-Siemsen ihren Mann an. »Die Melkschemel habe ich wochenlang restauriert.«

»Mein Gott, Sandra ist tot.« Der Professor wird auf einmal laut. »Wen interessieren jetzt bitte deine blöden Melkschemel?!«

Sie schnappt nach Luft, aber im Moment fehlen ihr die Worte.

»Frau Müller-Siemsen und Herr Professor Müller-Siemsen, wo haben Sie sich denn heute Abend aufgehalten, in der Zeit, bevor wir sie benachrichtigt haben?«, fragt Thies. Der Fredenbüller Polizeiobermeister will zuerst immer die Alibis überprüfen. Nicole bekommt schon wieder ihren kritischen Blick.

»Ja, das hab ich Ihnen doch gesagt, Herr Detlefsen, ich bin gerade von einem Kongress in London zurückgekehrt, und dann hab ich mich sofort in mein Auto gesetzt und bin hergekommen.«

»Aber Sie, Frau Müller-Siemsen, kommen offensichtlich nicht aus Hamburg?«

»Wieso?«, fragt Angelica Müller-Siemsen leicht verunsichert.

»Weil Sie so schnell hier vor Ort waren«, erwidert Thies sofort. »Wo waren Sie denn?«

»Vielleicht bin ich ja ein bisschen zu schnell gefahren. Aber selbstverständlich komme ich aus Hamburg und selbstverständlich habe ich dieses Flittchen nicht umgebracht!«

Die Kommissarin gibt Thies ein Zeichen, dass sie dem Alibi im Moment nicht weiter nachgehen will, und übernimmt die Befragung wieder. »Herr Doktor Müller-Siemsen, Sie waren heute mit der Toten verabredet.«

»Verabredet? Nicht, dass ich wüsste, wie kommen Sie darauf?«

»Weil Sie ihr eine SMS geschickt haben.«

»Eine SMS? Das wäre mir neu.«

Nicole lässt sich von Mike Börnsen das

Handy der Toten geben. *Heute Abend wie üblich Kongress in FB. U.* »Haben Sie Frau Doktor Siggelkow heute diese Nachricht geschickt?«

»Das soll ich ihr geschickt haben?« Er sieht seine Frau verunsichert an. Angelica Müller-Siemsen wendet ihren Blick ab. »Nein, verdammt noch mal, diese Nachricht habe ich ihr nicht geschickt.« Jetzt sieht er seine Frau nicht mehr unsicher, sondern durchdringend an.

»Aber dieser U., das sind Sie doch, oder?«

»Mein Gott, ja, kann schon sein, ich heiße Ulrich, das ist kein Geheimnis.«

»Was uns auch noch interessieren würde, kennen Sie eine Frau Dr. Butz-Christensen?«, fragt Nicole weiter.

»Es wird ja jetzt immer toller«, ätzt Angelica Müller-Siemsen. »Du hast hier ja scheinbar einen ganzen Harem junger Medizinerinnen um dich herum versammelt. Abstrus! Wirklich abstrus!«

»Mein Gott, Frau Butz-Christensen ist Zahnärztin hier in Bredstedt«, sagt der Professor.

»Dat ist uns bekannt«, geht Thies dazwischen. Nicole sieht ihn kritisch an.

»Bei den spießigen kleinen Ärztinnen hier

in der Provinz den dicken Max markieren. Wirklich jämmerlich.« Angelica Müller-Siemsen stößt ein hysterisches Lachen aus.

»Was hat denn Frau Butz-Christensen mit dem... ähhh... Tod von Frau Siggelkow zu tun?«, fragt der Professor.

»Das wüssten wir eben auch gern. Von ihr gab es ebenfalls eine Nachricht auf dem Handy der Toten.«

Der HNO-Professor sieht auf einmal vollkommen erschöpft aus. Angelica Müller-Siemsen fröstelt. Sie zieht ihre grüne Steppjacke wieder über. Nicole Stappenbek starrt auf den Bisonfellkragen, sieht dann Thies an, danach wieder den Fellkragen.

»Was gucken Sie denn so?«, zischt Angelica Müller-Siemsen giftig. »Ja, die Jacke ist von Joop!«

22

Der Mond wirft grelles kaltes Licht auf die aussortierten verrosteten Nachtspeicherheizungen, die vor der alten Kate der früheren Landkommune seit Jahren vor sich hin rotten. Viele Fredenbüller haben sich lange über das Gerümpel vor dem Haus an der Reusenbüller Drift aufgeregt, mittlerweile haben sich alle an das bizarre Schrott-Happening, das sich neben dem Deich türmt, gewöhnt.

Durch das Haus wehen ›Good Vibrations‹ von den Beach Boys und der Duft frisch gedünsteter Pilze. In Bountys Küche, immer noch mit dem braunen Anstrich aus der alten Kommunenzeit, steht gegen zwei Uhr nachts noch ein Süppchen auf dem Herd. Gerade sind Marvin Manolo samt Hippiefreundin Sybille und Hauke Schröder nach ein paar Cola-Korn im »Old Flamingo« auf dem Fahrrad reingeschneit.

Auf dem Küchentisch liegt ein buntes Durcheinander von Zeitungen, alten Gitarrensaiten und dreckverkrusteten Gläsern. Auf dem Steinboden sind überall kleine Mäuse-köttel wie Salmiakpastillen verstreut. In der Spüle stapelt sich der Abwasch, und darüber hängt in einem Tuch ein Ziegenkäse zum Reifen. Die Küchenlampe hat einen deutlich vergilbten Häkelschirm. An den Wänden hängen ein altes Plakat von »Stormy Weather« in der Originalbesetzung von neunzehnhundertsiebenundsiebzig und etliche Kräuterbunde zum Trocknen.

»Krass, das is ja alles noch Original«, flötet Marvin Manolos Freundin mit dem geblümten Stirnband. »Voll schön.«

»Wie sieht's aus mit einem kleinen psychedelischen Imbiss?«, gluckst Bounty ›Good Vibrations‹ summend.

»Wollen wir nich lieber wat Rauchen?«, gibt Schimmelreiter Hauke, der immer mal auf eine Tüte bei dem Altkommunarden vorbeischaut, zu Bedenken. Ihn und den Althippie verbindet die Vorliebe für Bountys Fredenbüller Eigenanbau, der buschweise auf dem Dachboden zum Trocknen hängt.

»Heut gibt es zur Abwechslung mal ein herbstliches Pilzsüppchen: Spitzkegeliger Kahlkopf. Das ist ganz was Feines.« Bounty gackert.

»Spitzkegeliger … was, bitte?«, fragt Marvin Manolo interessiert.

»Kahlkopf«, antwortet Bounty ungewöhnlich ernst.

»Wie geil ist das denn? Voll Knäcke!« Marvin Manolo schiebt sich seinen Lederhut in den Nacken und schnuppert an dem Suppentopf auf dem Herd. Freundin Sybille lächelt selig.

»Ich hab die Pilze mit 'n klein bisschen Muskatkürbis von euerm Hof gemixt«, erklärt Bounty im Tonfall eines Fernsehkochs.

»Von unserem Hof? Vergiss es, Digger. Ich hab mit diesem abgedrehten Country-Scheiß nix am Hut«, protestiert März junior.

»Lass mal, das ist richtig lecker, besonders die Kahlköpfe. Ich versprech's euch, Rundflüge durch das eigene Ich.« Bounty wirkt, als hätte er von seinem Pilzsüppchen schon reichlich gekostet.

»Mir würd 's fürs Erste schon reichen, wenn wir diese Scheiß-Hippie-Mucke mal abdrehen könnten.« Der Schimmelreiter deutet in Richtung der riesigen Eigenbauboxen. Der Heavy-Metall-Fan und der Althippie mit Vorliebe für Stones und Psychedelic geraten regelmäßig spätestens nach dem zweiten Joint wegen der Musik aneinander. Heute geht das ganz ohne einen einzigen Zug, so mies ist Hauke gelaunt.

»Nee, voll schön«, findet dagegen das Mädchen mit der blauen Brille.

»Vor allem nach dieser Gurkenmusik in der Disco eben«, pflichtet Marvin Manolo ihr bei.

»Entspann dich mal, lass einfach locker«, versucht Bounty den Schimmelreiter zu beruhigen.

»Guud, guuud, guuuud Weibreeschn«, äfft Hauke Schröder die hohen Stimmen der Beach Boys nach.

Bounty spült vier gebrauchte Kaffeebecher mit Prilblumenmuster ab und füllt sie mit der Suppe. »Damit ihr wisst, was ihr Gutes bekommt. Der Kahlkopf erweitert das Bewusstsein, und du löst die Probleme zehnmal schneller«, verspricht Bounty.

»Das kommt für dich doch wie gerufen«, tönt Marvin Manolo begeistert mit Blick auf den Schimmelreiter.

»Wieso?«, fragt der Altkommunarde und pustet in die heiße Suppe.

»Hör bloß auf! Verarschen kann ich mich alleine!« Der Schimmelreiter wird richtig sauer.

»Der Motor von seiner Kiste ist ihm verreckt«, erklärt Marvin.

»Ja, Scheiße, voll im Arsch!«, schreit Hauke. »Der Mustang braucht 'n neuen Motor, und ich hab keine Kohle. Ja, grinst nich so blöd!« Er schießt mit seinen klobigen Doc-Martens-Stiefeln einen herumliegenden Holzpantoffel einmal quer durch die Küche.

Doch dann greift auch der Schimmelreiter zum Prilblumenbecher, während Marvin Manolo und seine Freundin ihre Pilzsüppchen schon brav ausgelöffelt haben. Bounty legt als Kompromiss statt ›Good Vibrations‹ Jimi Hendrix auf den Plattenteller.

»Vinyl, voll schön«, befindet Marvin Manolos Freundin Sybille mit schon leicht glasigem Blick.

Bounty kredenzt einen zweiten Gang seiner Pilz-Kürbis-Kreation. »Das Schöne ist, das ist alles völlig legal, solange das Gemüse frisch ist«, gackert er. »Also Freunde, haut rein!«

Der Spitzkegelige Kahlkopf zeigt prompt Wirkung. Marvin Manolo und dem Hippiemädchen fliegt ein erster Regenbogen durch den Kopf. Die braune Küche wirkt plötzlich bunter. Auch der Schimmelreiter ist schon deutlich entspannter. Die orangenen und grünen Prilblumen lösen sich von den Kaffeebechern und fliegen plötzlich durch den Raum, um wie bunte Fliegen den immer größer werdenden Ziegenkäse über der Spüle zu umkreisen.

»Voll schön!«, säuselt Batikmädchen Sybille.

Dem Schimmelreiter erscheint die gesamte Kücheneinrichtung jetzt in Perlmutt-metallic, der Speziallackierung seines geliebten Autos. Bounty dagegen sieht die Mäuseköttel überall wie Ameisen über den Küchenboden krabbeln. Mit seinen Vibrations steht es heute Nacht nicht zum Besten. Der gefundene Aluminiumkoffer bereitet ihm zunehmend Kopfschmerzen. Schon bei dem Gedanken an seinen Fund wird ihm mulmig. Irgendwie muss er die Kohle wieder loswerden. Ein paar Dollar und Schweizer Franken hat er schon unter die Leute gebracht. Aber wohl ist ihm dabei auch nicht, und dann begegnen ihm ständig diese Typen in dem zerbeulten Straßenkreuzer. In seinem Pilzrausch fällt ihm plötzlich ein, dass er seit über dreißig Jahren unbedingt nach Indien will. Damals hatte er die Abreise der gesamten Kommune in Charly Krottkes

VW-Bus wegen eines Gigs in einem evangelischen Freizeitzentrum im fernen Eckernförde verpasst. Jetzt hätte er die Mittel für eine längere Indienexpedition.

»Aber nich im VW-Bus«, protestiert Mustang-Fahrer Hauke Schröder. »Ich setz mich doch nich in so 'n Scheiß-Bully.«

»Kohle ist kein Problem!«, verspricht Bounty.

»Geerbt oder im Lotto gewonnen?« Hauke Schröder glaubt die Sache noch nicht so recht.

»So was Ähnliches. Beim Pilzesuchen einfach gefunden. Irgendwie komische Sache. Mir ist nich ganz wohl dabei.« Bounty ist es auf einmal völlig klar, dass er für den Geldkoffer dringend ein besseres Versteck als die Bass-Drum von »Stormy Weather« suchen muss.

»Beim Pilzesuchen? Muss ich wohl auch mal machen«, kichert der Schimmelreiter.

»Echt Hammer«, lallt Marvin Manolo, wobei er das Wort »Hammer« kaum herausbekommt.

Jimi Hendrix spielt ›Purple Haze‹ in nie gehörten Akkorden. Das Hippiemädchen hat sich ihr Stirnband vom Kopf gerissen und schüttelt die Haare zur Musik. Der Ziegenkäse hat mittlerweile die Größe eines Medizinballs erreicht. Und die Mäuseköttel führen kleine Zirkusnummern auf einer Kehrschaufel auf. Marvin Manolo verabschiedet sich kurzfristig aus der Küche und balanciert im Gebälk des Dachbodens.

»Alter, fall da nich runter«, schreit der Schimmelreiter, der sich selbst kaum mehr auf den Beinen halten kann.

»Und pass auf meine Pflanzen auf!« Seine Grünpflanzen hat Bounty auch im Farbenrausch noch im Blick.

»Sag mal Bounty, wenn du Kohle über hast, da hätt ich 'ne Idee«, fällt Hauke Schröder plötzlich ein. »Ich such dringend 'n Sponsor für 'n neuen Motor …«, er überlegt, »dann könnte man eigentlich auch im Mustang mal 'n büschen Richtung Indien cruisen, oder?«

»Was brauchst du denn, Hauke?«

»Siebentausend. Originalmaschine für das Modell King Cobra ist schon direkt von Ford aus den USA unterwegs.«

Bounty blickt Hauke glücklich lächelnd an. »Ja, super, die können wir in Dollar bezahlen. Das passt doch perfekt!«

Jetzt sehen auf einmal auch Bounty und der Schimmelreiter die fliegenden Prilblumen.

23

»Moin Moin, Frau Ahlbeck, schon wieder an den Ort des Schreckens zurückgekehrt?«, bemerkt Nicole Stappenbek anerkennend, als sie mit Thies zusammen die Schlütthörner Raiffeisenbank betritt.

»Ja, dat nützt ja nix. Ich musste meine Rente ja noch holen, das is ja neulich nix geworden.« Im Gegensatz zu Wencke Petersen ist Oma Ahlbeck die Ruhe selbst. Sie verschnauft einen Moment auf dem Sitz neben der zerzausten Hydrokultur. »Sag mal, Thies, mal was ganz anderes, ist auf die Bankräuber eigentlich 'n Kopfgeld ausgesetzt?«

»Kopfgeld? Nee, Frau Ahlbeck«, antwortet Thies ernst. Nicole muss grinsen.

Dann wendet sie sich an die junge Kassiererin. »Frau Petersen, wir müssten Herrn Thormählen noch mal sprechen.«

»Heiko hat sich heute Morgen krankgemeldet«, klärt Wencke die beiden Polizisten auf. »Hat vielleicht 'n bisschen schnell wieder mit der Arbeit angefangen.« Wencke plinkert nervös hinter der rosaroten Brille. Obwohl der Bankraub jetzt schon ein paar Tage her ist, wirkt sie immer noch furchtbar aufgeregt.

»Irgendwie hab ich das Gefühl, die könnten hier jederzeit wieder auftauchen.« So falsch liegt sie damit vielleicht gar nicht. Dass einer der Bankräuber sie im »Old Flamingo« angesprochen hatte, war kein Zufall. Sie weiß zwar nicht recht, was dieser Blonde von ihr wollte. Warum hatte er immer wieder nach der Höhe der Beute gefragt? Das müssten die Bankräuber selbst doch am besten wissen. Irgendetwas stimmte da nicht. Dass sie ihn erkannt hatte, ließ sich Wencke an dem Abend nicht anmerken.

Sie hatte bei ein bisschen Small Talk den zweiten Cuba Libre in Rekordzeit durch den Strohhalm gesaugt, und sich unter dem Vorwand, bei einer Freundin mitfahren zu können, schnell verdrückt. Dass sie jetzt schon wieder allein in der Schlütthörner Filiale ist, macht sie richtig nervös. Aber den beiden Polizisten mag sie von ihrer Begegnung in der Disco auch nicht erzählen. Eigentlich hätte sie das gleich melden müssen, aber jetzt ist es zu spät. Irgendwie fühlt sie sich sicherer, wenn niemand davon weiß.

»Wencke, du machst dat schon«, beruhigt Thies sie.

»Thies, ich sag dir, dat is 'ne ganz schöne Verantwortung.« Die Jungbankerin blinkert. »Die Tankstelle von gegenüber kommt mit den Tageseinnahmen. Der Sohn von Frau Ahlbeck braucht immer Wechselgeld für seinen Supermarkt, und neuerdings kommt Bounty mit Scheinen, die ich noch nie gesehen hab …«

»Bounty?« Thies wird hellhörig.

»Fremdwährung. Da musste ich mich auch erst mal kundig machen. Dat waren Schweizer Franken.«

»Schweizer Franken?«, Thies und Nicole staunen.

»Das war wohl Urlaubsgeld oder so, aber allerhand. Da muss er wohl mal länger im Urlaub gewesen sein.«

»Aber Schweizer Franken waren bei dem Bankraub nicht dabei, oder?«, fragt Nicole Stappenbek schnell nach.

»Schweizer Franken? Nee.«

Nicole lenkt ihren Zivil Mondeo an dem Ortsausgangsschild von Fredenbüll vorbei. Wenn der Filialleiter nicht in seiner Filiale ist, dann muss man ihn eben zu Hause aufsuchen. »We would close our eyes and fall in love.« Sie raucht und singt den Song, der aus den Lautsprechern kommt, leicht schief mit.

»Neue englische Band?«, fragt Thies.

»Nee, kommen hier aus deiner Gegend, Niebüll. ›Torpus And The Artdirectors‹.«

»Klingt gut.«

»Irgendwie norddeutsch entspannt, oder?« Nicole drückt die Zigarette aus und biegt hinter dem großen Schild »Freiheit, die man schmeckt« von der Bundesstraße auf eine mit Betonpollern verkehrsberuhigte Asphaltstraße ab. Heiko Thormählen hat vor einigen Jahren in dem Neubaugebiet vor den Toren von Fredenbüll gebaut. Viele der Grundstücke im neu ausgeschriebenen Seeschwalbenstieg blieben allerdings unbebaut, sodass die großzügig angelegten Parkplätze und die unzähligen Straßenlaternen auf der großen Wiese reichlich verloren wirken. Auch Filialleiter Heiko Thormählen fühlt sich in seinem geräumigen Haus ziemlich allein. Die Ehe der Thormählens hatte die anstrengende Bauphase nicht überlebt. Noch vor Anlieferung der Einbauküche hatte Marlies samt gemeinsamer Tochter die Flucht zu ihren Eltern auf die Hallig Hooge ergriffen.

Aus dem Seeschwalbenstieg Nummer Sieben – die ersten sechs Nummern existieren gar nicht – dringen die von einem gut gelaunten Radiojingle unterbrochenen Börsendaten des Tages durch das gekippte Küchenfenster nach draußen. Thies klingelt an der Tür. Die beiden Polizisten hören außer dem Radio noch andere Geräusche. Aber es dauert eine ganze Weile, bis sich die Tür einen Spalt öffnet. Heiko Thormählen trägt heute Morgen Jogginghose statt seinem kornblumenblauen Anzug und hat einen blutgetränkten Mullverband, allerdings nicht am Arm, sondern um den Kopf.

»Mensch, Heiko, was ist denn passiert?«, fragt Thies erstaunt.

»Ja, ganz blöd...« Der Filialleiter druckst herum.

»Kellertreppe runtergefallen, oder was?«

»Ja, so ähnlich.« Thormählen lacht gequält und hält sich den Kopf. Er wirkt recht mitgenommen.

»Von dem Banküberfall stammt die Verletzung aber nicht«, stellt Nicole Stappenbek in offiziellem Ton fest. »Herr Thormählen, wir haben noch ein paar Fragen an Sie.«

»Das passt mir im Augenblick eigentlich

gar nicht. Ich hab im Grunde auch schon alles erzählt.«

»Sie wissen ja noch gar nicht, was wir fragen wollen. Müssen wir das hier vor der Tür besprechen?«

»Ach so«, Thormählen zögert noch etwas. »Ja, Sie müssen entschuldigen, is grade nicht so aufgeräumt bei mir.« Als die beiden Polizisten die Wohnräume betreten, sehen sie gleich, warum der Filialleiter sie nicht so gern ins Haus lassen will. Schon im Flur, vor einem Riesenposter mit dem Luftbild eines Karibikatolls, liegt ein umgestürzter Schuhschrank. Etliche Schuhe liegen auf dem Boden verteilt, daneben ein von der Wand gerissener Feuerlöscher. »Sein Bruder ist bei der Freiwilligen Feuerwehr in Fredenbüll«, erklärt Thies beim Reingehen. »Dat liegt bei den Thormählens irgendwie in der Familie.«

Im Wohnzimmer wurde einer der schweren Polstersessel umgekippt und auf der raumfüllenden Fototapete mit einem Karibikstrand prangt ein Spritzfleck, wie von einem an die Wand geworfenen Glas. Der Raiffeisenbanker hatte offenbar ungebetenen Besuch.

»Nicole, ich will ja nix sagen, aber dat is' jetzt wirklich ...« Thies zögert.

»…die Handschrift unserer Freunde, ich weiß«, raunt Nicole ihm zu, ohne dass Thormählen das verstehen kann. Sie nickt Thies zu. Dann wendet sie sich an Thormählen. »Was ist hier bei Ihnen denn passiert?«

Sie lässt ihren Blick durch den Raum schweifen. Über dem Sofa hängt in einem Rahmen aus Bambusimitat ein Foto, auf dem der Schlütthörner Raiffeisenbanker gemeinsam mit einem Karibikfischer einen großen Fisch an den palmengesäumten Strand zieht. Auf einem kleinen Sekretär in einer Ecke des Zimmers türmt sich ein wildes Durcheinander von Aktenordnern und Papieren. Neben dem Schreibtisch hängen an einer Pinnwand Urlaubsfotos. Nicole kann Heiko Thormählen erkennen: im Swimmingpool mit einem Drink in der Hand, in Badehose vor einem türkisblauen Meer und von Frauen umringt an einer Strandbar unter Palmen.

»Ja, wie gesagt, ich bin noch nicht zum Aufräumen gekommen«, stottert der Provinzbanker.

»Wat heißt hier Aufräumen? Heiko, wir wollen erst mal wissen, wat hier los war.«

Thormählen druckst herum. »Ja … na ja, ich hatte Besuch.« Er zieht mit der unverletzten Hand die Jogginghose ein Stück hoch.

»Besuch is gut. Heiko, wat soll denn dat für Besuch sein, der dir hier deine Sessel umkippt, und anschlicßend hast du 'ne blutige Mullbinde um Kopp?«

Thies und Nicole sehen Heiko Thormählen abwartend an.

»Ich weiß gar nicht, was ich sagen soll«, druckst er herum.

»Herr Thormählen, erzählen Sie uns einfach, wer das hier bei Ihnen angerichtet hat«, fordert ihn Nicole in ruhigem, aber bestimmtem Ton auf.

Thies setzt die Polizeimütze ab. »Komm Heiko, nu mal raus damit, wir wissen doch im Grunde alle, wer hier bei dir auf'n Putz gehaun hat.«

Nicole wirft Thies einen warnenden Blick zu.

Thormählen fasst sich an den Kopf. »Ja, die waren noch mal da.« Er zupft verlegen an dem blutigen Verband. »Gestern, spät abends, klingelt das, und dann standen diese drei Typen vor der Tür. Ich wusste zuerst gar nicht, wer das war. Bei dem Überfall waren sie ja maskiert. Aber das war mir dann ziemlich schnell klar, dass das die Bankräuber sind.«

»Und was wollten die Täter bei Ihnen?« Nicole muss niesen. Im Haus des Raiffeisenbankers ist offenbar schon länger nicht mehr staubgewischt worden.

»Das habe ich mich auch gefragt«, stammelt Thormählen.

»Wat haben die denn gesagt?« Thies wird allmählich ungeduldig. »Die müssen doch wat gesagt haben.«

»Na, wat wollten die schon: Geld.«

»Herr Thormählen, erzählen Sie uns doch nichts.« Auch Nicole wird jetzt sauer. »Da wird Ihre Bank überfallen, und anschließend schauen die Bankräuber noch mal kurz bei Ihnen rein, um sich möglicherweise fassen zu lassen? Das ist doch Blödsinn! Was wollten Sins… ähh… Dings…«

»… Sinsic, Zaczyk und Voss«, kommt Thies ihr sofort zu Hilfe.

»Genau. Was wollten die bei Ihnen wirklich?«

»Das sind doch Irre. Die sind hier völlig ausgeflippt, haben mich bedroht und mir schließlich einen mit dem Feuerlöscher verpasst.«

»Das sehen wir«, sagt die Kommissarin ungerührt. »Und weiter?«

Thormählen druckst herum. »Sie wollten noch mehr Geld. Sie behaupteten, ich hätte Ihnen in der Bank nicht das ganze Geld übergeben.«

»Sie haben angegeben, dass die Bankräuber eine Viertelmillion erbeutet haben. Das ist doch richtig?«

»Ja, wieso?« Seine Augen flackern. »Diese Verrückten sind mit einer Viertelmillion übern Deich.«

»Ja, Heiko, da gibt dat widersprüchliche Aussagen.« Thies guckt wichtig und fasst sich in seine Marco-Reus-Bürste. Nicole wirft ihm einen strafenden Blick zu. Vorsicht, nicht schon wieder Vorpreschen.

»Wer behauptet da etwas anderes?« Statt an den Kopf fasst sich Thormählen zur Abwechslung mal an seinen verletzten Arm, den er noch in einer Schlinge trägt.

»Wir haben die Aussage ihrer Kassiererin Petersen. Sie hat die Beute auf rund viertausend Euro geschätzt«, sagt die Kommissarin.

»Das war das Geld in der Kasse.« Thormählen zögert. »Die Viertelmillion hatte ich kurzfristig im Tresor liegen.«

»Davon muss Ihre Kassiererin doch auch Kenntnis gehabt haben«, wendet Nicole ein.

»Normalerweise weiß Wencke auch, was wir an Bargeld in der Bank haben. Aber in diesem Fall ging es um Investments, die ich speziell für einzelne Kunden getätigt habe. Da gab es jetzt ... ähh ... Fälligkeiten.«

Nicole lässt ihren Blick über den Palmenstrand an der Wand schweifen, dann sieht sie Thormählen an. »Investments in der Karibik?«

»Frau Kommissarin, das fällt jetzt, denke ich, unter das Bankgeheimnis.« Der Raiffeisenbanker windet sich.

»Ich will von Ihnen im Augenblick ja gar keine konkreten Kundendaten haben.«

»Mensch, Heiko, is dat eine von diesen Briefkastenfirmen da unten?«, fällt Thies plötzlich ein. »Liest man doch immer wieder.«

»Nein, nein, das sind ganz seriöse Fonds. Ich bin für meine Kunden beispielsweise in einem ›Island Resort Investment Fund‹ engagiert, der speziell in Immobilien auf Inseln investiert, und zwar weltweit. Da gibt es Projekte hier direkt bei uns an der Nordsee ...«

»Das kommt uns doch irgendwie bekannt vor«, sagt Nicole und sieht Thies an. »Damit hatten wir bei unserem letzten Fall zu tun.«

»… aber eben zum Beispiel auch in der Karibik.«

»Wo Sie diese schönen Fotos gemacht haben.« Nicole deutet zu der Pinnwand neben dem Schreibtisch. Dabei fällt ihr auf einmal der Name der toten Zahnärztin ins Auge. Auf dem Rücken einer Akte steht mit Handschrift, aber deutlich lesbar »Butz-Chr.« und auf einem anderen der Name des zweiten Mordopfers: »Siggelkow«.

»Sie haben sich gerne mal Arbeit mit nach Hause genommen?«, fragt Nicole bewusst beiläufig.

»Ja, notgedrungen. Bestimmte Termine nehmen auf meine Verletzungen keine Rücksicht.« Thormählen lächelt gequält und zupft an seiner Jogginghose.

»Ich sehe hier zufällig Unterlagen von Frau Butz-Christensen und Frau Siggelkow.« Nicole niest.

»Wie gesagt: Dazu kann ich Ihnen gar nichts sagen. Bankgeheimnis, Sie verstehen.« Thormählen räumt die Unterlagen hektisch beiseite.

»Bankgeheinmnis ist gut.« Thies setzt seinen wichtigsten Gesichtsausdruck auf. »Heiko, die Akten müssen wir beschlagnahmen. Dat geht hier um Mord!«

Die Sonne taucht rötlich in einen Nebelstreifen ein, der sich über das Wattenmeer gelegt hat. Auf der gegenüberliegenden Seite, gen Osten, steht der Mond im dämmrigen Himmel. Thies' Handy zeigt schon wieder vier entgangene Anrufe und zwei SMS an. Heike hat einen Hirse-Brokkoli-Auflauf in den Ofen geschoben und ruft dringend zum Abendessen.

Aber nach so viel Karibikimpressionen bei Thormählen wollen Thies und Nicole auch mal kurz das Meer sehen. Nicole hat noch einen eingepackten Croque Störtebeker dabei und Thies zufällig eine Kiste Bier im Kofferraum. Die beiden sitzen auf dem Außendeich, trinken warmes Bier und sehen auf die Nordsee. Aus dem offenen Autofenster weht leise der Song »Fall in Love« herüber.

»Die sind hier irgendwo ganz in der Nähe, ich spür dat.« Thies nimmt einen Schluck und muss aufstoßen. Doch eigentlich ist ihm die Sinsic-Bande in diesem Moment ziemlich egal.

»Das denke ich auch.« Nicole zündet sich eine Benson & Hedges an und schlägt den Kragen ihrer Lederjacke hoch. Wie selbstverständlich lehnt sie sich bei Thies an. Die Abende werden schon deutlich kühler. Die Luft ist feucht. Das rötliche Licht spiegelt sich in den Pfützen, die die Ebbe im Watt zurückgelassen hat. Nicole bläst den inhalierten Rauch in die Seeluft.

Thies genießt es, wieder mit Nicole zusammenzuarbeiten. Sogar an ihre komische Lederjacke hat er sich inzwischen gewöhnt. Nicole kann so was eben tragen. Sie rückt noch ein Stück näher an ihn heran. Thies muss kurz daran denken, dass sie sich bei ihrem ersten gemeinsamen Fall nachts auf dem Deich geküsst haben. Aber da war Feuerwehrfest, und sie hatten beide jede Menge Genever getrunken. Jetzt haben sie nur ein lauwarmes Bier in der Hand.

»Sag mal, Nicole, wat ich dich eigentlich schon immer mal fragen wollte, hast du eigentlich gar keinen Freund?« Thies dreht sich kurz zu ihr um, dann sieht er wieder auf die See.

»Nee, Thies, zurzeit grad nich.« Nicole lächelt ihn provozierend an. Dann zieht sie ein-

mal Luft durch die Nase. Thies läuft knallrot
an. Aber im Licht des Sonnenuntergangs ist
das glücklicherweise nicht zu sehen.

24

Der Himmel über dem Wattenmeer schimmert noch schwach rötlich. In alle anderen Richtungen hat sich die Dämmerung schon über das weite Deichvorland gelegt. Eine kleine Gruppe Austernfischer zieht schrill piepend Richtung Inseln über die große halb verfallene Scheune, die hier seit vielen Jahren vor dem Außendeich vor sich hin rottet. Das Holz war ursprünglich mal ochsenblutrot gestrichen. Aber die Farbe ist längst abgeblättert, nur auf der wetterabgewandten Seite sind noch ein paar rote Flecken zu erkennen. Torben Voss wendet die Lammkeule über der glühenden Holzkohle, die das heruntergebrannte Feuer hinterlassen hat. Die kühle Abendbrise fährt in die Glut, dass die Funken in die Dämmerung stieben.

Als Erstes hatten Sinsic, Zaczyk und Voss ihren alten Ford Granada in die Scheune gefahren. Der gelbe Straßenkreuzer wäre sonst überall sofort aufgefallen. Sie hatten die letzten Tage und Nächte hier verbracht. Einer hatte immer draußen Wache gehalten, während die anderen beiden schlafen konnten.

Nach ihrem nicht sonderlich erfolgreichen Bankraub hatten sich die drei entschlossen, in der Gegend zu bleiben. Es ist zwar riskant, entdeckt zu werden, zumal Torben Voss nicht von seinen privaten Ausflügen in die Umgebung abzuhalten war, aber ihr Job war noch nicht erledigt. Es gibt einen gewichtigen Grund hierzubleiben. Eigentlich sind es sogar zwei Gründe. Einmal hatte sie dieser kleine Bankfritze aus dem Friesenkaff in seinem blöden blauen Anzug ganz übel an der Nase herumgeführt. Es sieht ganz so aus, als hätte die miese kleine Ratte die Viertelmillion selbst eingesackt und wollte ihnen jetzt alles in die Schuhe schieben. Aber da hatte er die Rechnung ohne Besnik Sinsic, Hansi Zaczyk und Torben Voss gemacht.

Wie durch ein Wunder waren sie dann auch noch zufällig auf ihre Beute aus einem fast vergessenen Bankraub gestoßen. Sie hatten die halbe Million in Dollar und Schweizer Franken aus einer hessischen Bank eigentlich längst abgeschrieben. Dieser Brodersen, bei dem Zaczyk das Geld auf der Flucht in einer Marburger Kommune zurückgelassen hatte,

war all die Jahre wie vom Erdboden verschluckt gewesen. Sie hatten gehört, dass er
nach Südamerika ausgewandert und dort eine
große Nummer als Tanztherapeut war, was
immer das bedeutete. Und dann hatte Voss
seinen Namen jetzt in dieser Zeitschrift gelesen.

Zweimal hatten sie es in den letzten beiden
Tagen gewagt, ihr Versteck zu verlassen und
hatten Brodersens Witwe und dem Bankheini
einen Besuch abgestattet. Ansonsten waren
sie in ihrer Scheune vor dem Deich untergetaucht. Nur Torben Voss war auf einem ge-
klauten Fahrrad zum Friseur und in die Disco
geradelt.

Voss muss auf die Lammkeule aufpassen. Eine
Seite ist schon ziemlich verkokelt. Es riecht
angebrannt, aber auch delikat nach gegrilltem
Fleisch. Sinsic kommt aus der Scheune.

»Alles sauberrr?«, fragt er in seinem jugoslawischen Akzent.

»Jo, Luft is rein.« Voss fährt sich einmal
durch seine neue Frisur. »Wat ist mit Zaczyk?«

»Schläft in Waggen.« Sinsic zückt einen
Feldstecher und sucht einmal rundum den

Horizont ab. In der aufkommenden Dunkelheit ist kaum mehr etwas zu erkennen. Er reicht Voss eine Schnapsflasche und zieht genüsslich den Bratenrauch durch die Nase ein.

»Eigentlich wir brauchen Knobblauch, Bonnenkraut und Ajvar«, brummt Sinsic, während ihm das Wasser im Munde zusammenläuft.

»Ajvar?«

»Paste von Paprika«, radebrecht Sinsic knapp.

»Ja, Sinsic, dat ham wir hier alles nich.«

»In Kroatien, in meine Heimat, das gehört zu gegrilltem Lamm und zu Cevapcici.«

»Aber sind wir hier in Kroatien? Guck dich doch mal um!« Torben Voss deutet in Richtung Deich.

Sinsic zündet sich eine Zigarette an und fährt sich durch seinen Sechstagebart. »Ich brauch dringend Rasur.«

»Musst du eben auch mal zu dem Friseur hier im Ort.«

»Dann sie verhaften mich«, knurrt Sinsic mit slawischem R.

»Mich hab'n sie doch auch nicht verhaftet«, entgegnet Voss in breitem Norddeutsch.

»Du sprichst wie sie. Du fällst nicht auf.«

Das Tor öfffnet sich knarzend. Zaczyk tritt verschlafen im hellblauen Trainingsanzug aus der Scheune. Über der Schulter trägt er sein Gewehr aus dem Bankraub, als wollte er auf die Jagd gehen. »Gibt es hier langsam mal was zu futtern?«, motzt Zaczyk unfreundlich.

»Mensch, Zaczyk, wat willst'e denn mit der Wumme? Dat Schaf is schon dot.« Voss dreht den Braten über der Glut.

»Pass bloß auf, dass ich dir nich 'ne Ladung Schrot verpass.« Zaczyks Laune ist defintiv auf dem Nullpunkt.

Torben Voss nimmt die in größere Stücke zerteilte Lammkeule von dem improvisierten Gestell, das er über der Glut installiert hat. Er probiert und reicht seinen beiden Komplizen jeweils ein Stück. Sinsic und Zaczyk greifen missmutig zu. Die magere Beute aus dem Bankraub hat mächtig auf die Stimmung geschlagen. Vor allem sind die drei sich untereinander überhaupt nicht einig, wie man mit Brodersens Witwe Lara und vor allem mit dem Filialleiter weiter verfahren soll.

»Verdammte Scheiße, lächerliche dreitausendachthundert und ein paar zerquetschte!«, schreit Zaczyk in die Nacht. »Und dieses verdammte Arschloch von Provinzbanker hat sich 'ne Viertelmillion gekrallt!«

»Willst du, dass man hörrt uns!«, faucht Besnik Sinsic seinen Komplizen an.

»Ihr seid zu weich, ihr wollt alles auf die softe Tour regeln«, schimpft Zaczyk. »So kommen wir nie zu unserer Kohle. Wir müssen den Druck erhöhen.«

»Komm, Zaczyk, dieser blonden Witwe in ihrem alten Fachwerkschuppen haben wir ordentlich eingeheizt«, versucht Voss seinen cholerischen Komplizen zu beruhigen.

»Diese Tusse mit ihrer Ökomusik, oder was das sein soll, die merkt doch gar nichts mehr«, schnaubt Zaczyk. »Die ist doch jenseits von Gut und Böse. Völlig abgedreht!«

»Aberr Typ von ihr, der hat ganz genau kapiert, worrum es geht. Die rrücken rraus die Dollarrs, kannst du glauben mirr«, schaltet sich Sinsic kauend ein.

»Vorausgesetzt sie haben die Kohle überhaupt.« Zaczyk schießt ein glühendes Stück Holz, das aus dem Feuer gefallen ist, mit dem Fuß in die Wiese. »Scheiße, wir hauen hier in' Sack und suchen uns 'ne neue Bank.« Zaczyk kann sich gar nicht wieder beruhigen. »Wozu gibt es diese ganzen Scheiß-Bankfilialen!«

»Wirr bleiben hier«, schnaubt Bandenboss Sinsic unmissverständlich. »Erst hollen wir unsere Kolle, und dann wirr in Sack hauen.«

»Und unsere Beute aus der Bank kriegen wir auch«, ist der blonde Torben Voss überzeugt. »Der Bankfritze ist schon so klein.« Voss macht mit Daumen und Zeigefinger die entsprechende Handbewegung. »Den haben wir fertiggemacht!«

»Wir?« Zaczyk fuchtelt mit seiner Lammkeule durch die Gegend. »Das ich nicht lache! Ich! Ich habe dem Typen eingeheizt. Ihr habt mal wieder nur Sprüche gemacht.«

»Wir habben gestellt Ultimatum.« Sinsic sieht ihn grimmig an.

»Ultimatum, Ultimatum!« Zaczyk tobt und wirft wütend den halb angegessenen Knochen der Lammkeule in die nordfriesische Nacht. »Ihr stellt allen möglichen Leuten immer wieder ein Ultimatum. Aber ihr müsst gleichzeitig den Druck erhöhen, sonst bringt das nichts. Gar nichts. Ihr müsst Druck machen. Versteht ihr? Druck!« Wütend greift er sein Gewehr sowjetischer Bauart und feuert eine Salve in die Wiese.

»Verdammte Scheiße, Zaczyk, bist du vollig verrrückt!« Sinsic geht auf Zaczyk los, wobei ihm sein schwarzer Westernhut vom Kopf fliegt.

»Ganz ruhig, Hansi, wir sind dat.« Der große Torben Voss fasst dem kleinen Hans-Rüdiger Zaczyk auf die Schulter.

»Übermorgen wir habben Kolle. Sonst Typ ist kaputtschik.«

25

Lara Brodersen hat auffällig gerötete Wangen.
Seit dem nächtlichen Besuch der Sinsic-Bande
im Biohof ist Lara ziemlich durcheinander.
Da helfen keine entspannenden Duftöle und
auch die »Energetic Waves Volume 3« nicht
mehr. Eine weißblonde Strähne ihres Timo-
schenko-Haarkranzes hängt ihr ins Gesicht,
während sie hektisch alte Papiere ihres ermordeten Mannes Jörn durchsucht, die in verstaubten Umzugskartons auf dem Heuboden
lagern.

Lara und ihr Lebensgefährte TV-Moderator
Markus März müssten eigentlich die große
Kürbisfest-Sendung vorbereiten. Aber das
beschäftigt sie inzwischen nur noch am Rande.
Die handgeschmiedeten Äxte und die fünfzig
Heugabeln Modell »Tradition« stehen noch
immer unausgepackt in der Tenne. Vielmehr
sucht Lara wie besessen nach einem Hinweis,
wo Jörn diesen Schatz versteckt haben könnte.
Sie ist inzwischen fest von der Existenz des
ominösen Geldkoffers überzeugt. Irgendwie

meint sie zu erinnern, dass Jörn mal etwas von inoffiziellen Geldern angedeutet hat, als sie vor ein paar Jahren die große Wiese neben ihrer Schafswiese kaufen wollten. Natürlich haben Lara und Markus März keineswegs die Absicht, das Geld der Sinsic-Bande zu übergeben. Die beiden wollen selbst an das Geld ran, um damit das ganz große Geschäft mit den »schönen einfachen Dingen vom Lande« aufzuziehen.

Lara und März lassen nichts unversucht, das Versteck dieses Koffers ausfindig zu machen. Lara wollte schon ihre 450-Euro-Kraft aus dem Hofladen zu Rate ziehen. Birte veranstaltet schließlich auf dem Heuboden Hellseher-Workshops. Und bei einer dieser Séancen soll sie angeblich den Tod der Bredstedter Zahnärztin vorhergesehen haben. Aber jetzt sichtet sie erst mal alte Gemarkungspläne.

»Das hier ist unsere Weide.« Lara zeigt auf die vergilbte Karte, die sie in einem Aktenordner gefunden und jetzt auf dem großen Holztisch in der Wohnküche ausgebreitet hat. Der TV-Moderator ist noch nicht ganz orientiert und blickt verständnislos auf den von etlichen Linien durchzogenen und mit vielen Zahlen versehenen Plan.

»Und hier ist gestrichelt der Deich einge-
zeichnet.« Lara streicht sich die aus dem Haar-
kranz herausgefallene Strähne aus dem Gesicht und fährt mit dem Finger eine Linie
entlang über die ganze Karte.

»Und das hier?« März zeigt auf ein nach-
träglich mit einem roten Stift eingezeichnetes
Kreuz. Er fährt sich durch die kräftigen grauen
Haare auf dem quadratischen Kopf und bleckt
die Zähne.

»Genau«, haucht Lara. »Du spürst es auch,
oder?« März sieht sie fragend an. »Von diesem
Kreuz geht eine besondere Energie aus.« Lara
schwebt schon wieder in anderen Sphären,
wirkt aber alles andere als abwesend.

»Du meinst, hier könnte etwas versteckt
sein?« März setzt die Miene auf, mit der er in
seiner Sendung die Gäste befragt.

»Vergraben am Rand unserer Wiese?
Könnte sein.«

In dem Moment kommt Junior Marvin
Manolo zusammen mit Hippiefreundin Sybille in die Wohnküche geschlurft.

»Was geht hier denn ab? Große Schatz-
suche?« Der Sohn des Moderators grinst
überheblich.

Seine Freundin blickt staunend durch die

runde blaue Brille erst auf die Karte, dann auf den prominenten Moderator.

»Wie kommst du denn auf so was?« Markus März fühlt sich ertappt.

»Der Marvin Manolo spürt es auch«, haucht Lara.

»Schnitzeljagd? Oder habt ihr den Schatz im Silbersee gefunden?«

Sein Vater reagiert gereizt. »Wie witzig. Hat der Herr nicht noch Schularbeiten zu machen?«

»Hallooo? Wie krank ist das denn?«

Lara blickt von der Karte auf und sieht das Mädchen im Retrohippielook interessiert an.

»Das ist übrigens Sybille«, stellt Marvin Manolo seine Freundin vor.

»Willkommen«, haucht Lara.

»Geht ihr zusammen zur Schule?«, fragt März ziemlich unfreundlich.

»Ey, Mann, du nervst«, motzt der Junior. »Übrigens: Schule war gestern. Sybille und ich werden nach Indien gehen …«

»Na klar, logisch, wohin denn sonst«, tönt der Moderator ironisch.

»Schön«, flüstert Lara dagegen ganz ernsthaft.

»Und wie stellt mein Herr Sohn sich das vor? Vater zahlt den Trip nach… wohin bitte? Indien? Goa, oder was?«

»Nö, nicht nötig«, verkündet Marvin Manolo triumphierend. »Wir haben schon 'n Sponsor.«

»Echt jetzt«, grient Sybille durch die blaue Nickelbrille.

»Und wer soll das bitte sein?«, fragt Markus März ungläubig.

»Dieser Typ, bei dem wir Party gemacht haben.« Sybille hat jetzt ein Dauergrinsen im Gesicht.

»Bounty. Den kennt ihr doch«, ergänzt Marvin Manolo.

»Der hat echt noch so 'ne Küche aus der Kommunenzeit, voll schön.«

»Aber wenn Bounty auf Reisen geht, verlässt er normalerweise seine Küche gar nicht«, haucht Lara wissend.

»Schon klar«, lacht Marvin Manolo. »Aber, nee, er will sich jetzt 'n alten Bully anschaffen und dann…« Er zeigt mit beiden Zeigefingern aus dem Fenster. »… ab nach Indien. Ist wohl überraschend zu Geld gekommen.«

»Bounty?« Lara wundert sich.

»Zu Geld?«, fragt März.

»Weiß auch nicht. Will er angeblich irgendwo gefunden haben.«

Lara und Markus März sehen sich an. Lara wirkt plötzlich hellwach. Ihre Wangen sind jetzt noch geröteter. Mit einem Gespenst hat sie jetzt gar nichts mehr gemein.

26

Heute Morgen will Thies Telje mit auf die Wache nehmen. Thies' Tochter hat eine wichtige Aussage zu machen. Da bei ihr in der Schule gerade zwei Stunden ausfallen, passt das ganz gut. Heike ist damit allerdings überhaupt nicht einverstanden.

»Wat heißt hier wichtige Aussage, dat kann Telje dir doch auch hier erzählen«, schimpft Heike, während sie das Frühstücksgeschirr in die Spülmaschine räumt.

»Nee, da müssen Papa und Nicole doch bestimmt 'n Protokoll machen und so«, verkündet Telje stolz. Zwillingsschwester Tadje, bei der keine Schulstunden ausfallen, guckt einigermaßen beleidigt, und Heike verdreht die Augen.

»Na ja, Nicole hat dann vielleicht auch noch ein paar Fragen …«

»Nicole hat auch noch ein paar Fragen. Soso.« Heike muss den Namen der Kieler Kommissarin nur hören, und sie hat sofort schlechte Laune. Sie feuert die schmutzigen

Teller in die Spülmaschine, dass es bedenklich scheppert.

»Dat is 'n büschen heikle Angelegenheit. Schon besser, wenn wir das auf'm Revier machen.« Thies bleibt stur. »Und dann kriegt Telje gleich mal mit, wie Polizeiarbeit so läuft. Sie will doch später mal in den Polizeidienst.« Heike kann das nicht gutheißen. Ihr sind die kriminalistischen Ambitionen ihrer Tochter suspekt. »Telje schreibt morgen Bio, und außerdem haben die Zwillinge heute Nachmittag ›Konfir‹.«

»Heike, da muss der Pastor mal warten. Mord geht vor.«

Der Tau glitzert in den Spinnweben, die unter dem Dachvorsprung der Fredenbüller Wache hängen. Es ist für Nordfriesland ein erstaunlich warmer und trockener Spätsommer. Der Reusenbüller Obstbauer hat, ungewöhnlich früh für die Jahreszeit, bereits die erste Ladung Holsteiner Cox auf seinem Hänger. Richtung Nordsee hängen ein paar Möwen wie an Marionettenfäden in der lauen Spätsommerbrise.

Schräg gegenüber der »Hidden Kist« auf dem Parkplatz vor seinem Edeka-Markt zerlegt Bürgermeister Hans-Jürgen Ahlbeck im weißen Kittel fein säuberlich leere Pappkartons und verstaut sie in der blauen Tonne. Über dem Supermarkt öffnet sich ein Fenster. Die alte Frau Ahlbeck schüttelt eine Tischdecke aus. Aus der Wohnung dringen pfeifende Schüsse untermalt von hallenden Ennio-Morricone-Klängen.

»Geh bloß in Deckung, Muddi«, ruft Ahlbeck nach oben.

»Hans-Jürgen, sieh du man zu, dass du deine Pappen in die richtige Tonne kriegst«, schreit Oma Ahlbeck nach unten. »Und dann bring mir doch mal aus'm Laden 'ne Dose rote Bohnen rauf. Hatte Clint Eastwood eben zu Mittag, da hab ich auch mal Appetit drauf.«

Dann wird das Fenster wieder geschlossen. Ein Reisebus aus dem Westfälischen schleicht die Dorfstraße entlang und biegt schaukelnd in die Einfahrt zum Biohof ein. Klaas fährt auf seinem Postfahrrad vorüber und winkt zur Wache hinüber. Doch Nicole Stappenbek bekommt es gar nicht mit. Sie hat alle Hände voll mit den Mordfällen zu tun.

Mittlerweile hat die Kieler Kommissarin die kleine Wache in der Fredenbüller Dorfstraße schon wieder nach ihren Vorstellungen umgestaltet. Die Wand gegenüber dem Fahndungsplakat mit der Sinsic-Bande ist mittlerweile mit ihren kleinen handgeschriebenen Zetteln gepflastert. Auf der Landkarte von Fredenbüll und Umgebung hängen noch einmal die Porträts der drei Bankräuber. Neben einem Foto der Tatwaffe, den Namen und Fotos der Mordopfer an den beiden Tatorten *Raiffeisenbank Schlütthörn* und *Ferienhaus Müller-Siemsen* stehen auf kleinen Zetteln die Namen aller möglichen Beteiligten: Besnik Sinsic, Hans-Rüdiger Zaczyk und Torben Voss, Heiko Thormählen, Wencke Petersen, Angelica Müller-Siemsen. Wer von denen wirklich unter Mordverdacht steht, darüber sind sich Thies und Nicole allerdings noch nicht so ganz einig.

Die Kieler Kommissarin hat einen kalten »Coffee to go« neben sich stehen und raucht. Sie tippt auf ihrem Notebook herum, als Thies mit seiner Tochter die Wache betritt.

»Na, Telje, willst uns bei der Ermittlungsarbeit unterstützen?« Nicole lacht. Telje entert sofort Thies' Schreibtischstuhl und studiert fasziniert die Pinnwand.

»Den kenn ich und die, und den kenn ich auch.« Telje zeigt auf die einzelnen Zettel.

Nicole hat Neuigkeiten. »Börnsen hat vorhin den Bericht von den Ballistikern geschickt«, berichtet sie. »Die Pistole, die wir gefunden haben, war in beiden Fällen die Tatwaffe.«

»Sinsic und seine Kollegen?« Thies fährt sich durchs Haar und zeigt spontan Ansätze seines Kuhblicks.

»Aber wieso haben die Täter die Waffe zurückgelassen?« Nicole schnieft.

»Die sind überrascht worden.«

»Und wieso hat die Waffe keinen einzigen Fingerabdruck?«, fragt die Kommissarin weiter.

»Abgewischt, mit'm Tuch oder so«, hat Telje sofort eine Erklärung parat. »Hab ich schon oft gesehen.«

»Sie meint im Fernsehen«, erklärt Thies. Nicole muss grinsen.

»Deine Tochter denkt mit.« Die Kommissarin nickt anerkennend. »Aber das spricht natürlich dagegen, dass der Täter den Tatort übereilt verlassen hat, und vor allem spricht es gegen Sinsic und seine Crew. Die haben bei dem Banküberfall keine Handschuhe getragen und sich um Fingerabdrücke nicht weiter gekümmert. Das haben alle Zeugen so ausgesagt. Und das war auch bei den früheren Überfällen, die auf das Konto der Bande gehen, so. Warum sollten die auf einmal Handschuhe tragen?«

Thies nickt enttäuscht. Aber er hat ja mittlerweile selbst Zweifel an der Täterschaft der Sinsic-Bande, insbesondere seitdem Telje immer wieder von ihrer Klassenkameradin und deren waffenfanatischem Vater berichtet.

»Telje, erzähl doch mal von Melanie.«

»Wir haben bei Melanie im Keller geschossen«, verkündet Telje stolz.

Nicole Stappenbek runzelt die Stirn. »Geschossen?«

»Melanies Vater hat den ganzen Keller voller Waffen«, berichtet Telje freudestrahlend. »Dat ist sein Hobby, und er verkauft die auch, sagt Melanie.«

»Aber die sind hoffentlich gut weggeschlossen.« Nicole zieht geräuschvoll Luft durch die Nase.

»Nur die Gewehre und diese … Papa, wie heißt das noch … Panzer …?«

»Panzerfaust«, sagt Thies mit wichtiger Miene.

»Genau! Panzerfaust!«, wiederholt seine Tochter strahlend.

»Wie bitte?« Nicole muss niesen. »Das kann

doch nicht angehen.« Der Kommissarin kommen erhebliche Zweifel an dem, was die vorlaute Tochter des Kollegen Detlefsen da zum Besten gibt. Sie muss ein zweites Mal niesen.

»Ja, der hat da wohl ein ganzes Waffenlager bei sich im Keller.« Thies ist auch überhaupt nicht wohl bei dem Gedanken.

»Aber ihr habt da nicht selbst geschossen?« Nicole runzelt die Stirn.

»Doch, mit 'ner richtigen Pistole! Melanie, Leonie, die is auch bei mir in der Klasse, und Marvin Manolo war auch dabei, der Sohn von dem aus'm Fernsehen. Der hat da ganz schön rumgeballert.«

»Und der Vater von Melanie war auch dabei, oder?«

»Nee, der war ja auf Arbeit.«

Nicole sieht erst Telje staunend und dann Thies vorwurfsvoll an. Ihr fehlen die Worte. »Ich glaub das jetzt nich!«

»Ich wollt das erst auch nich glauben«, sagt Thies ungewöhnlich kleinlaut.

»Und das alles hier in unserem verschlafenen Fredenbüll.« Nicole schüttelt den Kopf.

»Nee, nee!« Thies protestiert lautstark. »In Reusenbüll!«

»Wer ist denn das überhaupt, kennen wir

den? Ist er schon mal in Erscheinung getreten?« Nicole denkt natürlich sofort an unerlaubten Waffenbesitz.

»Nee, Holger Gonscherowski is 'n unbescholtener Bürger, eigentlich ganz unauffälliger Typ. Macht bei 'ner Firma in Husum irgendwat mit Computern, glaub ich, außerdem Shantychor und im Schützenverein.«

»Schützenverein?«

»Ja, er will ja unbedingt mal Schützenkönig werden, seit Jahren schon. Aber da hatte er bisher keine Chance gegen den alten von Rissen, gegen Thormählen, also nich unsern Filialleiter, sondern seinen Bruder bei der Feuerwehr, und vor allem gegen Piet Paulsen.«

»Piet? Mit seiner Gleitsichtbrille?«, wundert sich Nicole.

»Nee, die nimmt er beim Schießen ab, dann trifft er am besten. Aber er nimmt ja offiziell nie teil. Und von Rissen ist eigentlich auch 'n guter Schütze, aber der sitzt ja seit den Morden vor zwei Jahren in der Psychiatrie. Also die Chancen für Gonscherowski steigen.«

»Hast du von diesen Waffen schon was gehört?«, fragt die Kommissarin mit ernster Miene.

»Nee, erst durch Telje jetzt.«

»Sag mal, Telje, wie viele Waffen sind das denn?« Nicole mag Teljes Geschichte immer noch nicht glauben.

»Jetzt nur die Gewehre?«, fragt Telje. Thies und Nicole sehen sich an. »Vielleicht fünfzig oder hundert. Ich weiß nich. Die sind alle in Schränken mit so Stahlgittern. Alles abgeschlossen.«

»Und womit habt ihr geschossen?« Nicole muss sich zwingen ruhig zu bleiben.

»Na ja, mit 'ner Pistole. So ähnlich wie die Erbsenpistole, die Tadje mal hatte, nur in echt.« Telje zeigt auf die Tatwaffe an der Pinnwand. »Die sah genauso aus wie die da.«

»Sag mal, sind denn hier alle verrückt geworden?« Nicole verliert allmählich die Fassung. »Thies, ich versteh auch dich nicht. Da musst du doch tätig werden.«

»Ich hab das auch erst gestern erfahren.« Thies sortiert sich nervös die Marco-Reus-Bürste. »Ich hab das erst mal nich geglaubt, du doch auch nicht.«

»Wo hat Melanies Vater denn die ganzen Waffen her?«, wendet sich die Kommissarin bemüht ruhig an Telje. »Weißt du das?«

»Von der NVA«, antwortet Telje wie aus der Pistole geschossen.

»Wie bitte?«

»Hat Melanie erzählt. Und er hat ganz vielen Leuten Pistolen verkauft, sagt Melanie.« Thies und Nicole kommen aus dem Staunen gar nicht raus. Telje genießt ihre Befragung auf der Wache regelrecht. »Sie sagt, dass wissen wir gar nich, wer alles Pistolen von ihrem Vater hat. Bürgermeister Ahlbek hat eine, falls sie seinen Laden überfallen, die Feuerwehrmänner, die Frau von dem Professor aus Hamburg ...«

»Frau Müller-Siemsen?« Nicole horcht auf.

»... und Heiko Thormählen in der Bank in Schlütthörn ...«

»Heiko Thormählen?!«

27

Der Schmerz zieht sich von der Wunde auf der Stirn unter der Schädeldecke über den ganzen Kopf. Heiko Thormählen nimmt drei Schmerztabletten auf einmal. Er schluckt die Kapseln mit Leitungswasser herunter. Auf dem Küchentisch liegt ein Flugticket. »Abflug: 7.30 Uhr, Amsterdam/Schiphol – Ankunft: Cayman Islands 16.40 Uhr Ortszeit.« Für Heiko Thormählen klingt es wie eine Verheißung. Er muss hier aus Nordfriesland schleunigst weg.

Thies Detlefsen und diese Kieler Kommissarin hatten doch längst Lunte gerochen, das sagte ihm sein Gefühl. Die würden sich mit seinen vagen Aussagen und Verweisen auf das Bankgeheimnis nicht zufrieden geben. Und dann rückten ihm jetzt auch noch die Bankräuber auf die Pelle. Sie wollten an diese Viertelmillion, die er als geraubt angegeben hatte. Aber was soll er machen? Er hat das Geld einfach nicht. Die angeblich so lukrativen Fondanteile hatten sich in Luft aufgelöst, das Geld war einfach nicht mehr da, zwischen den karibischen Inseln wie im Bermudadreieck verschollen. Unter der Wertpapierkennziffer stand nur eine Null. Der Kursverlauf war nur noch ein grader Strich, wie ein EKG nach dem Eintritt des Todes. Seine Anlagen waren ein echtes Desaster. Und dann, wie durch ein Wunder, wurde seine Bank überfallen. Als Thormälen aus seinem Büro die Schüsse im Schalterraum hörte, hatte er die Gunst der Stunde genutzt. Er war sich richtig clever vorgekommen.

Die Bredstedter Zahnärztin Butz-Christensen hatte ihm seit mehreren Monaten den letzten Nerv geraubt, und dann stand auf einmal auch noch die Geliebte des Hamburger Professors auf der Matte. Für beide hatte er in der Karibik größere Beträge angelegt, mit satten Renditen und alles steuerfrei. Zunächst hatte sich der Fonds prächtig entwickelt: über zwanzig Prozent in drei Monaten. Aber dann drehte das Papier in die Miesen. Er hatte noch mal nachgekauft, um das Papier zu verbilligen. Das hatte ihn erst richtig reingerissen. Der Fonds kannte nur eine Richtung: nach Süden. Er hatte die Risiken selbst unterschätzt. In der letzten Zeit wurde die Zahnärztin dann hartnäckig. Sie hatte sich offenbar anderweitig kundig gemacht und wollte auf einmal ihr Geld wiederhaben. Er versuchte sie immer wieder hinzuhalten. Er behauptete, dass er zu diesem Zeitpunkt nicht an das Geld herankam und dass solche Dellen im Kursverlauf ganz typisch seien. Alles vergeblich.

An jenem Morgen stand wieder so ein Gespräch mit ihr an, und Thormählen hatte keinen blassen Schimmer, was er ihr noch erzählen sollte. Da kam der Bankraub wie eine Erlösung. Alles schien auf einmal ganz einfach. Er hätte hinterher einfach behaupten können, dass das angelegte Geld der Zahnärztin im Tresor gelegen hatte. Aber dann hielt er ganz plötzlich die Parabellum aus seiner Schreibtischschublade in der Hand, und es lief alles vollkommen anders, als er eigentlich gedacht hatte.

Thormählen dröhnt der Kopf. Er hält sich die Stirn. Die Kopfschmerzen werden einfach nicht besser. Es ist aber auch eine gefährliche Kopfwunde, die dieser kleine Bankräuber ihm mit seinem eigenen Feuerlöscher verpasst hatte. Doch ins Krankenhaus wollte er damit nicht gehen. Die wollen ihn bloß wieder zur

Beobachtung dabehalten, und er hat dringend einiges zu regeln. Noch war nichts verloren.

Anfangs war sein Plan gewesen hierzubleiben. Die in der Karibik versandete Viertelmillion wollte er den Bankräubern in die Schuhe schieben. Was die Höhe der Beute betrifft, würde die Polizei doch garantiert ihm und nicht diesem Jugoslawen und seinen Komplizen glauben. Aber jetzt läuft dieses durchgedrehte Gangstertrio immer noch frei in der Gegend herum. Warum waren die noch nicht verhaftet? Als Sinsic und seine Kumpanen sich kurzfristig im Haus der Müller-Siemsens bei der Freundin des Professors einquartiert hatten, passte ihm das zwar sehr gut in den Kram. Aber als diese brutalen Idioten ihm jetzt auf die Pelle rückten, hatte Heiko Thormählen seine Pläne spontan geändert.

Jetzt will er hier schnellstens weg. In dieser piefigen Provinzbank hat er sowieso keine Zukunft mehr. Sie wollten ihn loswerden, das hatte er schon lange bemerkt, nicht erst seit diesem Überfall. Diese Spießer in der Flensburger Abteilung für Anlageberatung, die das Wort Investmentbanking nicht verdiente, warteten nur auf einen Anlass, ihn rauszuschmeißen. »Mit Ihren riskanten Investments schaden Sie dem Ruf unseres Hauses«, hatte die Leiterin »Privatkunden« ihn am Telefon angegiftet. Sollen diese Kleinkrämer doch an ihren Empfehlungen für zweiprozentige Stufenzinsanleihen verrecken.

Heiko Thormählen stiert auf das kunstledergerahmte Hochzeitsfoto von sich und Marlies vor dem alten Fredenbüller Dorfkrug. Dann wandert sein Blick zu dem Karibikbild. Nein, ihn hält hier nichts mehr. Er wird die Düse machen. Aber vorher brauchte er Geld, und zwar genau das, von dem jetzt alle reden.

Zuerst wollte er es gar nicht glauben, dass dieser Althippie aus Fredenbüll bei Wencke Petersen gleich mehrmals mit größeren Dollarbeträgen und Schweizer Franken bei ihnen in der Filiale antanzte. Und dann hatten die Bankräuber irgendetwas von einer versteckten Beute in ausländischen Währungen gefaselt. Sie hatten ihn halb bewusstlos geschlagen, aber das hatte er noch mitbekommen. Er hat keine Ahnung, aus welchem Raub dieses Geld stammen soll. Aus seiner Schlütthörner Filiale kam es jedenfalls nicht. Wo ist dieser Aluminiumkoffer, mit dem der cholerische kleine Bankräuber herumgeprahlt hatte? Sobald Thormählen nachdenkt, spürt er sofort wieder dieses schmerzhafte Ziehen unter der Schädeldecke.

Thormählen lässt seinen Blick über die desolate Szenerie des Wohnzimmers schweifen. Er hat nur notdürftig aufgeräumt. Der Schmerz zieht ihm jetzt wie ein Blitz durch den Kopf. Er macht sich einen neuen Kopfverband, zieht sich Schuhe und Jacke an. Jetzt hätte er gern seine Neun-Millimeter-Parabellum dabei. Aber die Waffe besitzt er nicht mehr.

28

Während Thies Telje in Nicoles schickem Zivil-Mondeo nach Husum zur Schule fährt, bekommt die Kommissarin einen Anruf von der Kriminaltechnik.

»Das ist 'ne seltsame Geschichte, Nicole.« KTU-Mann Mike Börnsen hat verblüffende Neuigkeiten im Mordfall Siggelkow. »Das is mir in meiner bisherigen Tätigkeit auch noch nicht untergekommen. Da kommst du nie drauf, was die Analyse der Haare unter den Fingernägeln der Toten ergeben hat.«

»Komm, Mike, mach's nicht so spannend.«

»Wir haben an Haaren alles durchgetestet, was es so gibt, Menschen und Tiere, also Hunde, Katzen, Pferde, Hirsche, die ganze Palette, sogar Elche. Da waren wir von der Haarstruktur schon ziemlich dicht dran.«

»Lass mich raten, Mike ...«

»Na?«

»Bison!«

»Wie bitte?!« Mike Börnsen ist sprachlos. »Woher weißt du das?«

»Die Arztgattin, also die Konkurrentin des Mordopfers, hat so eine auffällige Jacke mit einem Fellkragen, so 'n teures Designerteil von Joop. Und dieser Kragen ist aus Bisonfell. Das ging durch die Presse, wegen des Tierfells, ich meine, das war diese Jacke.«

»Stimmt, die Tote hatte Bisonhaare unter den Fingernägeln.« Börnsen macht eine kurze Pause. »Cowboys, Indianer und jetzt noch 'n Bison... Nicole, wie sieht's aus, trägst du schon Sheriffstern?«

Nicole muss grinsen. Sie recherchiert noch mal im Internet. Diese Joop-Jacke ist nur noch mit einem Kunstfellkragen erhältlich. Darunter steht: »Mit echtem Bisonfell nicht mehr lieferbar.«

Dann führt Nicole Stappenbek noch ein zweites Telefonat mit der Abteilung Investmentbanking für Privatkunden in der Nordschleswiger Zentrale der Raiffeisenbanken in Flensburg. Die Dame am Telefon ist zunächst recht kurz angebunden und beruft sich auf das Bankgeheimnis. Aber über den Schlütthörner Filialleiter Heiko Thormählen gibt sie erstaunlich bereitwillig Auskunft.

»Wir machen uns da auch schon unsere Gedanken. Herr Thormählen hat da in letzter Zeit Beratungen getätigt, für die wir eigentlich zuständig sind.«

»Hat er auch Gelder in die Karibik transferiert?«, will die Kommissarin wissen.

»Karibik…«, die Dame in Flensburg zögert. »Das ist ja das Problem, wir wissen über Herrn Thormählens Engagement gar nicht so ganz genau Bescheid. Er handelt da offenbar etwas eigenmächtig. Aber so viel ich weiß, hat er in der letzten Zeit des Öfteren Urlaub in der Karibik gemacht. Sehr oft. Das ist uns durchaus aufgefallen.«

»Das klingt, als … wie soll ich sagen … als stünde Herr Thormählen bei Ihnen auf der Abschussliste.«

Die Flensburger Bankdame zögert. »Darüber darf ich mit Ihnen natürlich nicht sprechen. Aber sagen wir mal so: Bei diesen kleinen Filialen auf dem platten Land … also, da gibt es einigen Restrukturierungsbedarf.«

»Hat Herr Thormählen denn auch eine Frau Doktor Butz-Christensen und eine Doktor Sandra Siggelkow oder auch Herrn Doktor Müller-Siemsen bei ihren Investments beraten?«

»Das kann ich Ihnen auch nicht sagen.

Diese ... die letzten Namen, die sie genannt haben ...«

»Sandra Siggelkow und Müller-Siemsen.«

»... ich schau grad mal nach, aber die sind meines Wissens nie Kunden bei uns gewesen. Aber Frau Doktor Butz-Christensen hat ein Wertpapierdepot bei uns.«

»Hat es in diesem Depot in letzter Zeit größere Bewegungen gegeben?«, fragt Nicole schnell nach.

»Das darf ich Ihnen nun wirklich nicht sagen.«

»Es geht um Mord, und ihre Kundin lebt ja auch gar nicht mehr.«

»Aber deswegen ist das Bankgeheimnis nicht aufgehoben ...« Die Flensburger Investmentbankerin zögert. »Aber so viel darf ich Ihnen vielleicht verraten: Vor längerer Zeit hat es eine Kontobewegung mit einer größeren Summe gegeben.«

»Vielleicht über eine Viertelmillion?« Nicole Stappenbek hat ganz plötzlich eine Idee. Die Dame aus Flensburg sagt gar nichts mehr. Es klingt, als wäre die Leitung unterbrochen. »Das haben Sie jetzt gesagt«, flüstert sie dann verschwörerisch.

In »De Hidde Kist« herrscht wieder einmal Hochbetrieb. Der kleine Imbiss platzt aus allen Nähten. Die Bustouristen aus dem Westfälischen haben nach einem Besuch im Biohof Brodersen Antjes Imbiss geentert und belagern die beiden Stehtische in drei Reihen. Nicht mal der halbe Bus passt in den Imbiss. Der größere Teil der Reisegesellschaft, allesamt in sandfarbenen Anoraks, wartet in der Hoffnung auf einen von Antjes berühmten »Rollmöpsen to go« draußen vor der Tür und schnuppert derweil lustvoll an den durch die Lüftung nach draußen ziehenden Düften aus der Fritteuse. Die Tagestouristen aus dem Westen sind nicht wegen der maßgefertigten Holzrechen und Aromalampen angereist. Sie wollten vielmehr einen Blick auf den prominenten TV-Moderator werfen. Markus März hat eine kurze Audienz gewährt. Das Kurzreferat über das einfache Landleben schlug bei der Reisegruppe, die im Gegensatz zu dem Talkmaster tatsächlich vom Lande kommt, nicht ganz so ein. Ein paar Souvenirs haben die Bustouristen dann doch erstanden. Auf Stehtisch Zwei stehen, eingewickelt in braunes Packpapier, etliche Fläschchen aus Lara Brodersens Duftölkollektion, und unter dem

Garderobenhaken stehen sogar drei Mistforken Modell »Tradition«.

Antjes Heringsvorräte für die Fischbrötchen gehen schon wieder zur Neige. Die Imbissgäste müssen auf Putenschaschlik »Hawaii« und Pommes umdisponieren. Während die Fritteuse kurz vor dem Explodieren steht, wird an den Stehtischen heiß diskutiert, wo die Currywurst erfunden und ob der Moderator in Wirklichkeit nicht viel kleiner wirkt als auf dem Bildschirm und sowieso nicht halb so gut aussieht.

Piet Paulsen und Postbote Klaas haben ihren Stehtisch ein Stück von den anderen abgerückt und stehen jetzt fast in Antjes Glastresen. Die Stammgäste fühlen sich angesichts der Touristeninvasion immer mehr an den Rand gedrängt. Die Fredenbüller müssen zusammenrücken. Heute haben sich Bounty und der Schimmelreiter, normalerweise auf Stehtisch Eins abonniert, dazugesellt. Imbisshund Susi hat sich nach draußen verdrückt.

»Sind die hier auf 'ner Kaffeefahrt«, quakt Schimmelreiter Hauke Schröder laut dazwischen. Antje sieht ihn strafend an. Paulsen hat sich das blaue Basecap der nordfriesischen

Raiffeisenbank tief ins Gesicht gezogen und stochert missmutig mit einem Plastikpiekser in seinen großen Zähnen herum.

»Sagen Sie mal, wo ist dieser Mord eigentlich genau passiert?«, ruft eine ältere Dame, die ein Pappschälchen mit einem Schaschlik in roter Currysoße riskant vor ihrer hellen Windjacke in Richtung Glastresen balanciert.

»Welchen Mord meinen Sie denn?«, fragt Klaas provozierend zurück.

»Gibt's denn mehrere?« Ein Rentner, ebenfalls in beiger Windjacke und ein Fischbrötchen in der Hand, staunt. »Ist ja allerhand los bei Ihnen hier oben.«

»Dat is' doch die lütte Assistentin von dem Professor, die sie da gefunden haben?«, fragt Paulsen an Klaas gewandt. »Hat doch auch hier im Imbiss verkehrt, und war er nich auch mit ihr auf'm Feuerwehrfest?«

»Ja, ja, muss wohl schlimm ausgesehen haben!« Die vollschlanke Antje pustet sich eine Haarsträhne aus dem rot glänzenden Gesicht und drückt aus der großen Plastikflasche geräuschvoll eine Ladung Ketchup auf die letzten Pommes. Die angeregten Gespräche der Bustouristen verstummen.

»Auf'n Melkschemel gefesselt, hab ich gehört«, krächzt der Landmaschinenvertreter a. D.

»Und man sitzt ja sowieso schon unbequem auf den Dingern«, pflichtet Klaas ihm bei. »Zu niedrig und dann nur drei Beine, dat is doch kein Küchenstuhl.«

»Das niedrige Sitzen ist ganz schlecht für den Rücken«, bestätigt der Rentner mit dem Fischbrötchen.

Als erst Nicole und dann Thies sich an der Schlange vorbeidrängeln und den Imbiss betreten, drehen sich alle um, einige protestieren zaghaft. Aber als sie die Uniform bemerken, verstummt der Protest sofort.

»Na, Thies, habt ihr sie endlich?«, ruft Klaas quer durch den Imbiss.

»Die Pistoleros zur Strecke gebracht«, gackert Bounty und zieht das Haargummi seines dünnen grauen Pferdeschwanzes stramm. Polizeiobermeister und Kommissarin arbeiten sich mit Mühe durch die hungrigen Bustouristen zum Stehtisch der Stammbesetzung.

»Oder sind die für die Morde etwa gar nich verantwortlich?«, fragt Postbote Klaas, der als gelegentlicher Assistent des Fredenbüller

Polizeiobermeisters ein feines Gespür für die Ermittlungsarbeit hat. Aber heute gehen Thies und Nicole nicht darauf ein.

»Das wird ja immer toller hier bei dir«, ruft Nicole Wirtin Antje zu.

»Vorige Woche kamen hier sogar zwei Busse auf einmal. Aber den zweiten hab ich gleich nach Husum weitergeschickt. So viel Rollmöpse kann ich bei mir im Laden gar nich vorhalten.«

»Sach mal, könnt ihr beiden den Laden hier nich mal evakuieren«, kräht Paulsen für die Umstehenden unüberhörbar. »Ich seh hier Gefahr im Verzug, dat die kühlen Getränke knapp werden.«

Antje reicht Piet, Bounty und dem Schimmelreiter schnell drei Bierflaschen über den Tresen.

»Nur 'ne schnelle Latte, Antje«, ruft Nicole über den Tresen und dann leise zu Thies: »Wir müssen uns dringend um Thormählen kümmern und auch um die Professorengattin.«

»Fahndung?«, zischt Thies begeistert. Die Kommissarin macht eine abwartende Handbewegung und wechselt das Thema. »Sag mal, Piet, ich hab gehört, du bist hier der heimliche Schützenkönig.« Nicole grient ihn an.

»Wir müssen hier nämlich waffentechnisch wat ermitteln«, flüstert Thies vertraulich in die Stehtischrunde.

Paulsen mustert die Kommissarin über die Gleitsichtbrille hinweg. »Aber ich schieß nich so gut wie Bounty.«

»Bounty?! Der kann schießen?«, wundert sich Nicole.

»Na ja, wir schießen ja nur außerhalb der Konkurrenz«, erklärt Paulsen.

»Friedensdienst an der Waffe!«, gackert Bounty. Nicole muss lachen.

Vor der Tür der »Hidden Kist« fragt ein weiteres Touristenpaar auf der Suche nach dem einfachen Landleben nach dem Weg zum Biohof. Fünf Rentner zeigen gleichzeitig die Dorfstraße hinunter.

Der Schimmelreiter dreht sich ungeduldig eine Zigarette. »Ich muss hier jetzt mal raus aus der Rentnerhölle.«

Thies sieht ihn mit kritischer Miene an. Der Fredenbüller Dorfpolizist ist wirklich nicht sonderlich gut auf den Schimmelreiter mit seinem tiefergelegten Mustang zu sprechen. »Sach ma, Bounty, wie ist dat jetzt, geht das mit dem Motor klar?« Thies sieht fragend in die Runde.

»Bounty will Hauke 'n neuen Motor für seinen Mustang spendieren«, erklärt Klaas.

»Ja, scheiße, nä, Maschine im Arsch«, erläutert der Schimmelreiter näher.

»Sach ma, Bounty, mal so ganz unter uns. Wo hast die Kohle eigentlich her?«, fragt Thies und sieht ihn durchdringend an.

»Bankgeheimnis«, nuschelt der Althippie und wirkt auf einmal ungewöhnlich nervös.

»Bounty, dat ist nich wahr, dass du hier einen auf Bankgeheimnis machst.«

»Ja, Bounty ist zu Geld gekommen«, sagt Klaas geheimnisvoll.

»Kannst dem HSV nich 'nen neuen Innenverteidiger spendieren?«, schlägt Paulsen vor. »Ist mal wieder dringend nötig. So als Sponsor wie dieser Hamburger Spediteur.«

Thies staunt. Den Schimmelreiter zieht es nach draußen. »Bounty, hau rein.«

Der Altkommunarde nickt seinem Kifferkumpel diskret zu. »Geht schon klar, Hauke.« Dann stolpert Schröder in seinen klobigen Doc-Martens-Stiefeln mitten durch die westfälischen Bustouristen nach draußen.

»Wat is dat für Geld, Bounty?« Thies lässt nicht locker.

»Wo soll er dat schon herhaben?« Piet Paul-

sen verzieht hinter seiner schweren Gleitsichtbrille zunächst keine Miene. »Is doch
klar, Bounty hat bei dem Bankraub mitge-
mischt.« Er zwinkert Nicole vertraulich zu.

»Bei mir wollte er seinen Zettel bezahlen,
der hier seit Monaten offen ist, aber in Fremdwährungen.« Antje sieht Bounty vorwurfsvoll an.

»Fremdwährung?« Nicole und Thies horchen auf. In der Bank bei Wencke Petersen
war Bounty schließlich auch schon mit ausländischen Geldscheinen aufgekreuzt. Was
hat das zu bedeuten? Dass der Althippie sein
Hartz-IV-Salär mit dem gelegentlichen Ver-
kauf selbst gezogener Grünpflanzen etwas
aufbessert, ist allgemein bekannt. Aber dass er
jetzt ins internationale Drogengeschäft eingestiegen ist, halten Thies und Nicole doch für
unwahrscheinlich. »Was heißt Fremdwährung?«, will Nicole wissen. Bounty ordnet
nervös das Haargummi an seinem Pferdeschwanz.

»Dollars und Schweizer Franken«, antwortet Klaas für ihn.

»Ja, weiß auch nich, hab ich gefunden …
alte Urlaubskasse«, nuschelt der Althippie.

»Rollmopsbrötchen für eine Handvoll Dollar, oder wie seh ich dat.« Piet Paulsen nimmt seine Zigarillopackung vom Stehtisch, klemmt sich wie Clint Eastwood ein Zigarillo in den Mundwinkel und strebt nach draußen zum Rauchen.

29

Lara und Markus März lassen das Auto etwas versteckt in einer Feldeinfahrt an der Reusenbüller Drift stehen. Das letzte Stück zu Bountys Haus gehen sie zu Fuß.

»Vielleicht hat Marvin Manolo sich das alles nur ausgedacht. Vielleicht ist dieser Bounty gar nicht zu Geld gekommen und will gar nicht nach Indien«, sagt Markus März.

»Aber Birte hat den Geldkoffer doch auch gesehen.« Für Lara Brodersen ein schlagender Beweis.

»Birte? Wo hat sie den Koffer gesehen?«

»Bei uns auf dem Dachboden.«

»Ach so, in einer ihrer Séancen.« März verdreht die Augen. An die Voraussagen der Aushilfskraft und Hobby-Hellseherin Birte hat Markus März dann doch erhebliche Zweifel. Außerdem ist er eigentlich viel zu sehr mit den Vorbereitungen für das Kürbisfest beschäftigt. Aber der Besuch der Sinsic-Bande hat auf Lara Brodersen und Markus März doch einen nachhaltigen Eindruck gemacht.

Sie schleichen vorsichtig um das Haus. Der Fernsehmoderator wirft einen erstaunten Blick auf die verrosteten Nachtspeicherheizungen und den wunderschönen kunstvoll verwilderten Kräutergarten daneben. Ziege Jimi stellt das Kauen kurz ein und sieht den unerwarteten Besuch interessiert an. März hat einen Dietrich aus Jörn Brodersens Werkstatt mitgenommen. Er hat noch nie eine Tür mit einem Dietrich geöffnet, aber seit er Trecker fährt und mit alten Mistforken hantiert, kennt Landlord Markus März' Unternehmungslust keine Grenzen. Doch der Dietrich ist überflüssig. Bountys Haustür ist offen. Lara und März schlüpfen ins Haus und horchen. Der Hausherr ist offenbar aushäusig.

»Die kleine Freundin von Marvin Manolo hat recht, das ist ja wirklich eine tolle Location.« Markus März ist begeistert. »Dass es so was noch gibt! Hier müsste man unbedingt mal drehen.«

März bestaunt die braun gestrichene Küche. Es riecht nach Ziegenkäse, nach Ruß aus dem Ofen und nach Schimmel. Sein Blick geht über die Kaffeebecher mit den Prilblumen und das alte Plakat von Stormy Weather. »Wahnsinn! Als wenn die Zeit stehen geblieben ist.«

»Ich bin seit Ewigkeiten nicht hier gewesen«, haucht Lara. Sie fühlt sich augenblicklich in das Jahr 1978 zurückversetzt, als sie hier in seligen Kommunenzeiten mit Bounty, Charly Krotke und den anderen zusammen Sitar-Musik gehört, Yogi-Tee getrunken und meditiert hat, Jahre bevor Jörn Brodersen in Fredenbüll aufkreuzte. Sie schwebt durch Bountys Küche, als wäre es die Tenne in ihrem Biohof. Doch ganz nebenbei scannt Lara mit kühlem Blick das Mobiliar. Sie öffnet die Küchenschränke und die Besenkammer, sie hebt Topfdeckel, räumt schwere Pfannen beiseite, öffnet Kaffeedosen und wirft einen Blick in den Kühlschrank. Nichts.

Vorsichtig arbeiten sich die beiden von Raum zu Raum. Markus März irrt fasziniert durch das Haus, als würde er ein Museum für alternative Wohnkulturen der Siebzigerjahre besuchen. Aber Lara Brodersen ist voll bei der Sache. Mit wachem Blick sichtet sie sämtliche Schränke und Kammern. Von einem Geldkoffer ist nirgends eine Spur zu entdecken.

Schließlich steigen beide über eine schmale steile Treppe nach oben unters Dach. Über dem engen Deckendurchbruch öffnet sich ein gewaltiger Dachboden. An den querlaufenden Dachbalken hängen ganze Hanfpflanzen umgedreht zum Trocknen, keine kleinen Sträucher, sondern richtige Bäume. Der ganze Boden hängt voll davon.

»Das reicht ja, um den ganzen Landkreis in einen Dauerrausch zu versetzen.« März starrt mit offenem Mund in den hohen Boden. »Der Typ hat ja echt Nerven. Hat er gar keine Angst, dass ihn jemand verrät?«

»Alles Eigenbedarf«, flötet Lara und lächelt milde.

»Eigenbedarf?« März sieht stirnrunzelnd zur Decke und setzt dann sein eckiges Grinsen auf. Langsam kommen ihm Zweifel, dass es den ominösen Aluminiumkoffer überhaupt gibt. »Das ist doch wieder so eine Schnapsidee von meinem reizenden Sohn.« Er blickt wieder zu den Hanfpflanzen. »Die waren so bekifft, dass sie sich das alles nur einbildeten«, vermutet der TV-Moderator.

»Der Marvin Manolo spürt das, er fühlt es«, haucht Lara.

»Die Kohle?« März muss grinsen. »Kann schon sein.«

Lara Brodersen und Markus März wollen die Suche schon aufgeben, da entdeckt Lara in einem der Prilblumen-Becher ein zusammengerolltes Geldbündel. Er zieht das Bündel heraus. Es sind von einer Banderole zusammengehaltene 50-Franken-Scheine. »Ich hab es dir gesagt, der Marvin Manolo hat es gespürt.«

März sieht die Schweizer Franken prüfend an. »Ich geb es ja zu, die Scheine im Kaffeebecher sprechen dafür, dass hier irgendwo noch mehr sind.«

In dem Moment hören sie von draußen das schrille Jammern von Bountys antiquarischer Zündapp-Zweigang. Lara stopft in aller Seelenruhe, als wäre es eine Yogaübung, das Geld in den Becher zurück. Geistesgegenwärtig öffnet Lara die Küchentür zum Garten. Rasch und leise verdrücken sich beide nach draußen.

30

»Thies, wir müssen was tun«, raunt Nicole Thies zu und schnieft. »Unbedingt.« Sie bestellt ihren Croque Störtebeker wieder ab, schnappt sich ihre Lederjacke und verlässt zusammen mit Thies »De Hidde Kist«. Unter den bewundernden Blicken der vor dem Imbiss anstehenden Bustouristen fegt die Kieler Kommissarin in ihrem Zivil-Mondeo mit quietschenden Reifen die Dorfstraße hinunter. Ein großer Fernsehübertragungswagen mit einer Satellitenschüssel auf dem Dach kommt ihnen im Schritttempo entgegen.

»Thormählen und die Frau von dem Professor, dringender Tatverdacht«, schnieft Nicole knapp. »Während du deine Tochter nach Husum gefahren hast, hab ich diesem Hobbywaffenhändler, von dem deine Tochter berichtet, einen Besuch abgestattet.«

»Holger Gonscherowski in Reusenbüll.«

»Ja, Telje hat recht ...«

»Ja?!«, ruft Thies begeistert. »Hast die Panzerfaust gesehen?«

»Nee, aber mehrere gut gefüllte Gewehrschränke. Unglaublich. Er hat mir gleich ganz bereitwillig seinen Waffenschein gezeigt.«

»Sag ich doch, Holger Gonscherowski is eigentlich 'n ganz ruhiger Zeitgenosse.«

»Seine Gewehre hat er mir ganz stolz präsentiert. Doch als ich ihn auf angebliche Waffenverkäufe an Thormählen, Frau Müller-Siemsen und so angesprochen hab, wurde er ziemlich still.«

»Dat ist doch auch schon so wat wie 'n Indiz«, findet Thies.

»Als ich 'n bisschen nachgebohrt hab, kam er dann auch nach und nach damit raus, wen er alles mit Waffen versorgt hat. Bürgermeister Ahlbeck, einen von der Freiwilligen Feuerwehr, aber eben auch Thormählen und Frau Müller-Siemsen, alle die gleiche Pistole …«

»Lass mich raten: Neun-Millimeter-Parabellum«, kombiniert Thies.

»Genau.«

Nicole Stappenbek lenkt den Wagen lässig mit einem Finger hinter dem Schild »Freiheit, die man schmeckt« in das Neubaugebiet. Sie zündet sich mit dem Zigarettenanzünder eine Benson & Hedges an.

»Hast schon 'n Haftbefehl?«, fragt Thies betont routiniert.

»Nee, wo soll ich den so schnell herbekommen. In Fredenbüll gibt's keinen Richter.« Nicole bläst den Rauch aus dem offenen Seitenfenster.

»Wie machen wir dat? Flucht-, Verdunklungs- oder Wiederholungsgefahr«, zitiert Thies mit wichtiger Miene aus dem »Handbuch für die Ausbildung der Polizei«.

»Alle Achtung, Thies, genau!« Nicole muss grinsen. »Deshalb: Vorläufige Festnahme.«

Die beiden Polizisten klingeln Sturm. Aber im Seeschwalbenstieg Nummer Sieben öffnet niemand. Kein gekipptes Fenster, kein Licht, kein Radio. Investmentbanker Heiko Thormählen scheint nicht da zu sein. Thies und Nicole gehen einmal ums Haus. Sie können niemanden entdecken.

»Fahndung?«, fragt Thies, während sie zum Auto zurückgehen.

Nicole überlegt. »Lass uns noch mal abwarten.«

»Zu viele Verhaftungen können wir auch gar nicht machen«, gibt Thies zu bedenken. »Wir haben bei uns in Fredenbüll schließlich nur eine Zelle. Thormählen, Müller-Siemsen, die Sinsic-Bande... Nicole, dafür sind wir in Fredenbüll nicht ausgestattet.« Thies bekommt seinen Kuhblick. »Wir müssen uns entscheiden... Und für den Mord an der Zahnärztin kommt Madame Müller-Siemsen sowieso nich infrage.«

»Aber für den Mordfall Siggelkow«, schnieft Nicole.

In dem schnieken Reetdachhaus auf der Warft wird ihnen sofort geöffnet, als die beiden Polizisten die alte Schiffsglocke läuten.

»Gut, dass wir Sie antreffen, Frau Müller-Siemsen.« Nicole schiebt sich die Sonnenbrille ins Haar.

»Da haben Sie Glück, ich will nämlich gleich los.« Die Professorengattin wirkt nervös. Sie macht überhaupt keine Anstalten, die beiden hereinzubitten. Abfällig sieht sie an Nicoles Vintage-Lederjacke herunter.

»Wir müssen Sie bitten, sich uns noch mal zur Verfügung zu halten«, sagt Thies gestelzt.

»Na, Sie haben vielleicht Nerven.« Die Gattin des Eppendorfer HNO-Professors sieht übermüdet aus. Die blondierten Haare wirken noch dünner als sonst.

»Ja, Frau ... ähhh ... Professor, dat tut uns

nu leid ...« Der Name Müller-Siemsen geht Thies nicht so leicht von der Zunge. Der Eppendorfer HNO-Spezialist wird im Dorf immer nur »Herr Professor« genannt, und seine Frau taucht im Dorf eigentlich nie auf. »Es gibt ein paar Indizien, dat müssen wir klären.« Thies wird offiziell und setzt die Polizeimütze auf.

»Wir haben erst mal ein paar Fragen an Sie.« Nicole versucht es etwas verbindlicher. »Frau Müller-Siemsen, besitzen Sie eine Waffe?«

»Eine Waffe?« Die Eppendorfer Arztgattin blickt pikiert. »Wie kommen Sie darauf? Nicht, dass ich wüsste.«

Nicole sieht sie abwartend an. »Das wissen wir aber.«

»Wir haben Zeugenaussagen, dass Sie im Besitz einer Neun-Millimeter-Parabellum sind.«

»Einer ... wie bitte?«

»Neun-Millimeter-Parabellum.« Thies blickt unternehmungslustig unter der Polizeimütze hervor. »Dat ist die Tatwaffe bei dem Mord an der... ähhh... Bekannten Ihres Mannes.«

»Aber doch nicht mit meiner Waffe«, verplappert Angelica sich in ihrer Aufregung.

»Wo bewahren Sie Ihre Pistole denn auf?«, fragt die Kommissarin.

»Kommen Sie mit.« Thies und Nicole folgen ihr in die Küche. Angelica Müller-Siemsen greift in die Schublade eines antiquarischen Bauernschranks. »Bitte, hier haben Sie Ihre Waffe. Meine Güte, das wird ja wohl kaum die Tatwaffe sein.« Angelica versucht souverän zu klingen, aber sie wird deutlich unruhiger.

»Sie könnten ja auch eine andere Pistole gleichen Typs benutzt haben«, hakt Nicole nach.

»Und warum soll ich die Geliebte meines Mannes mit irgendeiner anderen Waffe erschießen, wenn ich selbst eine besitze? Verraten Sie mir das mal!«

»Dat is ganz einfach, Frau Müller-Siemsen, um den Mord jemand anders in die Schuhe zu schieben«, kontert Thies knapp. »Die Bankräuber kamen für Sie doch wie gerufen.«

»Sie sind zu dieser fremden Waffe gekommen und haben die Geliebte Ihres Mannes damit erschossen.« Nicole schnieft.

»Das ist doch abstrus.«

»Frau Müller-Siemsen, unter den Fingernägeln der toten Sandra Siggelkow haben wir

Haare gefunden, Bisonhaare, und die stammen, da bin ich mir ziemlich sicher, aus dem Fellkragen Ihrer Jacke. Hat es eine körperliche Auseinandersetzung zwischen Ihnen und der Toten gegeben?«

»Das sind doch ganz absurde Unterstellungen!« Die Professorenfrau bekommt rötliche Flecken im Gesicht.

»Tut mir ja leid, aber um die Haare zu vergleichen und auch wegen eventueller Schmauchspuren, müssen wir die Jacke vorläufig beschlagnahmen.«

»Na, das hätten Sie wohl gern, dass Sie mit meiner Joop-Jacke übern Deich gehen.« Angelica Müller-Siemsen ist entsetzt.

»Übern Deich ist gut.« Thies grinst. »Nee, nee, Frau Professor, in die KTU.«

»Meine Joop-Jacke. Haben Sie eine Vorstellung, was die gekostet hat?«

»Das ist für unseren Fall vollkommen uninteressant«, gibt Nicole schnippisch zurück.

»Ich liefere meine Jacke doch nicht Ihren Spusi-Leuten oder wie Sie das nennen aus… Und jetzt wäre ich ganz gern allein.«

»Ja, Frau… Professor, dat können wir uns denken. Und wie ich dat sehe, können Sie dat auch gleich haben.« Thies sieht Nicole fragend an. »Ruhiges Einzelzimmer bei uns auf der Wache.«

Die Kieler Kommissarin nickt. »Frau Müller-Siemsen, ich würde Sie jetzt bitten, uns Ihre Jacke mit dem Bisonkragen auszuhändigen. Und dann begleiten Sie uns bitte mit aufs Kommissariat, das heißt auf das Fredenbüller Revier. Sie sind vorläufig festgenommen. Packen Sie sich bitte das Nötigste ein.«

31

Bounty spürt es sofort, als er sein Haus betritt. Irgendetwas ist anders. Jimi guckt auch
etwas verstört. Es muss jemand hier gewesen
sein. Oder ist derjenige immer noch im Haus?
Bounty horcht. Nichts. Dann meint er, ein
Rascheln im Garten zu hören. Das war sicher-
lich die Ziege. Er lässt seinen Blick durch die
Küche schweifen. Sonderlich aufgeräumt ist
es bei ihm ja nie. Aber jetzt sieht es irgendwie
anders aus. Genau! Das ist es! Es ist aufge-
räumter als sonst. Irgendjemand hat hier Ordnung geschaffen. Die Stühle sind verrückt, das
Geschirr steht an anderer Stelle. Hier hat jemand etwas gesucht: den mysteriösen Geldkoffer. Bounty überprüft den Pril-Becher. Die
Geldrolle Schweizer Franken ist noch da. Mit
Kleingeld wollte sich der unbekannte Besucher offenbar nicht aufhalten.

Wer war das, der hier herumgeschnüffelt
hat? Vielleicht hat er in »De Hidde Kist« etwas zu locker die Runden geschmissen, und
die großzügige Spende an den Schimmelreiter

haben schließlich auch alle mitbekommen. Wahrscheinlich hätte er sich etwas mehr zurückhalten sollen. Aber von der Stammbesetzung aus »De Hidde Kist« hat doch niemand seine Bude hier durchsucht, undenkbar. Es muss jemand anders sein, und wenn derjenige den Koffer nicht in seinem Haus gefunden hat, dann suchte der möglicherweise jetzt in seinem Übungsraum im alten Dorfkrug.

Bounty überlegt nicht lange. Er wirft sofort wieder seine Zündapp-Zweigang an und tuckert nach Reusenbüll. Wieder ist es ein warmer Spätsommertag. Dieses Jahr haben sie in Nordfriesland einen richtigen Indian Summer. Die tief stehende Sonne über der See taucht die weiten Wiesen in warmes Licht. Die Schafe auf dem Deich verrenken sich den Hals und sehen dem vorbeiknatternden Althippie freundlich hinterher. Die Schafe sind nicht die Einzigen, die ihn beobachten. In gebührendem Abstand folgt ihm das Auto von Lara Brodersen. Bounty hat es bisher noch nicht mitbekommen.

Kaum ist er bei dem früheren Gasthof angekommen, stürmt er auch gleich in den Übungsraum, um nach dem Geldkoffer zu sehen. Mit klopfendem Herzen schraubt er das rückwärtige Fell der Bass-Drum auf. Gott sei Dank, der Aluminiumkoffer liegt noch im Inneren der Trommel. Bounty nimmt ihn heraus und öffnet ihn. Das Geld scheint noch vollzählig, soweit er das auf den ersten Blick sehen kann. Hektisch nimmt er einige Bündel Dollar und Schweizer Franken und lässt mehrere Banknoten über die Daumenkuppe streichen. Er zählt siebentausend Dollar ab – für den Mustang-Motor des Schimmelreiters. Einen Moment starrt er unschlüssig auf den Koffer. »Echt abgefahren«, brummt er zu sich selbst. Dann nimmt er sich noch ein paar weitere Geldbündel und steckt sie in die Brusttasche seiner gestreiften Latzhose. Bounty sieht sich im Raum um und überlegt, ob es ein besseres Versteck für den Geldkoffer gibt. Schließlich schiebt er den Koffer zurück in die große Bass-Drum und schraubt die Membran wieder auf die Trommel.

Bounty verlässt den Übungskeller und wirft seine Zündapp an. Dass ihn Lara Brodersen und Markus März die ganze Zeit beobachtet haben, bekommt er nicht mit. Und Lara und März bemerken nicht, dass ein Stück weiter ein anderes Auto mit einer Person steht. Auch sie werden beschattet.

32

Der Name Angelica Müller-Siemsen auf dem Zettel an der Wand neben Nicoles provisorischem Schreibtisch in der Wache ist jetzt rot umkreist. Nebenan in der kleinen Zelle logiert die Professorengattin und beschwert sich über das aus der »Hidden Kist« angelieferte Essen.

»Meinst wirklich, dass sie unsere Täterin ist?«, raunt Thies der Kommissarin zu.

»Solange wir die Untersuchungsergebnisse zu den Bisonhaaren und Schmauchspuren noch nicht haben, müssen wir in alle Richtungen ermitteln«, sagt Nicole.

Beim jetzigen Stand der Ermittlungen kommt die Sinsic-Bande sehr zu Thies' Bedauern für die Morde wohl nicht mehr infrage. Dafür ist neben Angelica Müller-Siemsen vor allem auch Heiko Thormählen in den Fokus gerückt. Allerdings ist der Filialleiter auf einmal wie vom Erdboden verschluckt. Er ist weder im Seeschwalbenstieg Nummer Sieben noch in seiner Schlütthörner Raiffeisenbank anzutreffen. Thies vermutet ihn in der

Karibik. Aber auf den Namen Thormählen war von deutschen Flughäfen kein Flug in die Karibik gebucht.

Wencke Petersen hat sich in ihre neue Rolle als kommissarische Filialleiterin schon recht gut eingefunden, aber bei dem Gedanken, dass die Bankräuber immer noch frei rumlaufen, ist ihr nicht besonders wohl.

»Wissen Sie, ob Ihr Chef, der Herr Thormählen, eine Waffe besitzt?«, will Nicole wissen, als die beiden Polizisten ihr noch mal einen Besuch in der Bank abstatten.

»Ja klar, Heiko hat immer 'ne Waffe hier«, gibt Wencke bereitwillig Auskunft, als müssten die beiden Polizisten das wissen.

»Mensch, Wencke, und warum sagst du dat nich gleich?« Thies fährt sich hektisch durch die Frisur.

»Ja, ich weiß auch nich, hab ich irgendwie nich dran gedacht«, stammelt Wencke. »Aber ihr habt auch nich gefragt.«

»Wo bewahrt Herr Thormählen die Waffe denn normalerweise auf?«, fragt die Kommissarin.

»Na, in seinem Schreibtisch«, antwortet Wencke, als wäre das eine Selbstverständlichkeit.

»Ja, Wencke, wat is, dann zeig uns dat mal.«
Thies ist leicht ungehalten.

Sie gehen in das Büro des Filialleiters. Wencke zieht die untere Schublade auf. »Dat is ja
'n Ding. Nich da.« Die junge Kassiererin blickt erst fassungslos in die Schublade und
dann ratlos die beiden Polizisten an. »Hier hat er seine Pistole normalerweise liegen.«

»Einfach so? Nicht abgeschlossen?«, fragt Nicole.

»Ja, hier in der Schublade.« Hektisch zieht Wencke auch die anderen Schubladen. Auch
hier liegt nur das übliche Bürozubehör, aber keine Waffe.

»Wencke, weißt du, was für 'ne Waffe das ist?«

Das Bankfräulein überlegt. »Na ja… ganz normale Pistole.« Wencke klimpert aufgeregt
mit den Wimpern.

»Normal ist gut«, schnaubt Thies.

Nicole Stappenbek zückt ein Foto der Tatwaffe.

»Ist dat die Waffe hier aus der Bank?«, fragt Wencke und vergisst vor Schreck das Blinkern.

»Dat ist genau die Frage«, nickt Thies mit wichtiger Miene. »Es is auf jeden Fall die
Mordwaffe.«

»Wie lange brauchen Sie mich hier denn noch?«, beschwert sich Angelica Müller-Siemsen, als Thies ihr einen Croque und Kaffee aus dem Imbiss in die Zelle reichen will. »Wenn Sie keine weiteren Fragen haben, würde ich ganz gern wieder gehen. Ansonsten möchte ich jetzt endlich mit meinem Mann und unserem Anwalt Dr. Goslar telefonieren.«

»Beide nicht zu erreichen«, sagt Thies knapp. »Aber ich versuch's gleich noch mal.« Sowohl dem Professor als auch dem Hamburger Anwalt haben die beiden Polizisten mehrmals auf die Mailbox gesprochen, bisher ohne Reaktion. Der Ehemann und der Anwalt der Familie haben scheinbar nichts dagegen, die gute Angelica ein bisschen in der Zelle schmoren zu lassen. »Frau Professor, hier, ich hab Ihnen aus ›De Hidde Kist‹ wat mitgebracht.«

»Mein lieber Herr Detlefsen, wenn Sie sich mit diesem pappigen Fastfood den Magen verderben wollen, bitte! Aber mich lassen Sie damit bitte in Frieden!«

»Wieso? Antje hat Ihnen extra 'n Vegi-Croque gemacht. Hat sie jetzt ganz neu.«

»Diese aufgewärmte Pappe?!« Frau Müller-Siemsen erhebt sich von der kargen Liege. »Na, geben Sie schon her.«

Nicole starrt derweil gedankenverloren auf die Pinnwand über ihrem Schreibtisch. Unentschlossen hält sie den Zettel mit dem Namen von Angelica Müller-Siemsen in der Hand.

»Ja, Nicole, die tote Zahnärztin in der Bank und die kleine Assistentin von dem Professor, irgendwat passt da noch nich zusammen.« Thies fährt sich nachdenklich durchs Haar und bringt dabei seine Marco-Reus-Bürste durcheinander.

»Vielleicht haben wir ja auch *zwei* Täter«, überlegt Nicole.

»Eine Waffe – zwei Täter.«

»Genau.«

»Aber wie ist der Mörder dieser Conchita an die Waffe gekommen?« Thies überlegt angestrengt. »Wie kommt die Parabellum aus der Bank hier zu Madame?« Thies deutet in Richtung Zelle, in der sich Frau Müller-Siemsen gerade mit großem Appetit dem Vegi-Croque widmete. »Vielleicht doch unsere drei Freunde? Erst haben sie in der Bank die Zahnärztin erschossen und dann Lady Conchita im Haus von Müller-Siemsen.« Thies überlegt. »Oder sie haben die Waffe dort liegen lassen, und Frau Professor hat die Gelegenheit genutzt und ihrer Konkurrentin 'ne Kugel verpasst.«

»Oder es war alles ganz anders.« Die Kommissarin umkreist den Namen Thormählen rot und pinnt den Zettel in die Mitte.

»Wir sollten jetzt unbedingt mal die Fahndung rausgeben«, schnieft Nicole.

»Thormählen?«, fragt Thies. »Was hat Thormählen mit der Bekannten des Professors zu tun?«

»Die war wohl auch Kundin bei ihm. In seinem Haus lag zumindest ein Aktenordner mit ihrem Namen.« Nicole tippt die Fahndung in ihren Laptop. Thies sieht bewundernd zu.

»Müssen wir Frau Professor dann nich wieder entlassen?« Thies deutet mit dem Kopf in Richtung Zelle.

Nicole muss niesen. »Einen Moment noch, ich knöpf mir die Dame noch mal vor.«

33

Heiko Thormählen hatte es grade noch recht-
zeitig bemerkt, als er auf das Haus von Bounty
an der Reusenbüller Drift zufuhr. Er ist nicht
der Einzige, der dem Althippie hinterherspio-
niert. Es scheint sich mittlerweile herumge-
sprochen zu haben, dass der notorisch be-
kiffte Gitarrist einen Geldkoffer gefunden
hat. Vermutlich hat seine junge Kassiererin
Wencke nicht nur ihm von Bountys Besuchen
in der Bank erzählt, und wahrscheinlich hat er
die getauschten Devisen auch sonst großzügig
unters Volk gebracht.

Thormählen hatte das Auto von Lara Brodersen sofort erkannt. Er hielt einfach Abstand und ließ Lara und ihren Fernsehfritzen
Bountys Haus durchsuchen. Den Gesichtern
nach zu urteilen, waren sie nicht fündig geworden. Deshalb folgte er Bounty, Lara und
März weiter bis zu dem verlassenen Dorfkrug
in Reusenbüll.

Jetzt versucht Heiko Thormählen gerade,
von außen durch die Fenster zu sehen. Aber

durch die verdreckten Scheiben und die über die Jahre vergilbten und verstaubten Vorhänge kann er nichts erkennen. Schritt für Schritt schleicht er die paar Stufen zur Eingangstür des alten Gasthofes hinauf. Als er die schwere Holztür vorsichtig einen kleinen Spalt öffnet, hört er Geräusche. Es klingt, als würde das Schlagzeug einer Band aufgebaut. Thormählen kann sich keinen Reim darauf machen. Hinter dem Verband an seinem Kopf spürt er plötzlich wieder dieses dumpfe Pochen, doch er ignoriert es und pirscht durch die Eingangshalle an der Wand entlang zu der Schwingtür, die in den Saal führt. Das Scheppern des Schlagzeugs wird lauter. Jetzt hätte er gern seine Parabellum dabei. Vorsichtig wirft Thormählen einen Blick durch das Glasfenster der Schwingtür. Auf einer erhöhten kleinen Bühne ist das Equipment von Bountys Band aufgebaut. Drei Mikrofonständer, das Schlagzeug und zwei Gitarren, die an einem Verstärker lehnen. Von Bounty selbst ist weit und breit nichts zu sehen. Stattdessen beobachtet Thormählen, wie Markus März gerade vor der Basstrommel kniet und einen Aluminiumkoffer herauszieht. Kein Zweifel, das muss der Geldkoffer sein.

Mit einer raschen Bewegung stößt Heiko Thormählen die Schwingtür auf und betritt den Raum. Lara und März starren ihn entgeistert an.

»Was machst du denn hier ... ähh... Heiko?«, stammelt Lara, die in einem groben Filzcape, einer Neukreation aus der »Deichlust«-Modelinie auf der Bühne steht, als würde sie als Hirte in einem Krippenspiel mitwirken. Fernsehmoderator März versucht hektisch, den Koffer wieder in die geöffnete Bass-Drum zurückzuschieben.

»Sagt mir erst mal, was ihr hier macht«, motzt Thormählen. »Und den Koffer hol da mal gleich wieder raus aus der Trommel.«

»Was für einen Koffer?«, haucht Lara wie aus einer anderen Welt. Heute sieht sie tatsächlich wieder wie ein Gespenst aus.

»... komm, verarsch mich nicht! Den Koffer, den dein Fernsehfritze da grade verstecken will.«

»Ich wüsste nicht, was Sie das angeht«, entgegnet ihm Markus März in seinem Moderatorentonfall.

Thormählen muss diese eckige Fernsehvisage nur sehen, schon fühlt er eine unbändige Wut in sich aufsteigen. Sofort macht sich wieder das Pochen hinter seinen Augen bemerkbar und ein plötzlicher Schmerz durchzieht seinen Schädel. Lara Brodersen und vor allem dieser allseits präsente Moderator gehen ihm mit ihren Predigten über das einfache Landleben schon seit einiger Zeit gehörig auf die Nerven. Dieser Typ hat doch in seinem ganzen Leben noch keine einzige Kuh gemolken und keinen einzigen Stall ausgemistet. »Ich kann euch ganz genau sagen, was mich dieser Koffer angeht«, fährt der Filialleiter den Talkmaster an. In großen Schritten durchquert er den Saal. »Das ist Geld, das der Bank gehört«, behauptet Thormählen einfach. Er hat keine Ahnung, woher das Geld stammt, aber auf die Schnelle fällt ihm kein anderes Argument ein. Er musste unbedingt an diesen Koffer kommen.

»Was soll denn das bitte für Geld sein?«, fragt Markus März schnippisch und grinst telegen. Er hat den Koffer wieder aus der Bass-Drum herausgezogen und hält ihn fest umklammert. Lara Brodersen steht in ihrem Cape regungslos am Bühnenrand.

»Dollar und Schweizer Franken«, blafft Thormählen aufs Geratewohl.

Lara sieht Thormählen an, als würde sie gerade seine übersinnlichen Fähigkeiten erkennen. »Dollar und Franken, Heiko, du siehst das, oder?«, haucht die bleiche Biobäuerin.

»Komm, Lara«, protestiert März. »Erzähl mir nicht, dass der Typ durch Metall durchgucken kann.«

»Aluminium«, korrigiert das Gespenst.

Thormählen klettert auf die Bühne und geht mit festem Schritt auf Markus März zu.

»Es geht dich auch überhaupt nichts an, was da drin ist«, schnauzt März und nimmt unwillkürlich eine Abwehrhaltung ein. »Und außerdem ist das unser Koffer, genauer gesagt ein Koffer von Laras verstorbenem Mann Jörn.«

»Und was wollte der mit den ganzen Devisen hier in Fredenbüll, das erzähl mir bitte mal!« Thormählen steuert unbeirrt auf März zu und will nach dem Koffer greifen. März läuft um das Schlagzeug herum. Thormählen rempelt gegen den Ständer mit den beiden Schlagzeugbecken, die scheppernd umfallen. Der Filialleiter bekommt März am Jackenzipfel zu fassen.

»Ich hab doch schon immer gewusst, dass ihr Bankheinis alle Verbrecher seid«, höhnt März. Dabei wirft er Lara erstaunlich sportlich den Koffer zu und schubst den Filialleiter in die Instrumente. Thormählen fällt polternd ins Schlagzeug, sein Stirnverband verrutscht, doch er beachtet es nicht und rappelt sich sofort wieder hoch. Im Aufstehen packt er die akustische Gitarre, die neben dem Schlagzeug steht, greift das Instrument mit beiden Händen fest am Hals und holt zu einem weiten Schwinger aus. Die Frontseite der Gitarre mitsamt Schallloch und Saiten landet mit voller Wucht in dem quadratischen Promigesicht. Es klingt wie der Anfangsakkord des Beatles-Songs ›A Hard Days Night‹.

Markus März starrt einen Augenblick entgeistert ins Leere, bleibt aber stehen. »Was bildest du kleiner Provinzbanker dir eigentlich ein?«, stammelt er.

Nach einer weiteren Breitseite mit der Gitarre sackt der TV-Moderator in die Trommeln und bringt dabei die Teppichunterlage, auf der das Schlagzeug steht, ins Rutschen. Auch Lara, in der einen Hand den Geldkoffer, in der anderen einen Schellenring, nach dem sie in höchster Not greift, wird der Boden unter den Füßen weggezogen. Sie kippt in den großen Verstärker und bleibt mit ihrem Filzumhang gleich an mehreren Kippschaltern des Gerätes hängen. Prompt leuchten gleich mehrere rote Lampen auf und eine schrille Rückkopplung zerreißt die staubige Luft im Saal.

Doch Lara steht sofort wieder auf. Der Alukoffer klemmt zwischen zwei Trommeln fest. »Du hast erstaunliche Energien in dir, Heiko, ich spüre das.« Ihre säuselnde Stimme hallt plötzlich verstärkt mit einem Echoeffekt durch den Saal. »Aber die Energien fließen in eine falsche Richtung.«

»Red doch keinen Scheiß«, flucht Thormählen und stürzt sich auf Lara, die ihm mit einer ausladenden Armbewegung, wie bei der rhythmischen Sportgymnastik, kurzerhand den Schellenring einmal über seine Kopfwunde zieht. Ein stechender Schmerz durchfährt Thormählen. Er fühlt das warme Blut aus der Wunde in den Mullverband schießen. Er fasst sich an den Kopf und spürt das Blut an seinen Fingern.

»Heiko, wirklich, es ist Jörns Koffer.« Laras Stimme hallt durch den Saal wie auf einer politischen Versammlung. »Ich spüre, dass sich etwas in dir dagegen wehrt, aber du solltest einfach loslassen.«

»Mit euch werd ich noch lange fertig. Du

Ökoschnepfe in deinem Filzfetzen tickst doch nicht ganz richtig, und deiner eckigen Fernsehfresse werde ich das Grinsen austreiben.« Thormählen stößt ein höhnisches Lachen aus und plötzlich schrillt ein verzerrtes Heulen durch den Tanzsaal. Er ist in eine E-Gitarre hineingestolpert. Es klingt wie ein Auftritt der Sex Pistols in ihrer Frühphase. Zwischen den Instrumenten taumelnd schwingt Thormählen nun den Beatles-Bass von Doktor Niggemeier über dem Kopf und zerschlägt die Gitarre, wie Pete Townshend in seinen besten Zeiten, auf einer Lautsprecherbox. Ein paar dumpf wummernde Basstöne bringen die milchig verdreckten Scheiben zum Zittern.

Da steht auf einmal wieder Fernsehmoderator Markus März vor Thormählen. Leicht schwankend hält er die große Bass-Drum in beiden Händen hoch über sich. Der benommene Filialleiter starrt konsterniert auf die Trommel mit dem Flower-Power-Schriftzug »Stormy Weather«. Er selbst hält noch den zersplitterten Gitarrenhals mit den zerrissenen Saiten in der Hand. Wie in Zeitlupe sieht er die Trommel auf sich zukommen. Und er wehrt sich nicht, als sein Kopf unter einem donnernden Dröhnen, einem dumpfen, alles erschütternden Basslaut, einem tiefen Schmerz in seiner Stirnwunde zu zerplatzen scheint.

Auf einmal sieht er alles verschwommen, und die schrillen Geräusche sind angenehm gedämpft. Alles klingt wie in Watte gepackt. Aus weiter Ferne hört er die bekannte Stimme des Fernsehmoderators, die klingt, als würde sie telefonieren: »Sinsic, wir haben den Geldkoffer gefunden ... Ja ... Sie müssen herkommen.« Nach einer Pause sagt die Stimme wieder etwas, dieses Mal in einem seltsam verfremdeten Tonfall: »Kommen Sie, schnell, in den alten Krog nach Reusen ...« Dann entschwinden die Worte und verlieren sich in der Ferne. Den Schmerz spürt Filialleiter Thormählen auf einmal gar nicht mehr. In seinem Kopf explodiert noch ein kurzes Farbfeuerwerk. Dann ist plötzlich alles dunkel und ganz friedlich. Die Sex Pistols geben endlich Ruhe.

34

Thies starrt grimmig auf das Fahndungsplakat der drei Bankräuber in seinem Büro. Am liebsten würde er ihren hämisch grinsenden Visagen eine Kugel mit seiner Dienstpistole verpassen. Langsam zielt er auf die Fotos.

Nicole Stappenbek hebt den Blick von ihrem Laptop und sieht ihn prüfend an. Sie räuspert sich kurz. Dann verstaut Thies seine Walter P99 im Schreibtisch und verschließt das Fach vorschriftsmäßig.

Die Stimmung in der kleinen Fredenbüller Polizeiwache ist auf dem Nullpunkt angelangt. Sobald Thies und Nicole die Wache betreten, protestiert Angelica Müller-Siemsen regelmäßig lautstark mit sich überschlagender Stimme gegen ihre Verhaftung. »Es ist eine Unverschämtheit! Was bilden Sie sich eigentlich ein, Herr Detlefsen. Ich werde mich bei Ihren Vorgesetzten beschweren. Ich will endlich meinen Anwalt sprechen, und wo ist überhaupt mein Mann?«

Thies bekommt jedes Mal seinen Kuhblick.

»Ich weiß auch nich, Frau Professor, in der Klinik sagen sie mir immer nur, Ihr Mann ist im OP.«

Nach dem Tod seiner Geliebten hat sich der Eppendorfer HNO-Professor offenbar in der Klinik verkrochen. Aber am meisten erregt sich Frau Müller-Siemsen über die Verpflegung in der Einzelzelle. Auch das Putenschaschlik »Hawaii«, das Thies ihr heute aus der »Hidden Kist« mitgebracht hat, stößt bei Frau Professor auf wenig Begeisterung.

»Meine Güte, Herr Detlefsen, wir sind hier auf dem Lande. Da kann man doch wohl etwas saisonale Küche erwarten und nicht dieses Fastfood. Das ist ja Folter! Mit so schlechter Verköstigung war ich noch nie untergebracht.«

Jetzt will Nicole Angelica Müller-Siemsen gerade zu einer weiteren Befragung aus ihrer Zelle holen, als der vorsintflutliche Klingelton des betagten Telefons durch die Wache schrillt. Thies ist sofort dran. Der Anrufer sagt nur kurz etwas. »Wer ist denn da?«, fragt der Fredenbüller Polizeiobermeister. Doch dann wird am anderen Ende der Leitung schon wieder aufgelegt.

»Was war das denn, Thies?« Nicole nimmt

einen letzten Zug aus ihrer Zigarette und drückt sie dann aus.

»Kommen Sie, schnell, in den alten Krog nach Reusenbüll«, wiederholt Thies.

»Hast du die Stimme erkannt?«

»Nee, dat hörte sich ganz komisch an, irgendwie verstellt.«

»Verstellte Stimme?« Nicole zieht Luft durch die Nase.

Thies überlegt. »Ja, wie durch so 'n Taschentuch gesprochen. Kennt man ja bei Entführern oder Erpressern, nä.«

»Ja, Thies, worauf warten wir noch?«

»Und was ist mit mir?«, protestiert aus ihrer Zelle Frau Müller-Siemsen, die sich das Putenschaschlik jetzt doch schmecken lässt.

»Wir sind gleich wieder da, Frau Professor«, ruft Thies, während er seine Walther P99 wieder aus dem Schreibtisch kramt.

Als Thies und Nicole auf den alten Krog zufahren, sehen sie ein paar hundert Meter weiter am Ortsausgang von Reusenbüll gerade eben noch einen currygelben Schatten in der Kurve zur Bundesstraße nach Bredstedt verschwinden.

»Wat is, Nicole, sollen wir hinterher?«, fragt

Thies und will seinen Escort gerade beschleunigen.

»Lass mal, Thies.« Nicole schiebt sich die Sonnenbrille ins Haar. »Wir müssen erst mal nachsehen, was da drinnen los ist. Die laufen uns nicht weg.«

»Da bin ich mir nich so sicher.« Die Verfolgung der Sinsic-Bande nimmt Nicole ja reichlich locker, findet Thies.

Die beiden Polizisten staunen nicht schlecht, als sie den Saal in dem alten Krog betreten. Auf der Bühne herrscht ein heilloses Durcheinander aus kaputten Gitarren, umgekippten Mikrofonständern und den Einzelteilen eines Schlagzeugs. Der Verstärker ist eingeschaltet und gibt ein sattes Brummen von sich.

»Mein Gott, was ist das denn hier?«

»Dat ist der Übungsraum von Bountys Band«, entgegnet Thies knapp.

»Sieht mir eher wie nach einem Punkkonzert aus.« Nicole muss angesichts des spakigen Geruchs niesen. Dann sehen die beiden zwischen den zerstörten Instrumenten einen menschlichen Körper liegen. Der Kopf steckt im Inneren der Basstrommel. Die Person ist nicht zu erkennen, allerdings sieht man, dass es ein Mann ist. Die zerfetzte Trommelmembran mit dem »Stormy Weather«-Schriftzug sitzt ihm eng um den Hals wie eine Halskrause. Das zerrissene Trommelfell ist blutverschmiert. Thies stößt den Mann an. Er zeigt keine Reaktion. Nicole Stappenbek streift sich ein Paar Gummihandschuhe über und versucht seinen Puls zu fühlen. Thies sieht sie fragend an.

Die Kommissarin schüttelt den Kopf. »Nee, nichts.« Nicole reicht Thies ein zweites Paar Einmalhandschuhe. Vorsichtig ziehen sie die große Basstrommel vom Kopf der Person herunter. Eine knallrote, blutdurchtränkte Mullbinde bleibt in der zersplitterten Kunststoffmembran der Trommel hängen. Das Gesicht des Mannes, den sie jetzt von dem Instrument befreit haben, ist blutüberströmt. Aber Thies erkennt den Schlütthörner Filialleiter der Raiffeisenbank natürlich sofort.

»Tja, Nicole, mit der Fahndung, dat hat sich erledigt. Irgendwie blöd, nä, wir hatten ja eigentlich noch 'n paar Fragen an ihn.«

Die Kommissarin holt sofort ihr Handy heraus und bestellt die Kieler Kriminaltechnik nach Reusenbüll. Sie blickt sich in dem Chaos um, dann deutet sie auf den Toten.

»Hat er vielleicht eben noch angerufen?«, fragt sie.

»Du meinst, so mit letzter Kraft? Bevor er den Namen des Mörders sagen kann, fällt ihm der Hörer aus der Hand? Nee, dat klang anders.« In Gedanken fährt sich Thies mit dem Gummihandschuh einmal durch die Marco-Reus-Bürste.

»Du hast die Stimme wirklich nicht erkannt?«

Thies schüttelt den Kopf.

»Schon blöd, dass die Anrufe bei dir nicht automatisch aufgezeichnet werden.«

»Nicole, hallo! Wir sind in Fredenbüll. Die Wache ist von der Schließung bedroht. Wir sind hier technisch auf dem Stand der Achtziger. Ich sag dat schon seit Jahren, aber ...«

Die Kommissarin winkt ab. »Ist ja gut, Thies.«

»Sag mal, Nicole, sollten wir nich doch noch mal gucken, wo die Truppe in ihrem gelben Auto abgeblieben ist?«

»Vor allen Dingen sollten wir uns mal mit Bounty unterhalten.«

Thies blickt ungläubig.

»Na ja, wessen Übungsraum ist das denn

hier? Und wer spendiert im Imbiss seit Neuestem die Runden? Und wer will verreisen?«

»Du meinst, Bounty hat wat mit der Sache
zu tun? Kann doch nich sein.« Thies bekommt
seinen Kuhblick. Nicole niest.

35

In seinem Haus an der Reusenbüller Drift treffen Thies und Nicole Bounty nicht an. Der Althippie sitzt fröhlich in »De Hidde Kist«, spendiert Imbisshund Susi Kokosriegel und Klaas und Piet Paulsen Jägermeister. Der Imbiss platzt schon wieder aus allen Nähten. Mit hochrotem Kopf jongliert Antje mit Frittierkörben, Salatschalen und Ketchupflaschen. Das Fernsehteam, das gleich das Kürbisfest aus dem Biohof übertragen soll, ist aus Hamburg angereist und holt vor dem Soundcheck schnell noch ein paar Pommes und Fischbrötchen bei Antje raus. Piet Paulsen und Postbote Klaas beobachten das kritisch.

»Ach so, hier steckst du.« Thies stürmt aufgeregt gleich auf Bounty zu.

»Mensch Thies, was los? Nich erst mal 'n Coffee to go?«, gluckst der Althippie. Die Fernsehleute ziehen mit ihren Rollmops-Burgern Richtung Biohof ab, um dort die

Technik für die TV-Übertragung des Kürbisfestes einzurichten.

»Wir kommen grade aus Ihrem Übungsraum im alten Krog.« Dass Nicole ihn auf einmal ganz offiziell wieder siezt, irritiert Bounty. »Was ist da passiert?«, will die Kommissarin wissen.

»Wieso, was soll da passiert sein?« Bounty zupft nervös an seinem Haargummi.

»Wat da passiert ist? Eure ganzen Instrumente, alles in Dutt. Da hat einer alles kurz und klein gehauen, und in deiner großen Trommel …« Nicole unterbricht ihn mit einer abrupten Handbewegung.

»In der Bass-Drum?« Bounty bekommt einen flackernden Blick.

»Wie Thies schon sagt, das sieht übel aus.« Nicole hat jetzt das Wort ergriffen, erwähnt den Toten aber erst mal nicht.

»Nee, nä. Kann nich sein.« So einen nervösen Blick hat Thies bei Bounty noch nie gesehen.

»Mensch, Bounty, dat is ja wie bei den Stones, Siebenundsechzig, Ernst-Merck-Halle«, sagt Klaas. Von dem legendären Hamburger Konzert, bei dem die gesamte Bestuhlung zu Bruch gegangen war, erzählt Rolling-Stones-

Fan Klaas immer wieder begeistert, obwohl er als Vierjähriger natürlich noch nicht dabei war.

»Sag mal, Bounty, wann warst du zuletzt in euerm Übungsraum?« Thies fragt als Erstes immer nach dem Alibi.

»Weiß auch nich, lass mal überlegen.« Bounty wird seltsam verlegen.

»Wo warst du denn … na ja, sagen wir mal, die letzte Stunde über?« Die beiden Polizisten sehen ihn fragend an. Auch Schäfermischling Susi blickt erwartungsvoll zu ihm hoch, hat dabei aber wohl eher einen weiteren Kokosriegel im Sinn.

»Bounty sitzt da schon 'ne ganze Zeit und knabbert zusammen mit Susi seine Kokosschnitten«, kommt Piet Paulsen dem Altkommunarden zu Hilfe.

»Wie lange genau?«, schnieft die Kommissarin streng.

»Na ja? Wie lange? Drei Jägermeister«, krächzt der Landmaschinenvertreter a. D.

»Bounty ist seit 'ner Dreiviertelstunde hier«, erklärt Antje, die dem letzten der Fernsehleute Fischbrötchen über den Tresen reicht.

Thies und Nicole sehen sich an.

»Und woher kommen Sie?«, fragt Nicole streng. »Ja ... von unterwegs.« Bountys Stimme klingt, als käme er gerade von seiner Indienreise zurück.

»Dat hab'n wir uns fast gedacht«, bemerkt Thies knapp. Irgendwie genießt er es sogar ein wenig, dem Althippie, der sich immer über ihn lustig macht, mal ein bisschen auf die Füße zu treten.

»Wo waren Sie denn? In Ihrem Übungsraum?«, fragt Nicole.

»Im alten Krog? Wieso?« Bounty knüllt nervös Schokoladenpapier zusammen.

Thies platzt der Kragen. »Mann, Bounty, weil sie deinen Laden auseinandergenommen haben und weil Heiko Thormählen mit sein' Kopp tot in eurer Trommel liegt.«

»Wie bitte?«

»Wat hast du damit zu tun?«

»Mensch, Thies, Bounty bringt doch keinen um«, springt Klaas seinem Imbisskumpel bei.

»Wir fragen uns natürlich schon, was der Filialleiter der überfallenen Bank erschlagen bei Ihnen im Übungsraum zu suchen hat. Herr... ähh ...« Der Kommissarin will Bountys richtiger Name in dem Moment einfach nicht einfallen. Die anderen gucken nur. Für alle heißt Bounty immer nur Bounty. »Haben Sie etwas mit dem Banküberfall in Schlütthörn zu tun?«

»Nee, echt nich.«

»Und was is das für Geld, mit dem Sie neuerdings um sich werfen?«, will Nicole wissen.

»Dat hat ja nu mittlerweile ganz Fredenbüll mitgekriegt. Komm, Bounty, pack aus!«, drängt Thies.

»Ja, scheiße«, stöhnt der Althippie und reißt das Papier von einem weiteren Schokoriegel. »Echt, mit Mord oder so will ich nix zu tun haben.« Er macht eine Pause. »Ich geb ja zu, ich hab diesen Geldkoffer gefunden … beim Pilzesammeln auf Brodersens Wiese.«

»Dat Geld aus dem Bankraub?«, überlegt Thies laut. Nicole sieht ihn schon wieder strafend an.

»Kann eigentlich nicht sein. Das war vorher, der Bankraub war danach.« Bounty zieht sein Pferdeschwänzchen stramm. »Ich hab echt keinen Schimmer, wo die Kohle herkommt. Ich war ja voll auf die Pilze konzentriert, Spitzkegeliger Kahlkopf, das ist vollkommen legal.« Nicole sieht ihn skeptisch an. »Und der Koffer lag da nich erst seit gestern. Ich wusste zuerst nicht mal, was das für Scheine waren. Die Dollars, klar. Aber dieser Waldschrat, dass das Schweizer Franken sind, hab ich erst in der Bank erfahren.«

Die anderen im Imbiss lauschen gebannt. Piet Paulsen hat sich das Basecap der Nordfriesischen Raiffeisenbank in den Nacken geschoben und Antje hält wie erstarrt eine leere Schale Kartoffelsalat vor sich.

»Ich hab den Koffer dann erst mal in unserer Bass-Drum von ›Stormy Weather‹ gebunkert.«

»Da is er aber nich mehr. Aus deiner Trommel haben wir gerade den toten Thormählen rausgezogen.«

»Ja, shit, damit hab ich echt nix zu tun«, beteuert Bounty.

»Wer hat denn überhaupt Zugang zu dem Übungsraum?«, will Nicole wissen.

»Eigentlich hab nur ich 'n Schlüssel… und Doktor Niggemeier, das is unser Bassist… und dann der Eigentümer, der alte Röpke, aber der hat da eigentlich nichts verloren.«

»Wir haben nämlich keine Einbruchsspuren feststellen können.«

»Jaa …«, Bounty druckst herum. »Mein Schlüssel liegt immer oben auf dem Türrahmen.«

»Doktor Niggemeier können wir vergessen, dat is der Klassenlehrer von Telje. Aber wer ist mit dem Koffer jetzt übern Deich? Vor allem, wat ist dat für Geld?«, überlegt Thies. »Hat Thormählen dat unterschlagen?«

»Ich hab den Koffer nur gefunden«, beteuert Bounty. »Echt.«

»Ja, ja, Bounty, und deine Gartenkräuter sind alle für'n Eigenbedarf«, höhnt Thies.

»Wo lag der Koffer?«, überlegt die Kommissarin. »Auf der Wiese von Brodersen?«

»Jörn Brodersen soll ja sowieso 'ne dunkle Vergangenheit gehabt haben, behaupten einige«, schaltet sich Postbote Klaas ein. »Ich mein, bevor er Lara geheiratet und hier einen auf Biobauer gemacht hat.«

»Brodersen?«, brummt Piet Paulsen und stellt sechs leere Jägermeisterfläschchen zurück auf den Glastresen. »Wieso? Der war doch Tanztrainer in Südamerika.«

»Tanz-*Therapeut*«, berichtigt Antje ihn.

»Wat ist dat eigentlich?«, will Paulsen wissen.

»Brodersen war schon 'n toller Tänzer«,

schwärmt Antje, die den Biobauern auf etlichen Dorffesten miterlebt hat.

»Und er hat bei den Damen hier in Fredenbüll ja nichts anbrennen lassen.« Klaas streicht sich die verschwitzten Haare aus dem Gesicht.

Mittlerweile beteiligt sich die gesamte Stammbesetzung der »Hidden Kist« rege an den Ermittlungen.

»Vor Südamerika hat er ja in so 'ner Kommune irgendwo in Süddeutschland gewohnt.« Klaas ist bestens über die dunkle Vergangenheit von Jörn Brodersen informiert. »Da soll wohl auch mal ein Terrorist gewohnt haben, und die haben ja bekanntlich Banken überfallen.«

»Der Fall reicht weit in die Vergangenheit zurück«, konstatiert Thies begeistert. Nicole sieht ihn skeptisch an und zieht Luft durch die Nase.

»Und den Mähdrescher, den ich ihm verkauft hab, den wollte er damals schon am liebsten in Dollars bezahlen«, fällt Paulsen ein. »Dat ging natürlich nich.«

»Spricht also einiges dafür, dass der Koffer nichts mit dem Bankraub zu tun hat«, konstatiert die Kommissarin. »Aber wer ist damit jetzt übern Deich?«

»Thormählen schon mal nich und Madame bei uns in der Zelle auch nicht«, stellt Thies klar.

»Aber für die Morde kommen sie beide infrage.« Nicole klingt ziemlich überzeugt.

»Und was ist, wenn sich Lara Brodersen und ihr Fernsehstar die Kohle geschnappt haben?«, gibt Imbisswirtin Antje zu bedenken und rührt neue Spezialsoße für die Rollmops-Burger an. »Lara hat doch garantiert von dem Koffer gewusst.«

»Nicole, wir haben doch beide den gelben Granada gesehen.« Thies fährt sich unternehmungslustig durchs Haar. »Wer weiß, vielleicht kannte Brodersen ja Sinsic und seine Kumpel von früher. Du hörst doch, der hat damals in solchen Kreisen mit Terroristen und Bankräubern und so verkehrt.«

»Okay-y-y.« Nicole schnieft und sieht mit skeptischem Blick in die Runde.

»Ich weiß von nichts«, beteuert Bounty noch einmal. »Ich hab den Koffer nur gefunden.«

»... und nicht bei uns abgegeben«, sagt die Kommissarin spitz.

»Fluchtgefahr?«, flüstert Thies an Nicole gewandt.

Sie schüttelt den Kopf. »Unsere Unterkunft ist im Augenblick ja eh belegt.«

»Aber, Bounty! Hierbleiben«, befiehlt Thies streng. »Mit Indien, dat is erst mal gestrichen. Is klar, nä?!«

36

Im alten Reusenbüller Krog untersucht Gerichtsmediziner Carstensen mittlerweile den toten Filialleiter, und Kriminaltechniker Mike Börnsen sortiert die zerdepperten Gitarren und sichert Spuren. Nicole Stappenbek zieht gerade mit ihrer Reisetasche um. Ihr Pensionszimmer bei Renate war wegen des großen Kürbisfestes für die kommende Nacht schon seit Wochen ausgebucht, und die Zellenpritsche in der Fredenbüller Wache ist ebenfalls belegt. So hat Thies Nicole spontan das Schlafsofa im Hause Detlefsen angeboten. Heike ist schwer begeistert. Thies Detlefsen versorgt Angelica Müller-Siemsen noch schnell mit einer Schale von Antjes berühmter Roter Grütze. »Isst ihr Mann leidenschaftlich«, versucht Thies die revoltierende Insassin zu besänftigen. »Frau Stappenbek kommt gleich noch mal und hat 'n paar Fragen. Und dann wollen wir mal sehen ...«

Im Biohof Brodersen hat derweil die große Fernsehübertragung vom Kürbisfest begonnen. Alles live. Sie wird nicht von Markus März moderiert, sondern von Vicky Krogmann, einer alterslosen Ansagerin aus dem Regionalfernsehen, die zwischen ihren Moderationen auch mal etwas Liedgut von der Küste zum Besten gibt. März soll in der Sendung nur vom einfachen Landleben, von handgeschmiedeten Äxten, mundgeblasenem Fensterglas und guten alten Heugabeln erzählen.

Die Biobauern, die in der Sendung ihre Produkte präsentieren, kommen nicht aus Nordfriesland, sondern aus dem Hamburger Umland. Antje durfte für die Sendung immerhin die »Original Fredenbüller Rollmops-Burger« liefern. Doch im Live-Publikum im Biohof sitzen kaum Einheimische. Die Produktionsfirma hat die begehrten Karten für die Sendung in Senioren-Residenzen rund um Hamburg veräußert. Die Fredenbüller sind beleidigt. In »De Hidde Kist« haben sich dann aber doch die üblichen Verdächtigen von Stehtisch Zwei und ein paar spontane Gäste zum Public Viewing versammelt, um die Ereignisse im ein paar hundert Meter entfernten Biohof zu verfolgen. Alexandra ist samt Lehrling Janine aus ihrem Frisiersalon herübergekommen. Pensionswirtin Renate, die heute fünfzig Anfragen für ihre beiden Zimmer hatte, hat die Kittelschürze abgelegt. Heike Detlefsen wundert sich, wo ihr Mann schon wieder steckt.

»Ja, der ist mit seiner Kommissarin unterwegs«, grinst Klaas.

»Die sind hier fix am Ermitteln«, bestätigt Antje. »Gibt ja schon wieder 'n Toten: Heiko Thormählen.«

»Ich hab schon gehört.« Heike ordnet beleidigt den blonden Heuwagen auf ihrem Kopf.

Der Imbiss füllt sich immer mehr. Der Schimmelreiter parkt seinen Mustang, inzwischen mit neuem Motor aus den USA, direkt vor dem Imbiss. Jungbankerin Wencke Petersen ist mit einer Freundin aus dem fernen Schlütthörn angereist, beide frisch geschminkt, als hofften sie, doch noch in die Sendung zu kommen. Nur Oma Ahlbeck muss für ihren Sohn, der als Bürgermeister von Fredenbüll beim Kürbisfest live dabei sein darf, den Laden hüten. Es ist Nachmittag, der Edeka-Markt hat noch geöffnet.

Bounty sitzt ungewöhnlich kleinlaut auf seinem Barhocker. Der Schreck sitzt ihm deutlich in den Gliedern. »Wir verzichten fürs

Erste auf eine Verhaftung«, hatte Thies mit ernster Miene verkündet, »aber nur unter der Auflage, dass du Stehtisch Eins nicht verlässt.« Außerdem ist Bounty eingeschnappt, dass er mit »Stormy Weather« keinen Fernsehauftritt bekommen hat. Statt Rolling-Stones-Revival singt auf dem Kürbisfest jetzt der Husumer Shantychor in blau gestreiften Schifferhemden ›Rolling Home‹.

Als Thies und Nicole etwas verspätet »De Hidde Kist« betreten, ist die große Kürbisshow im Biohof im vollen Gange, und auch im Imbiss steigt dank der zu den Rollmöpsen gereichten Getränke die Stimmung.

»Guck mal, Thies, wir sind im Fernsehen!«, ruft Antje begeistert und schenkt zur Feier des Tages eine neue Runde Genever aus.

»Nee, Antje, wir eben nich«, konstatiert Postbote Klaas verschnupft und kippt ohne Umschweife den spendierten Drink.

Neben der Dunstabzugshaube leuchtet der ganze 46-Zoll-Flachbildschirm in sattem Kürbis-Orange. Die Nebelschwaden aus der Fritteuse schillern im warmen Licht. Inmitten des spätsommerlichen Gemüses, auf einem Heuballen neben einem Stapel seines Bestsellers sitzend, erklärt Markus März das Geheimnis der handgeschmiedeten Äxte und der Holzrechen nach Maßanfertigung. Trotz eines solventen, nur notdürftig überschminkten Veilchens in seinem eckigen Gesicht bringt Markus März seine Botschaft gewohnt routiniert an das Seniorenpublikum, das für diesen Ausflug in die Welt der traditionellen Mistforken und Muskat-Kürbisse teuer bezahlt hat.

Nur auf Piet Paulsen mag der Funke nicht überspringen. »Ansagerin aus'm Regionalfernsehen, Talkshow-Fritze, der hier einen auf Deichgraf macht, und 'n paar begriffsstutzige Rentner aus Pinneberg. Dat ist ja noch öder als der HSV zuletzt!«, ereifert sich der ehemalige Landmaschinenvertreter.

Inmitten des Kürbis-Paradieses auf dem Bildschirm liest Laras 450-Euro-Aushilfe einer älteren Dame aus der Hand und prophezeit ihr ein langes Leben. Marvin Manolo grinst bekifft. Drei Schafe, zwei weiße und ein schwarzes, die gegen ihren Willen eigens für die Sendung vom Deich in die Tenne bugsiert worden sind, blicken staunend ins Seniorenpublikum.

Im Imbiss feiern die Gäste das Kürbisfest mit. Die Stimmung ist sehr viel ausgelassener als am eigentlichen Ort des Geschehens im Biohof. Bei Antje gehen die Getränke zügig über den Glastresen. Bounty wird mit jedem Schnaps immer reumütiger und vertraut einem nach dem anderen mit schwerer werdender Zunge seine Bekenntnisse an. »Ich hab den Koffer echt nur gefunden«, gesteht er Jungbankerin Wencke mit trauriger Stimme und erzählt ihr in aller Ausführlichkeit die Geschichte seines Kofferfundes. »Dieses ganze Geld, das war echt der Horror. Ehrlich, ich bin froh, dass ich das los bin.«

»Das seh ich als Bankerin grundsätzlich natürlich ein bisschen anders.« Wencke plinkert mit den Wimpern. »Aber über die umfangreichen Fremdwährungen hab ich mich schon gewundert.«

Vicky Krogmann gibt zwischendurch ein paar plattdeutsche Strophen zum Besten. Bürgermeister Hans-Jürgen Ahlbeck, der ohne Edeka-Kittel irgendwie verkleidet aussieht, schunkelt schüchtern mit. Eine Seniorengruppe auf Bierbänken klatscht brav. Talkmaster Markus März steht in nagelneuer Landarbeiterjacke auf eine Heugabel Modell »Tradition« gestützt daneben und bleckt die Zähne. Marvin Manolos Grinsen wird immer breiter. Er schiebt sich den kultigen schwarzen Lederhut in den Nacken und rollt für den Fernsehzuschauer unübersehbar die Augen. Im Anschluss an die musikalische Einlage philosophiert Lara Brodersen in der selbst entworfenen »Deichlust«-Landmagd-Bluse in Großaufnahme über ihr neues Spezialgebiet »Wärme aus Kräutern und Kernen« und führt ihre Duftöle vor. Die Pinneberger Senioren im Publikum blicken etwas ratlos. Die energetisierende Wirkung von »Autumn Breeze« mag sich nicht recht entfalten.

»Einen Vorteil hat das Fernsehen ja, wir müssen dat nich riechen«, bemerkt Piet Paulsen im Imbiss und verzieht sich zum Rauchen nach draußen. Klaas hält sich demonstrativ die Nase zu.

Während die Kamera über das Duftölsortiment schwenkt, sieht man im Hintergrund plötzlich drei Männer hektisch und laut rufend durch das Publikum drängeln. Einer der Männer stößt die Kürbispyramide auf einem Tisch um. Ein anderer schubst einen Rentner vom Stuhl. Der Dritte in einem hellblauen Trainingsanzug fuchtelt mit einer abgesägten Schrotflinte durch die Luft. Vereinzelte spitze Schreie hallen durch die Tenne. Viele haben die drei Eindringlinge noch gar nicht wahrgenommen, andere halten das Ganze für eine Showeinlage. Auch die drei Männer sind offenbar irritiert angesichts der hell ausgeleuchteten Szenerie mit den zahlreich angereisten Senioren zwischen den Kürbissen.

»Einen Moment, das geht aber so nicht, wir senden«, ruft aus dem Hintergrund ein Assistent, der für die Zuschauer in »De Hidde Kist« unsichtbar bleibt. Dann ist eine Schusssalve zu hören, gefolgt von lauten Schreien.

»Nix da Sendung, könnt ihr mir nix erzählen«, bellt eine Stimme in slawischem Akzent. »Schluss mit Theater… und raus mit Koffer.«

Thies zeigt auf das 46-Zoll-Flachbildgerät. »Nicole, dat sind sie wieder.« Ein Raunen und Stöhnen geht durch die Belegschaft in der »Hidde Kist«. Die Kommissarin glaubt ihren Augen nicht zu trauen.

»Kann die Regie mir mal sagen, womit wir weitermachen wollen?«, stammelt Regionalmoderatorin Vicky Krogmann, zu deren Füßen grade ein größeres Sortiment Zierkürbisse wie Bowlingkugeln vorbeirumpelt.

Die Kameraperspektive wechselt. Jetzt ist der blonde Bankräuber Torben Voss groß im Bild. »Keine Panik.« Voss steht ebenfalls mit einer Schrotflinte mitten in den Zuschauerreihen.

»Das is er!«, ruft Wencke Petersen und zeigt auf den Bildschirm. »Aus der Bank und dann hab ich mit ihm in der Disco getanzt.«

»Echt jetzt?«, nickt Bounty schwer beschwipst.

Jetzt erscheint auch der kleinere der Gangster Hansi Zaczyk im Bild. Er schubst einen Kabelträger ins Publikum. Eine lange Bierbank kippt komplett mit den darauf sitzenden Rentnern nach hinten um. Eine Seniorin hält auf dem Rücken liegend krampfhaft ihre Handtasche fest. Die drei Schafe springen verschreckt zwischen hysterischen Zuschauern und rollenden Kürbissen umher. Das schwarze Schaf landet mitten in Lara Brodersens Duftölsortiment. Mehrere Flaschen des erotisierenden »Autumn Breeze« gehen zu Bruch. Der Duft von faulem Laub ergießt sich in das Schaffell. Der schwarze Schafbock springt im Dreieck. Die wackelige Kamera schwankt jetzt wie in einem Experimentalfilm durch die Szenerie. Für einen kurzen Moment zeigt sie Zazcyk, der Lara Brodersen die Schrotflinte an die Schläfe hält. »Her mit dem Koffer, wir wissen ganz genau, dass der hier ist.«

»Keine Panik«, blökt Torben Voss noch mal dazwischen.

»Der hat ja genau deine Frisur!«, ruft Heike erschreckt.

»Na klar, hab ich beide geschnitten«, bestätigt Friseurin Alexandra stolz.

Piet Paulsen kommt vom Rauchen in den Imbiss zurück. »Habt ihr umgeschaltet? Dschungelcamp, oder wat is dat?«

»Piet, dat sind die Bankräuber wieder... jetzt bei Lara Brodersen.« Antje hat für den Augenblick sämtliche Grill- und Frittiertätigkeit eingestellt.

»Sollen die Sportsfreunde aber mal 'n büschen Gas geben, halb vier is Bundesliga.« Paulsen, der das Ganze immer noch für eine Showeinlage hält, sieht besorgt zur Sinalco-Uhr hoch.

»Die überfallen gerade den Biohof«, ruft Pensionswirtin Renate.

Aus dem Fernseher sind wieder Schüsse zu hören.

»Nicole, wat sollen wir machen?«, fragt Thies.

»Das droht aus dem Ruder zu laufen«, schnieft die Kommissarin und starrt gebannt auf den Bildschirm.

»Deeskalation?«, zitiert Thies aus dem »Handbuch für die Ausbildung der Polizei«.

»Eigentlich bräuchten wir Verstärkung«, überlegt Nicole. »Aber bis die da ist, das kann dauern.«

Moderatorin Vicky Krogmann hält immer noch das Mikrofon in der Hand und will weiter ihre Sendung durchziehen. »Ich bitte Sie daheim, diese kleine Störung hier zu entschuldigen«, säuselt sie in die Kamera. »Aber das ist eben eine Livesendung.«

»Dat hier schneidet ihr aber raus, damit das klar ist«, blafft Torben Voss sie an.

»Wir sind live auf Sendung«, verkündet die Regionalmoderatorin stolz.

»Dat kann man jetzt alles sehen?« Torben Voss, der den inzwischen leicht verbeulten Alukoffer in den Händen hält, beginnt langsam zu begreifen.

»Da ist der Koffer. Ist ja irre.« Bounty zeigt auf den Fernseher, als würde er grade eine Bewusstseinserweiterung erfahren.

In dem Moment stürmt Bankräuber Besnik Sinsic mit den Armen wedelnd auf die Kamera zu. »Ausmachen Kamera! Soforrrt!« Das Bild kippt mit einem Ruck zur Seite, und dann schwenkt die entfesselte Kamera einmal quer über die alte Holzdecke der Tenne.

Die Kommissarin gibt ihrem Kollegen ein Zeichen. »Hast du deine Waffe dabei? Und ballistische Weste?«

»Nee, Nicole, da müssen wir noch mal kurz in der Wache vorbei.«

»Mensch, Thies, Waffe musst du immer dabeihaben! Siehst du doch!« Ärgerlich zieht die Kommissarin zweimal geräuschvoll die Luft durch die Nase.

»Nee, nee, Thies, du gehst da jetzt nich hin«, protestiert Heike aufgeregt.

»Heike, ich muss. Dat ist mein Beruf.«

»Nicole und Thies machen das schon«, versucht Klaas Heike zu beruhigen. »Ich spendier uns noch einen Drink und wir sehen uns das weiter im Fernsehen an.« Heike findet das überhaupt nicht lustig.

Aber da stürzen Thies und Nicole schon aus dem Imbiss nach draußen zu ihrem Dienstfahrzeug. Die Kommissarin setzt ihr Auto mit durchdrehenden Reifen und einem Schlenker auf die Straße.

Auf dem Fernsehschirm erscheint zur Abwechslung mal wieder Torben Voss. Und dann schnellt ganz plötzlich eine Heugabel Modell

»Tradition« ins Bild und fährt dem blonden Torben zwischen die Rippen mitten in die Brust. Der Bankräuber stößt einen markerschütternden Schrei aus, dann sackt er augenblicklich in sich zusammen. Die einzelnen Eisen stecken ihm so tief und fest zwischen den Rippen, dass der Stiel der Mistforke in der Luft steht. Die Stellen, an denen die einzelnen Zähne der Heugabel das Hemd durchbohren, färben den hellen Stoff sofort blutrot. Der Täter bleibt die ganze Zeit außerhalb des Fernsehbildes. Dann torkelt die Kamera weiter. Die Fernsehzuschauer in »De Hidde Kist« hören ein gurgelndes Stöhnen und spitze Schreie aus dem Publikum. »Wir brauchen einen Krankenwagen!«, ruft jemand. Die Leute schreien durcheinander. »Wo bleibt denn die Polizei?!«

»Dat is eine von diesen Mistforken, die sie bei Lara jetzt für teures Geld verhökern«, bemerkt Pensionswirtin Renate.

»Ich hab dat immer gesagt, dat is hochgefährlich, wenn landwirtschaftliches Gerät in die falschen Hände kommt«, krächzt Paulsen, der es als ehemaliger Landmaschinenvertreter schließlich wissen muss. »Laras Jörn is doch auch schon in seinem Mähdrescher zerhäckselt worden.«

»Meine Güte, er hat ja wirklich genau dieselbe Frisur.« Heike ist jetzt leichenblass.

Während alle anderen fasziniert die Fernsehbilder verfolgen, starrt Bounty auf sein leeres Geneverglas. »Geld macht nicht glücklich«, philosophiert der Altkommunarde mit schwerer Zunge.

Im Bild erscheint jetzt Besnik Sinsic, der Talkmaster Markus März eine Schrotflinte an die Schläfe seines Quadratschädels hält. Das typische Grinsen ist ihm vergangen. Aber der Kopf wirkt fast noch eckiger. Sein Komplize Zaczyk hält daneben März' Sohn Marvin Manolo in Schach.

Danach schwankt die Kamera wieder durch den Raum über umgekippte Bierbänke, umherkullernde Kürbisse und Gesichter, denen die Panik in den Augen steht. Es sind Bilder wie von einem Terroranschlag.

Das Fernsehbild wird kurz schwarz. Es rumpelt laut im Ton, und dann ist das ganze Bild orange, ohne dass man etwas erkennen kann. Die Kamera ist offensichtlich in einem Haufen mit Kürbissen gelandet. Dann krabbelt ein Ohrenkneifer in Großaufnahme über das satte Orange.

Es fällt ein Schuss. Die Leute schreien

wild durcheinander. Die torkelnde Kamera
schwenkt kurz auf das schmerzverzerrte Gesicht von Markus März, der sich mit der Hand
ein Ohr hält. Aus dem zerfetzten Ohr quillt
das Blut. Auf der einen Seite prangt das Veil-
chen, die andere Hälfte des berühmten Fern-
sehgesichtes ist blutüberströmt.

37

Im Edeka-Markt ist wenig Betrieb an diesem Samstagnachmittag. Die Fredenbüller haben sich in der »Hidde Kist« eingefunden oder sind zu Hause vor dem Fernseher geblieben und gucken Kürbisfest. Nur Oma Ahlbeck muss an der Supermarktkasse sitzen. Ihr Sohn ist schließlich bei der großen Fernsehshow im Biohof dabei. Früher hat die alte Frau Ahlbeck ja regelmäßig hinter der Wurst- und Käsetheke gestanden, und vor Ostern oder Weihnachten hilft sie immer noch mal aus. Aber heute hätte sie sich eigentlich auch gern den Auftritt ihres Sohnes im Fernsehen angesehen.

Nicht nur der Laden, auch die Fredenbüller Dorfstraße wirkt ausgestorben wie bei einem großen Fußballspiel. »De Hidde Kist« gegenüber platzt dagegen aus allen Nähten. Ab und zu tritt Piet Paulsen vor die Tür und raucht ein Zigarillo. Ein spätsommerlicher Ostwind weht müde ein paar erste welke Kastanienblätter über die Straße. Eben waren Thies Detlefsen und seine Kieler Kommissarin mit quietschenden Reifen Richtung Wache gefahren. Jetzt ist wieder alles ruhig.

Im Edeka-Laden mischt sich die warme Spätsommersonne mit dem kalten Neonlicht. Stammkundin Frau Bandixen schiebt in Zeitlupe ihren Einkaufswagen mit einer Packung Mon Cherie und einem Glas Wachsbohnen durch den Laden. Vor dem Regal mit den Süßigkeiten stehen die Detlefsen-Zwillinge Telje und Tadje seit einer Viertelstunde und verhandeln, in welches Weingummisortiment sie ihr Taschengeld investieren wollen.

Die Wachsbohnen wandern gerade über das Laufband an der Kasse, als von der Straße ein ohrenbetäubender Lärm in den Laden dringt. Die alte Frau Bandixen bleibt wie versteinert mit der Pralinenpackung in der Hand stehen, und auch die schwerhörige Frau Ahlbeck hat den Krach wahrgenommen und blickt interessiert nach draußen. Das Schaufenster mit dem Schriftzug »Frischemarkt« und den Reklameschildern mit der Aufschrift »Schattenmorellen. Drei Gläser 3,98 €« vibriert. Dann donnert der gelbe Ford Granada in einem Affenzahn an dem Laden vorüber. Am Steuer sitzt Besnik Sinsic und auf dem Rücksitz bedroht Zaczyk den blutenden TV-

Moderator Markus März und seinen Sohn mit seiner Schrotflinte. Postbote Klaas und Pensionswirtin Renate treten gerade vor die Tür der »Hidde Kist«, als der rostige Straßenkreuzer hinter dem Fredenbüller Ortseingang und dem Schild der Dossmann'schen Geflügelfarm in einer Staubwolke verschwindet. Als Frau Bandixen jetzt endlich ihre Mon Cherie auf das Fließband legt, rast der Zivil-Mondeo mit Nicole Stappenbek und Thies Detlefsen und einem mobilen Blaulicht auf dem Dach dem anderen Fahrzeug hinterher.

»Dat wird immer schlimmer mit diesen Rasern«, bemerkt Frau Bandixen.

»Raser? Nee!« Oma Ahlbeck schüttelt den Kopf. »Dat waren die Bankräuber. War zumindest datselbe gelbe Auto wie bei dem Bankraub.«

»Meinst du?«

»Ich war doch dabei«, verkündet Frau Ahlbeck nicht ohne Stolz und hält die Pralinen vor den Scanner. Zwei Regale weiter ist bei den Detlefsen-Zwillingen immer noch nicht die endgültige Entscheidung zwischen Bärli-Parade und Sauren Schlümpfen gefallen.

Auf ihren Rollator gestützt schiebt Frau

Bandixen aus dem Laden, als der gelbe Granada jetzt aus der anderen Richtung auf den Edeka-Markt zugerast kommt. Mit quietschenden Reifen und bedenklich qualmendem Kühler kommt er vor dem Laden zum Stehen. Es stinkt nach Gummi und Benzin. Sofort springt Sinsic aus dem Wagen, eine abgesägte Schrotflinte in der einen Hand, und zerrt den verletzten Fernsehmoderator aus dem Fond. Dann greift er den zerbeulten Aluminiumkoffer aus dem Auto. Zaczyk kommt mit Marvin Manolo, dem er seine Flinte an den Kopf hält, hinterher. Rentnerin Frau Bandixen schiebt mit ihrem Rollator unbeirrt weiter die Dorfstraße entlang. Mit einem staubigen Rutscher über den Asphalt bringt Nicole Stappenbek ihr Auto ein Stück hinter dem Bankräuberauto zum Stehen. Thies springt mit gezogener Waffe aus dem Wagen. Doch als Sinsic die abgesägte Schrotflinte auf ihn richtet, verschanzt sich Thies sofort hinter der geöffneten Beifahrertür.

»Vorsicht, Thies!«, ruft Nicole ihm vom Fahrersitz aus zu.

»Stehen bleiben! Polizei!«, ruft Thies. Die beiden Bankräuber kümmert das wenig. Sie schubsen ihre beiden Geiseln Richtung Supermarkteingang. Thies hält seine Walter P99 in die Luft und gibt einen Warnschuss ab. Frau Bandixen zuckt hinter ihrem Rollator zusammen. Auch Zaczyk gibt jetzt eine Salve aus seiner Flinte ab. »Früher war dat bei uns ruhiger!«, schimpft Frau Bandixen laut.

»Nicht, Thies!«, schreit die Kommissarin besorgt und gleichzeitig ärgerlich.

»Ja, Nicole, ich weiß …«, Thies bekommt seinen Kuhblick. »Bei Geiselnahme erst mal Deeskalation, oder?« Nicole schnieft.

Ungehindert entern Sinsic und Zaczyk mit Vater und Sohn März im Schlepptau den Supermarkt. Frau Ahlbeck, die noch hinter der Kasse sitzt und gerade 5-Cent-Stücke aus einer Papierrolle in das vorgesehene Kassenfach klimpern lässt, starrt die hereinstürmenden Bankräuber erstaunt an, erkennt sie aber gleich wieder. »Wo habt ihr denn eure Masken gelassen?« Sofort richtet Zaczyk seine Schrotflinte auf sie.

»Sie sind dat wieder! Dat sind doch dieselben Flinten, und Sie haben auch wieder Ihren hellblauen Traingsanzug an.«

»Verdammte Scheiße, nein!«, flucht Zaczyk. »Nicht schon wieder diese Omma!«

Telje und Tadje haben sich bis jetzt unbe-

merkt hinter dem Regal mit den Konserven-
dosen versteckt und beobachten das Geschehen durch einen Spalt über einer Dosenreihe
Leipziger Allerlei.

Frau Ahlbeck schließt hektisch ihre Kasse.
»Hier gibt dat sowieso nix zu holen, die Kasse
is leer«, ruft sie den Bankräubern triumphierend entgegen.

Markus März hält sich stöhnend das zerfetzte Ohr. Jetzt fällt auch Frau Ahlbeck die
Verletzung des TV-Moderators auf. »Meine
Güte, Herr März, wat haben Sie denn gemacht? Wat is denn mit Ihrem Ohr passiert?«
Markus März stöhnt nur, Oma Ahlbeck verzieht mitfühlend das Gesicht.

»Sein Ohr. Halb weggeschossen. Voll
krass«, erklärt Marvin Manolo kleinlaut.

Frau Ahlbeck nimmt eine Packung Papiertaschentücher aus einem Regal und reicht sie
Markus März. »Damit müssen Sie aber dringend zum Doktor. Kann denn ihr … hier
Dings … Manderolo Sie nicht bringen?«

»Klappe, Oma!«, keift Zaczyk. »Hier ver-
lässt niemand den Saal!« Er feuert eine kurze
Schrotsalve ins Tiefkühlgemüse, worauf eine
Fontäne junger Erbsen aus der Truhe stäubt.

»Vorsicht, junger Mann, so wie in der Bank

könnt ihr euch hier aber nicht aufführen. Das dat mal klar ist«, mahnt Oma Ahlbeck. »Der Edeka gehört meinem Sohn, und der ist Bürgermeister von Fredenbüll.«

Markus März drückt sich mit schmerzverzerrtem Gesicht mehrere Papiertaschentücher auf sein blutendes Ohr und stöhnt dabei laut auf. Die Zwillinge nutzen das Chaos und machen sich heimlich gleichzeitig über die Bärli-Parade und eine XXL-Tüte »Gib dir Saures« her.

»Verdammte Scheiße, mein Ohr!«, wimmert März, »ich muss ins Krankenhaus.«

»Ja, hier ist sowieso nichts weiter los. Die Kasse is leer«, versucht Oma Ahlbeck die ganze Abwicklung etwas zu beschleunigen.

»Das nicht Übberfall«, radebrecht Sinsic. »Draußen Polizei, ihr alle Geisel. Verstehen?« Er deponiert den Geldkoffer auf dem Tiefkühlgemüse. Seine Schrotflinte richtet er abwechselnd auf März, auf Marvin Manolo und Frau Ahlbeck. Dabei hat er aber auch immer Thies und Nicole draußen auf der Straße im Blick.

»Hierhin! Hinsetzen!« Sinsic platziert März und seinen Sohn vor die Kühltruhe. Zaczyk greift sich eine breite Rolle mit Klebeband und macht Anstalten, den Geiseln die Hände zu fesseln.

»Aber nicht wieder ins Klo einschließen!«, protestiert Frau Ahlbeck, die immer noch an der Kasse sitzt. Dann fällt ihr auf einmal auf: »Sagt mal, wo habt ihr eigentlich euern Komplizen gelassen? Ihr wart doch zu dritt.«

»Ja, Scheiße, Voss hat's erwischt«, schreit Zaczyk.

»Ach, was. Erschossen?«, fragt Oma Ahlbeck interessiert.

»Erstochen mit … wie sagt man … Heugabbel.« Sinsic hat ein Funkeln in den Augen.

»Das war Notwehr«, jammert Markus März.

»Nottwehr?! Von wegen!« Zaczyk will auf den Moderator losgehen. Sinsic kann ihn nur mit Mühe zurückhalten. Doch der kleine Hansi Zaczyk ist nicht zu bändigen. Wütend gibt er eine Schusssalve in die Pyramide aus Gläsern mit Sauerkirschen ab. Die Gläser explodieren knallend und lassen ihren Inhalt durch den halben Supermarkt fliegen. Die Kirschen hängen jetzt überall in den Regalen, an Mehltüten, Corn-Flakes-Packungen und Damenbinden. Die rote Kirschbrühe breitet sich über den Boden aus.

»Sie sind ja wohl vollkommen verrückt geworden«, schreit Oma Ahlbeck empört auf. »Die sind zwar grad im Sonderangebot, aber die bezahlen Sie! Drei Gläser drei Euro achtundneunzig!«

38

Nicole und Thies haben ihre Einsatzzentrale kurzerhand an Stehtisch Eins in »De Hidde Kist« eingerichtet und Thies ist voll in seinem Element.

»Freunde, wir brauchen hier dat SEK. Wir haben hier 'n Bankraub mit Geiselnahme.« Er telefoniert gerade mit dem Spezialeinsatzkommando in Kiel, während Nicole die Lage sondiert und versucht, einen ersten Kontakt zu den Geiselnehmern herzustellen.

»Wo ist die Bank?«, will der Mann in der Kieler Zentrale wissen.

»Wieso Bank? Die sitzen im Edeka-Markt in Fredenbüll.«

»Also gar kein Bankraub, sondern Supermarktüberfall?«, folgert der Kieler.

»Ja, nee, erst Bankraub in Schlütthörn und jetzt Edeka in Fredenbüll. Wie schnell können Sie uns Ihre Leute herschicken?« Thies sieht auf die große Sinalco-Uhr. Der Minutenzeiger rückt gerade auf sieben Minuten nach drei vor.

»Damit ich das richtig verstehe, Herr Detlefsen, nach dem Bankraub haben sich die Täter jetzt im Supermarkt verschanzt?«

»Ach wat, der Bankraub ist bald 'ne Woche her.« Verdammt noch mal, der Beamte in Kiel ist aber schwer von Kapee, denkt sich Thies.

»Die Geiseln kommen jetzt also gar nicht aus der Bank?«

»Nee, vom Kürbisfest. Und Oma Ahlbeck sitzt heute Nachmittag an der Kasse, weil ihr Sohn auch beim Kürbisfest war.«

»Kürbisfest?« Der Kieler blickt nicht ganz durch.

»Ja, Kürbisfest. Haben sie doch grad im Fernsehen übertragen.«

»Die Geiselnahme war im Fernsehen zu sehen?«

»Geiselnahme nicht direkt, nur wie einer der Bankräuber mit der Mistgabel erdolcht wurde.«

»Sagen Sie, Herr Detlefsen, was war denn das für eine Sendung?«, wundert sich der Beamte in der Kieler Einsatzzentrale.

»Junger Mann, ich will hier nich mit Ihnen das Fernsehprogramm diskutieren. Wir brauchen dat SEK, und zwar 'n bisschen plötzlich!« Thies wird das jetzt zu viel.

In dem Moment kommt Nicole mit ernstem Blick in den Imbiss gestürmt, gleich dahinter Heike mit hochrotem Gesicht und völlig aufgelöstem Heuwagen auf dem Kopf.

»Der blonde Bankräuber ist tot. Börnsen ist schon am Tatort«, raunt die Kommissarin. Und dann noch leiser zu Thies. »Sie haben eure Zwillinge.«

»Was?!« Thies bekommt augenblicklich seinen Kuhblick, hält aber immer noch sein Handy ans Ohr.

»Thies, ich hab dat immer gewusst! Dat nimmt ein böses Ende.« Heike blickt vorwurfsvoll und voller Panik zu Thies und dann wütend zu Nicole. »Dieser Beruf ist tödlich für die Familie.«

»Wir kriegen eure Mädchen da raus«, versucht Nicole sie zu beruhigen.

»Pah, dat will ich sehen. Wie wollt ihr das denn bitte anstellen?« Heike versucht vergeblich ihre Frisur zu ordnen.

»Meine Töchter sind unter den Geiseln«, raunt Thies mit ernster Stimme ins Telefon.

»Sind Sie der Einsatzleiter vor Ort?«, fragt der Kieler Beamte. Der skeptische Unterton ist unüberhörbar.

»KHK Stappenbek von der Mord Zwei ist

grad reingekommen.« Leicht beleidigt gibt Thies den Telefonhörer weiter.

Nicole schildert noch einmal die Situation. Sie schnieft nervös und hört dann schweigend zu. Nach einer Weile legt sie auf.

»Na, wat sagt er?« Thies nimmt die Polizeimütze ab und wischt sich den Schweiß von der Stirn.

»Wir sollen erst mal auf Standby gehen.«

»Standby?«, fragt Thies verwundert und hat immer noch seinen Kuhblick.

»Deeskalation.«

»Ach so.«

Der Imbiss füllt sich immer mehr. Etliche Schaulustige sind vom Kürbisfest in »De Hidde Kist« herübergekommen. Auch Lara Brodersen ist mit aufgelöstem Timoschenko-Haarkranz in den Imbiss geschwebt. Es wird eng an den Stehtischen. Die Sendung vom Kürbisfest ist längst abgebrochen worden, stattdessen wird jetzt die Wiederholung einer Dokumentation über den Wattwurm gezeigt. Antje kommt mit der Produktion von Rollmops-Burgern kaum hinterher.

Auch vor dem Imbiss stehen dicht gedrängt die Schaulustigen, mittendrin Schäfermischling Susi. Verzweifelt versucht Thies, assistiert von Postbote Klaas, die Leute zum Gehen zu bewegen.

»So, hier kommt die Polizei. Den Gehweg jetzt bitte räumen!«, ruft Thies. »Hier gibt dat nix zu sehen!« Vorsichtshalber holt Thies das rot-weiß gestreifte Absperrband aus dem Wagen und spannt es am Straßenrand entlang.

Der Gehweg vor dem Edeka-Laden ist menschenleer. Auf dem Parkplatz davor steht einsam der currygelbe Ford Granada, der immer noch aus dem Motorraum qualmt. Die alte Pappe eines Bier-Sixpacks wird von einer Windbö über den Asphalt geweht.

Plötzlich sieht man HNO-Professor Müller-Siemsen mit dem üblichen Strohhut auf dem Kopf auf seinem alten Hollandrad auf den Imbiss zuradeln.

»Vorsicht, Herr Professor!«, ruft Thies. »Kommen Sie schnell aus der Schusslinie!«

»Was ist denn hier nur los?«, ruft Müller-Siemsen und sieht sich irritiert um.

»Wir haben hier Bankraub und Geiselnahme«, ruft Thies ihm zu.

»Aber meine Frau hat die Bank ja wohl nicht überfallen, was?« Der Professor hat seinen jovialen Ton wiedergefunden und wirkt erstaunlich gut gelaunt.

»Nee …«, druckst Thies.

»Und warum haben Sie sie verhaftet, wenn ich fragen darf?«

»Ja, also … wegen Bisonhaare …« Thies zögert. »Herr Professor, ist im Augenblick schlecht, Sie sehen ja selbst, wat hier los ist.« Dann wird er deutlicher. »Kommen Sie bitte erst mal in Deckung!« Müller-Siemsen zwängt sich verunsichert hinter Thies und Nicole auch noch mit in den Imbiss.

Aus Richtung Reusenbüll rauscht ein Krankenwagen mit Blaulicht aus dem Nordseeklinikum heran. Der Wagen bremst mit quietschenden Reifen vor dem Edeka-Markt. Thies winkt ihn zum Imbiss herüber. Die Sanitäter springen aus dem Auto. »Wo ist der Verletzte?«, ruft einer.

»In den Händen der Geiselnehmer. Sinsic-Bande, die sind brandgefährlich«, sagt Thies wichtig. »Wir sind vorerst auf Standby.«

»Alles klar.« Der Sanitäter steigt wieder in den Wagen. Das Blaulicht rotiert weiter.

»Thies, wir müssen Zeit gewinnen«, sagt Nicole. Als Hauptkommissarin beim Morddezernat hat Nicole noch nie mit Geiselnahmen zu tun gehabt, was in der Situation nicht unbedingt von Vorteil ist. »Wir müssen erst mal Kontakt zu den Geiselnehmern bekommen. Haben wir eigentlich eine Telefonnummer vom Edeka-Laden drüben?«

Antje, die mit rotem Kopf Rollmops-Burger am Fließband zubereitet, hat die Nummer sofort parat. »Sieben, zwei, sieben.«

39

Kriminaltechniker Mike Börnsen und Gerichtsmediziner Carstensen kommen kaum hinterher. Von Bountys Übungsraum im alten Reusenbüller Krog sind sie grade in den Biohof Brodersen umgezogen, um die Überreste der großen Kürbisparty zu sichten. Die Sinsic-Bande hat auf dem Biohof das komplette Chaos hinterlassen. Da Hauptkommissarin Stappenbek und Polizeiobermeister Thies Detlefsen sofort die Verfolgung der Bande und ihrer Geiseln aufgenommen haben, sind Spusi-Mann und Mediziner hier am Tatort auf sich allein gestellt. Mike Börnsen hat die Fernsehleute samt Moderatorin Vicky Krogmann, das Publikum und die drei Schafe nach draußen komplimentiert. Wer noch einigermaßen zu Fuß ist, steht vor der »Hidden Kist«, um das Geiseldrama live vor Ort zu verfolgen. Die anderen sitzen mit originalverpackten Duftölen und Mistforken bereits im Bus und warten ungeduldig auf die Heimreise in die Seniorenresidenz.

Ein einsamer Rentner tapert noch mit einem Buchexemplar von »Glück hinterm Deich« in dem Durcheinander herum und scheint den Toten überhaupt nicht zu bemerken. »Herr März hat mir aber versprochen, das Buch mit einer persönlichen Widmung zu signieren.« Der arme Mann ist vollkommen verzweifelt.

»Das wird wohl heute nichts«, erklärt Börnsen genervt. »Sie haben ja selbst gesehen, Herr März ist angeschossen und als Geisel genommen worden.« Mike Börnsen lotst den enttäuschten Rentner nach draußen.

Dann streifen er und Carstensen sich die Einmalhandschuhe über und machen sich an die Arbeit. Der Spusi-Mann sichert Fingerabdrücke auf dem Holzstiel und packt die Heugabel in eine Plastikfolie. Carstensen sieht sich den Toten kurz an, dann verstauen die beiden Männer den erdolchten Bankräuber in einem Leichensack und schließen den Reißverschluss. In Carstensens Kombi wird es langsam eng. Der Kieler Gerichtsmediziner hat schließlich bereits den toten Filialleiter Heiko Thormählen an Bord.

Bei Torben Voss liegt der Fall klar: Tod durch Mistforke, Modell »Tradition«. Auch der Täter steht fest. Zeugen gibt es genug.

Schließlich hat Markus März dem Bankräuber vor versammelter Mannschaft das landwirtschaftliche Gerät zwischen die Rippen gestoßen.

Sehr viel brisanter sind die Erkenntnisse, die der Gerichtsmediziner und der Kriminaltechniker ganz frisch aus Kiel mitgebracht haben. Die Bisonhaare unter den Fingernägeln der toten Oberärztin Sandra Siggelkow stammen zwar von Angelica Müller-Siemsens Joop-Jacke. Aber Schmauchspuren hat man auf dem edlen Jäckchen der Professorengattin nicht nachweisen können. Ganz anders verhielt es sich mit dem kornblumenblauen Anzug des Filialleiters Heiko Thormählen. Nicht nur auf dem durchschossenen und dann vom Notarzt zerschnittenen linken Ärmel des Jacketts hatte man Schmauchspuren entdeckt, sondern interessanterweise auch am unteren rechten Ärmel. Die Schmauchspuren verweisen auf den Gebrauch der Waffe. Es spricht also alles dafür, dass Thormählen sich selbst in den Arm geschossen und dann die Zahnärztin erschossen hat.

Doch für die Neuigkeiten scheint sich im Augenblick niemand zu interessieren. Nicole Stappenbeks Handy ist laufend besetzt, und als Börnsen endlich durchkommt, hört Nicole überhaupt nicht zu.

»Wir haben den Täter im Mordfall der toten Zahnärztin, und es spricht alles dafür, dass er die Geliebte des Professors ebenfalls umgebracht hat«, verkündet Börnsen stolz die neusten Erkenntnisse. »An der Jacke, die Thormählen in diesem Übungsraum getragen hat, haben wir ebenfalls Schmauchspuren gefunden ...«

Im Hintergrund ist ein Höllenkrach. So hektisch hat er Nicole noch nie erlebt.

»Mike, geh sofort aus der Leitung! Hier brennt der Baum! Für Kriminaltechnik hab ich im Augenblick gar keine Zeit.«

»Wie bitte? Das darf nich wahr sein, wir haben hier die Lösung unseres Falls und du hast keine Zeit!?«

40

»Halt deinen Rand, Omma!«, brüllt Zaczyk und hält mit seiner abgesägten Schrotflinte in die Supermarktregale, eine erste Salve geht in die Konservenbüchsen, eine weitere in die Barbecuesoßen und eingelegten Würstchen. Zaczyk ist völlig außer Rand und Band. Nach dem Tod seines Komplizen ist es bei dem kleinen Bankräuber endgültig vorbei mit der Gemütlichkeit. Den hinter dem Regal versteckten Zwillingen fliegt das halbe Dosensortiment um die Ohren. Dann nimmt Zaczyk das nächste Regal ins Visier. Apfelmusgläser zerspringen mit einem Knall. Zerfetzte Gurken »Schlesische Art« fliegen durch das Neonlicht des Supermarktes. Aus den durchlöcherten Würstchendosen sprudelt die Lake, fettreduzierte Mayonnaise, knallgrünes Spülmittel und einzelne Ölsardinen kleckern träge von den Regalen.

»Um Gottes willen, jetzt ist aber sofort Schluss hier!«, schreit Oma Ahlbeck entsetzt. »Dat geht nich!« Bei dem Inventar des Supermarktes findet ihre Begeisterung für Wild-westszenen Grenzen. Sie sieht Zaczyk mit großen Augen an. »Sie waren doch der kleinere der beiden Indianer? Oder?« Mit irrem Blick lädt Zaczyk seine Schrotflinte neu.

»Nicht schießen! Wir ergeben uns!« Mit erhobenen Händen und weingummikauend treten Telje und Tadje hinter dem Leipziger Allerlei hervor. Die beiden klingen ungewöhnlich kleinlaut. Vor ihren Füßen trudelt eine zerschossene Dose Wiener Würstchen über die Fliesen.

»Voll krass«, stammelt Marvon Manolo. »Ihr hättet eben draufgehen können. Hammer!«

»Das sind Wahnsinnige«, stöhnt Markus März. Der Moderator ist den Tränen nahe.

»Ja, ja, ich kenn dat ja schon«, bestätigt Frau Ahlbeck. »Aber so wie in der Bank läuft das hier bei Edeka nich.«

»Omma, ich sag's nur noch einmal: Du hältst jetzt deinen Rand!«, keift Zaczyk.

»Dat wird hier alles wieder aufgeräumt!«, hält Oma Ahlbeck resolut dagegen.

Sinsic versucht, seinen Komplizen zu beschwichtigen und winkt die Zwillinge heran. »Kinder, herrkommen und dort hinsetzen.« Er deutet auf den Boden vor der Tiefkühltruhe, wo bereits März und Marvin Manolo kauern.

»Mit dem Ohr kann ich vor keine Kamera mehr«, jault Markus März.

Telje und Tadje stehen bedröpelt mit der Weingummi-Tüte vor der Kühltruhe.

»Worauf wartet ihr? Hinsetzen!«, blökt Zaczyk.

»Wir sollen aber gleich zum Abendbrot zu Hause sein«, wendet Telje ein.

»Sonst wird Mama sauer«, erklärt Tadje.

»Abendbrot?!«, schreit der kleine Bankräuber die Zwillinge an. »Da rollt euer Abendbrot.« Er zeigt auf die zerschossene Würstchendose.

»Igitt, nee, die ist ja voller Kugeln«, piepst Telje schüchtern. »Die Würstchen ess ich nicht mehr.«

Und Tadje fügt hinzu: »Sagt Mama doch neuerdings auch immer: Man weiß nie, was in den Würsten alles so drin ist.«

»Mäddchen hat rrrecht, wir brauchen was rrichtigges zu essen.« Sinsic schiebt sich seinen Westernhut ins Gesicht. »Und Fluchtfahrzeug.«

»Verdammt, ich brauch einen Arzt«, stöhnt der blutende Markus März.

»Und wir sollen zum Abendbrot zu Hause sein«, verkündet Tadje noch mal.

»Nix«, brummt Sinsic. »Ihr hier essen.«

»Wir bestellen uns da drüben diese Rollmops-Dinger, die Voss neulich angeschleppt hat«, schlägt Zaczyk vor.

»Croque Störtebeker oder Rollmops-Burger?«, ruft Tadje vorlaut.

»Klappe!«, herrscht Zaczyk sie an.

»Für ihre Fischbrötchen ist Antje berühmt«, gibt Oma Ahlbeck ihren Senf dazu. »Und der Manderolo is auch schon ganz blass um die Nase. Jung, du musst wat essen.«

»Ich nix Fischbrötttchen!« Bei dem andauernden Essensthema wird Sinsic plötzlich sauer. »Ich warrrrmes Essen brauche. Was Rrrrichtiges. Cevapcici mit Knobbblauch und Bonnenkraut.«

Marvin Manolo starrt den jugoslawischen Bankräuber staunend an. »Voll krank, echt abgespaced.«

Sinsic sieht ihn grimmig an. Dann packt er Marvin Manolo am Kragen und zieht ihn zu sich hoch. Er zerrt den Jungen an das Schaufenster des Edeka-Marktes und hält ihm demonstrativ die Schrotflinte an den Kopf.

Durch die schaulustige Menschenmenge

vor der »Hidden Kist« geht ein Aufschrei. Aufgeregt zeigen die Leute auf die andere Straßenseite.

Kurz darauf schrillt der altmodische Klingelton eines Telefons durch den Edeka-Markt.

41

Thies, Nicole und die anderen Gäste können vom Imbiss aus beobachten, dass im Supermarkt gegenüber hinter den Schattenmorellen-Reklameschildern Bewegung entsteht. Nach etlichen Freizeichen meldet sich die alte Frau Ahlbeck am anderen Ende der Leitung. »Edeka-Frischemarkt Ahlbeck«.

»Hier spricht KHK Stappenbek. Frau Ahlbeck, ich bin die Kommissarin, wir kennen uns ja bereits«, meldet sich Nicole betont fürsorglich.

»Gut, dass ich Sie grad dran hab, Frau Kommissarin«, platzt es aus der Rentnerin heraus. »Die Bankräuber sind nämlich schon wieder da.«

»Ich weiß, Frau Ahlbeck«, schnieft Nicole.

»Diesmal sind sie nur zu zweit, aber dafür haben sie den Herrn März dabei, und der sieht gar nicht gut aus.«

»Frau Ahlbeck, wir befinden uns gegenüber in ›De Hidde Kist‹. Können Sie uns sehen?« Man sieht, wie sich die korpulente Oma

Ahlbeck an der Kasse umständlich umdreht, nach draußen guckt und winkt. Dann richtet Zaczyk sofort wieder seine Waffe auf sie.

»Frau Ahlbeck, bleiben Sie ganz ruhig«, schnieft Nicole ins Telefon.

»Ich bin ganz ruhig.«

»Was sagt Sie?«, fragt ihr Sohn, der Edeka-Mann hektisch dazwischen. »Mutti, wir holen dich da raus!«

Nicole wedelte abwehrend in seine Richtung, um ihn zum Schweigen zu bringen. »Frau Ahlbeck, wer ist alles bei Ihnen im Supermarkt?«, will Nicole wissen.

»Na ja, die Bankräuber … aber jetzt sind sie nur zu zweit …«

»Klappe, Oma!«, hört man Zaczyk aus dem Hintergrund rufen.

»… und ohne Verkleidung, und Herr März hat nur noch ein Ohr.«

»Bleiben Sie ganz ruhig, Frau Ahlbeck«, wiederholt die Kommissarin.

»Mutti, sei bloß vorsichtig!« Ihr Sohn hat die größten Bedenken.

»Was ist mit Markus?«, haucht Lara Brodersen und hält dabei die Handflächen aufeinander wie zum Yogagruß.

»Herr Professor, wat 'n Glück, dass wir

jetzt 'n Ohrenarzt hier haben«, ruft Antje hinter ihrem Glastresen hervor.

»Frau Ahlbeck, können Sie mir mal einen der Geiselnehmer geben.« Nicole, Thies und die anderen im Imbiss können beobachten, dass Oma Ahlbeck den Hörer an Sinsic weitergibt. Der Bankräuber am anderen Ende der Leitung bleibt stumm, und auch Nicole weiß zunächst nicht recht, was sie sagen soll.

»Spreche ich mit Besnik Sinsic?«, fragt sie schließlich.

»Ja, wirr habben Geiseln in Gewalt!« Der jugoslawische Akzent scheppert durch das Telefon.

»Ja, Herr Sinsic, das sehen wir«, näselt Nicole. »Bewahren Sie bitte Ruhe. Wir können über alles verhandeln. Was ist mit der verletzten Geisel? Lassen Sie uns wenigstens den Verletzten ärztlich versorgen!«

»Niemand kommt rrrein in Eddeka«, brummt Sinsic.

»Wie sind Ihre Forderungen?«, fragt Nicole. Es entsteht eine Pause, die allen endlos vorkommt. Der Minutenzeiger auf der Sinalco-Uhr springt auf fünfzehn Uhr elf. Piet Paulsen und Postbote Klaas lassen ein Jägermeisterfläschchen knacken. Dann gibt es auch in der Telefonleitung ein Knacken. Die andere Seite hat aufgelegt.

»Ich bin ja nur froh, dass ich da diesmal nicht mit drin bin«, seufzt Wencke.

»Die wissen selbst noch nicht, was sie wollen«, raunt Nicole Thies zu.

Dann werden im Supermarkt gegenüber die Jalousien heruntergezogen. Die beiden Polizisten und alle anderen haben keinen Blick mehr in den Laden. Mittlerweile ist das Fernsehteam vom Kürbisfest angerückt und hat sich mit Kamera und Mikrofongalgen hinter den Altglascontainern postiert. Die Gesichter der Fernsehleute leuchten im Rhythmus des Blaulichtes auf.

»Nicole, wir brauchen 'n Megafon«, schlägt Thies vor.

Heike ist den Tränen nahe. »Telje und Tadje sind in der Hand dieser brutalen Männer. Thies, jetzt mach doch endlich was!«

»Heike, wir sind auf Stand-by!«

Paulsen zündet sich ein Zigarillo an und geht kopfschüttelnd vor die Tür. Im Rausgehen wirft er einen Blick auf die Sinalco-Uhr. »Bundesliga können wir heute ja wohl abhaken.«

Nicole versucht ununterbrochen, die Tele-

fonverbindung zum Supermarkt wiederher-
zustellen. Sie hat sich jetzt im Imbiss eine Zigarette angezündet.

»Ich kann euch 'n Mikro an meine Anlage
im Wagen anschließen«, bietet der Schimmelreiter seine Hilfe an. »Zweimal tausend Watt!
Da fliegen den da drüben die Ohren weg!«
Thies nickt begeistert.

»Seid mal ruhig.« Nicole hebt beschwichtigend die Hand. Sie hat Sinsic wieder am anderen Ende der Leitung. Seine laute Stimme
bringt die Hörmuschel zum Scheppern. Nicole hält den Hörer ein Stück vom Ohr, dass
die anderen mithören können.

»Wir wollen schnelle Waggen. Volle Tank.
Freier Abzug mit Geisel. Und Verpfleggung:
Für alle zweimal Brott mit rollende Mops,
also zwölfmall, und für mich Cevapcici und
Krautsalat. Grossse Portion. Alles bis sechzehn Urrr. Sonst erschießen wir erste Geisel.«

»Bis sechzehn Uhr«, wiederholt Nicole.
Die gesamte Imbissgemeinde sieht mit bleicher, erschreckter Miene zu der Sinalco-Uhr,
die zwanzig nach drei zeigt.

»Herr Sinsic, lassen Sie wenigstens die Geiseln frei, wenigstens den verletzten Herrn

März und die beiden Mädchen«, redet Nicole auf den Bankräuber ein.

»Und wat ist mit meiner Mutter?«, protestiert Bürgermeister Ahlbeck im Hintergrund.

»Herr Sinsic, die Geiseln sind der Situation nicht gewachsen.«

»Da habbe ich ganz andere Eindrrruck.«

»Hut ab, ich muss Ihre Mutter bewundern, wie sie dat macht«, flüstert Wencke dem Bürgermeister zu.

»Geben Sie uns Zeit, Ihre Forderungen zu erfüllen.« Die Kommissarin macht eine kurze Pause. »Das Fahrzeug sollte kein Problem sein und die Rollmopsbrötchen auch nicht.« Sie wirft Antje einen fragenden Blick zu.

»Rollmöpse sind aber gleich alle«, ruft Antje aufgeregt. Nicole winkt ab.

»Aber wie war ihre letzte Forderung?«, fragt Nicole. »Cevap-ci-ci?«

»CEVAPCICI!! Mit Knobblauch und Bonnenkraut«, scheppert es aus dem Hörer.

Die Kommissarin sieht zu Antje, die gleich mit dem Kopf schüttelt. »Das wird wahrscheinlich schwierig.«

»Wir haben Bohnenkraut drüben im Laden, frisch oder getrocknet«, bietet Edeka-Mann Hans-Jürgen Ahlbeck an.

»Das hilft uns jetzt auch nicht weiter«, unterbricht Nicole Stappenbek ihn und dann wieder ins Telefon. »Wollen Sie nicht auch Rollmops oder Croque Störtebe ...«

»Lasst mich mit eure scheiß Fischbröttchen in Rrruh. Ich will Cevapcici! Sechzenn Urr – sonst erste Geisel tott!« Dann gibt es ein Knacken in der Leitung. Sinsic hat wieder aufgelegt.

Nicole macht ein sorgenvolles Gesicht. Die Sinalco-Uhr springt auf fünf vor halb, dann fallen im Inneren des Edeka-Marktes Schüsse.

42

Markus März hält sich den Kopf und winselt, obwohl er von den Schüssen gar nicht getroffen wurde. Aber das Ohr blutet jetzt wieder stärker.

Das Blut suppt dickflüssig aus der halb verkrusteten Wunde auf das einstmals frisch gebügelte Landarbeiterhemd aus der »Deichlust«-Kollektion. März wird gleich ohnmächtig. Schon seit geraumer Zeit sitzt er nicht mehr, sondern liegt vor der Kühltruhe und verdreht die Augen.

»Ey, Mann, übelst, echt krass«, murmelt Marvin Manolo und tätschelt seinem Vater unbeholfen die Hand.

Zaczyk lädt mit grimmigem Gesicht die Schrotflinte neu.

»Aufhörren«, herrscht Sinsic ihn an. »Das nix brringt!«

»Verdammte Scheiße. Dieses Arschloch hat Voss auf dem Gewissen!«

»Sparr Munition. Brauchen wir noch später. Vielleicht«, knurrt Sinsic.

»Sinsic, kapierst du nicht? Du musst Druck machen! Verstehst du? Druck!«

»Unsere Mama macht auch Druck. Die wird total sauer, wenn wir nich zum Abendbrot zu Hause sind.« Telje und Tadje tapsen auf Zehenspitzen durch die roten Glasscherben. Ihre Sneakers schmatzen in der klebrigen Kirschpampe.

»Ich hab voll Hunger«, jault Tadje.

»Ihr habt euch doch grade drei Familienpackungen von dieser Weingummi-Scheiße reingepfiffen«, blafft Zaczyk die Zwillinge an.

»Nee, auf was Richtiges«, nölt Tadje weiter. »So 'n Rollmops-Burger von Antje.«

»Kommen ja gleich. Jetzt halt endlich deinen Rand!« Zaczyk hat ebenfalls Appetit.

»Achtung, Achtung, hier spricht die Polizei!« Thies' Stimme hallt über die Tausendwattboxen des Schimmelreiters durch das ganze Dorf und ist auch im Supermarkt deutlich zu hören. Sinsic drückt die Jalousie ein Stück zur Seite und sieht nach draußen. Thies sitzt in Hauke Schröders Mustang. »Räumen Sie die Straße! Die Bankräuber im Edeka-Markt sind schwer bewaffnet. Es herrscht Lebensgefahr.«

»Dat ist mein Papa«, verkündet Tadje stolz.

»Der Heinz, der da draußen den Alarm macht?« Zaczyk wirft Tadje einen verächtlichen Blick zu.

»Mein Papa is bei der Polizei, und meine Schwester will auch zur Polizei.«

»Erst die Omma und jetzt auch noch diese Gören! Die machen mich alle fertig!«, schimpft Zaczyk und schreit Richtung Decke: »Ich knall euch alle ab!« Doch statt auf Tadje anzulegen geht er zu einem kleineren Fenster gleich neben dem Eingang. Er hält die Schrotflinte aus dem gekippten Fenster und schießt blindlings nach draußen.

»Achtung, Achtung!«, ist wieder die Stimme von Thies zu hören. »Mensch, Sinsic, gib die Geiseln frei! Wenigstens die Kinder.«

»Dein Alter ist ja echt der Burner!«, raunt Marvin Manolo Telje zu.

Zaczyk steht immer noch mit seiner Flinte am Fenster. »Ist das die Kiste da draußen von eurem Vater?«, will Zaczyk wissen.

»Der hat 'nen Escort mit Polizeilackierung«, erklärt Tadje.

»Quatsch nicht rum, ich mein den Mustang da.«

»Der Mustang gehört dem Schimmelreiter«, erklärt Marvin Manolo schnell, bevor Zaczyk den nächsten Wutanfall bekommt.

Die beiden Bankräuber starren ihn ungläubig an. »Sind denn hinter Deich alle gaga?«, motzt Sinsic.

»Überlegen Sie sich mal gut, was Sie sagen, junger Mann«, entrüstet sich Oma Ahlbeck. »Die Einzigen, die sich hier nich benehmen können, sind Sie.«

Markus März stöhnt und verdreht die Augen. Aus dem zerfetzten Ohr läuft immer noch das Blut.

»Scheiße, mein Alter kackt uns hier ab.« Marvin Manolo klingt auf einmal höchst besorgt.

»Könnt ihr Idioten einfach mal eure Klappe halten, verdammte Scheiße.« Die beiden Bankräuber werden jetzt zunehmend nervöser. Zaczyk steht wieder hinter der Jalousie und hält die Schrotflinte aus dem gekippten Fenster und beobachtet das Geschehen auf der Dorfstraße.

»Da kommt ein zweiter Krankenwagen«, ruft Zaczyk mit Blick durch den Spalt neben der Jalousie. »Und dann laufen da überall diese Fernsehfritzen rum.«

»Wo bleiben verdammt noch mal Cevapcici?«, brüllt Sinsic.

»Und von der Karre, die sie uns hinstellen sollen, ist weit und breit auch nichts zu sehen.«

»Wie spät?«, knurrt Sinsic.

»Viertel vor vier. Sinsic, weißt du was, wir nehmen den Mustang da drüben als Fluchtfahrzeug. Mustang wollt ich schon immer mal fahren.«

Zaczyk schiebt die Jalousie ein Stück weiter zur Seite. Und dann entdeckt er den Familienkombi, der ein Stück abseits von der »Hidde Kist« geparkt hat. Ein Mann lädt gerade ein ganzes Waffenarsenal aus dem Kofferraum und reicht den Umstehenden Gewehre, Revolver und Maschinenpistolen.

43

»Nicole, ich würd mal sagen, mit Stand-by kommen wir nich mehr weiter.« Thies macht sich langsam Sorgen um seine Töchter.

»Ich geh da jetzt rein. Die sollen mich gegen die Zwillinge austauschen.«

»Thies, in den Edeka lass ich dich nich!« Heike ist mit den Nerven fertig.

»Und wat ist mit den Zwillingen?!«

»Dat darf doch alles nich wahr sein.« Heike fängt an zu heulen.

Das SEK aus Kiel ist immer noch nicht angerückt. Die Kollegen von der Ostsee haben sich im Deichvorland der Nordseeküste hoffnungslos verfranst. Dafür hat Shantychormitglied und Waffensammler Holger Gonscherowski spontan seine Hilfe angeboten. Klaas hatte ihn eben über die brenzlige Situation informiert, worauf Gonscherowski auf die Schnelle eine kleine Auswahl aus seinem Hobbykeller zusammengestellt hat. Die Familienkutsche ist bis unters Dach mit Waffen vollgepackt.

»Hab ich nach der Wende billig geschossen«, verkündet Gonscherowski stolz, während er Klaas ein Sturmgewehr in die Hand drückt.

»Geschossen ist gut.« Klaas reicht die Waffen in den Imbiss weiter. Innerhalb weniger Minuten hat sich zwischen den beiden Stehtischen der »Hidde Kist« ein beeindruckendes Arsenal angesammelt: Maschinenpistolen, sowjetische Scharfschützengewehre und eine »Uzi«.

»Dat is mal wat anderes als beim Schützenfest, wat Bounty.« Piet Paulsen begutachtet einen Scharfschützenkarabiner durch seine Gleitsichtbrille. »Damit kann's schon den einen oder anderen in die ewigen Jagdgründe befördern.« Er deponiert das Gewehr auf dem Stehtisch neben seinem Pils.

Die Damen sind auffällig blass um die Nase. Heike hängt mit angsterfülltem Blick am Fenster des Imbisses. Lara sorgt sich angesichts des vielen Metalls um die aus dem Gleichgewicht geratenen Energien. HNO-Professor Müller-Siemsen nimmt den Strohhut vom Kopf und wischt sich den Schweiß von der Stirn.

»Ich hab ja nun schon internationale Spezialitäten«, stöhnt die Imbisswirtin. »Aber diese… wie heißen die Dinger?«

»Cevapcici! Dat ist 'ne Spezialität da unten«, erklärt Postbote Klaas.

»Wir haben keine Zeit«, raunt Thies. Die Imbissuhr zeigt elf vor vier. Er sieht zum Supermarkt hinüber. Aus dem Fenster ragt ein Gewehrlauf.

»Kann mir vielleicht mal einer verraten, wie ich diese Ce-vap-cici machen soll?« Angesichts des Ultimatums wird auch Antje immer hektischer.

»Dat ist im Grunde genommen 'ne Frikadelle in Zigarrenform«, brummt Paulsen und fummelt ein Zigarillo aus der Packung.

»Freunde, nu macht mal hin, dat ist hier keine Kochshow!«, schimpft Thies. »Wir haben hier Raub mit Geiselnahme.« Thies sortiert zusammen mit Shantysänger Gonscherowski die Waffen.

»Komm, Antje, Frikadellen, ich helf dir.« Alexandra zwängt sich an den Leuten vorbei hinter den Tresen. Die Fredenbüller packen alle mit an. »Los, wir haben keine Zeit.« Alexandra sieht zur Sinalco-Uhr.

»Dat ist ja wie in High Noon«, fällt Klaas auf einmal auf. »Fünf vor zwölf.«

»Wieso? Dat ist zehn vor vier«, kräht Paulsen.

»In Nordfriesland kommt dat alles 'n büschen später!«, sagt Klaas.

Nicole hat inzwischen wieder eine Verbindung zu den Geiselnehmern. »Die wollen jetzt deinen Mustang als Fluchtfahrzeug«, ruft sie dem Schimmelreiter zu.

»Wat is dat denn für 'ne Kackidee. Dat könnt ihr euch abschminken.« Hauke Schröder ist entrüstet. »Ihr tickt doch nich ganz richtig! Jetzt, wo ich den neuen Motor grad drin hab?« Der Schimmelreiter ist kurz vor dem Durchdrehen. »Nur über meine Leiche!«

»Dat kannst du schneller haben, als dir lieb is.«

Statt Wattwürmern laufen auf dem Flachbildschirm im Imbiss jetzt die Livebilder von der Geiselnahme. Die Kamera hält auf die Schattenmorellen-Reklame.

Im selben Augenblick wird aus dem Supermarktfenster eine Schrotsalve abgegeben. Mehrere Geschosse pfeifen über die Glascontainer hinweg dem Fernsehteam um die Ohren. Die danebenstehenden Schaulustigen rennen sich schreiend gegenseitig über den Haufen. Einige versuchen vergeblich, sich in den Imbiss zu drängeln, andere suchen verzweifelt Zuflucht hinter dem Ensemble aus Glas- und Altpapiercontainern.

»Scheiße, die schießen wieder«, ruft Klaas.

»Das ist ja 'n echter Horrortrip«, murmelt Bounty, der sich mit Trips schließlich auskennt.

»Nicole, wir schaffen dat nich allein«, gibt Thies zu bedenken. »Auf dat SEK können wir nich warten.«

Waffensammler Holger Gonscherowski will sofort zur Tat schreiten und hat gleich eine Maschinenpistole in den Händen. Bankfräulein Wencke sieht ihn mit großen Augen an und klimpert mit den Wimpern. »Ja, dat ist mein Baby«, gluckst Gonscherowski und reißt eine Packung Munition auf. Piet Paulsen, ein kaltes Zigarillo im Mundwinkel, schraubt an dem neben dem Pilsglas liegenden Scharfschützengewehr herum.

»Hallo? Thies, das können wir nich machen.« Nicole ist von der ganzen Aktion noch überhaupt nicht überzeugt. »Das ist Polizeiarbeit. Wie stellst du dir das vor? Wir können nicht mit Piet Paulsen und dem verhinderten Schützenkönig von Fredenbüll hier den Edeka-Markt stürmen.«

»Na ja, Hilfssheriffs sozusagen!« Thies richtet seine Polizeimütze. »Unter uns, Piet ist 'n ausgezeichneter Schütze.«

»Er muss nur seine Brille absetzen«, fügt Klaas hinzu.

»Normal auf Tontauben, nä«, kräht Paulsen.

Nicole sieht den Landmaschinenvertreter a. D. skeptisch an. »Die ganze Sache droht hier aus dem Ruder zu laufen«, schnieft sie. »Aber wenn hier geschossen wird, müssen vorher diese Verrückten da draußen von der Straße runter. Ich will hier nicht noch mehr Tote haben.«

»Eben, sag ich doch, wir müssen dat zu Ende bringen.« Thies läuft zur Hochform auf, von Kuhblick keine Spur. »Ihr gebt mir Feuerschutz, ihr macht hier von dieser Straßenseite mit Gonscherowskis Dingern ordentlich Alarm, und ich schleich mich von hinten in den Laden.«

»Thi-i-es! Bist du wahnsinnig, das lass ich nich zu.« Heike ist einer Ohnmacht nahe.

»Wie willst du das machen?« Nicole ist ebenfalls skeptisch.

»Hinterm Imbiss durch die Gärten, Stück weiter über die Dorfstraße, dann bei Alexandra durch 'n Friseursalon durch, über die Obstwiese zurück und dann von hinten in den Edeka rein. Ist der Salon offen, Alexandra?«

»Ich komm mit, Thies«, ruft die Friseurin, die Antje hinter dem Tresen bei den Cevapcici unterstützt.

»Mach du mal deine Frikadellen.«

»Dann geb ich dir den Schlüssel.«

Thies ist jetzt nicht mehr zu stoppen.

»Thies, hast du deine kugelsichere Weste an?«, stöhnt Heike, die zur Beruhigung grade einen roten Genever gereicht bekommt.

44

»Männer, seid vorsichtig!«, mahnt Nicole. »Die beiden Typen da drüben sind brandgefährlich, und wir haben keine weiteren ballistischen Westen. Und schießt bitte nur in die Luft!«

»Sicherheit geht vor«, bestätigt Gonscherowski und reicht Klaas die Uzi.

Bürgermeister Ahlbeck zögert noch, aber nimmt dann eine Makarow-Pistole. Der Schimmelreiter greift entschlossen zum Schnellfeuergewehr. Nicole blickt skeptisch und zieht ihre Dienstwaffe aus dem Schulterholster.

»Antje, ich leg meine Brille mal hier hin.« Piet Paulsen deponiert seine Gleitsichtbrille auf dem Glastresen neben einer Schale Kartoffelsalat. Er zieht die Lederweste stramm, schiebt das kalte Zigarillo in den Mundwinkel, nimmt den Karabiner mit Zielfernrohr und geht mit schwankendem Schritt durch die Imbisstür nach draußen. Die anderen folgen ihm und gehen hinter den Altglas- und Papiercontainern in Deckung, Gonscherowski und der Schimmelreiter haben schon hinter dem Mustang Stellung bezogen. Thies nickt Nicole kurz zu und schlägt sich auf dem Nebengrundstück in die Fliederbeerbüsche. Die Schaulustigen sind die Dorfstraße ein Stück weiter in Richtung Polizeiwache gezogen, um den Showdown aus sicherer Distanz zu verfolgen. Nur Lara Brodersen schwebt aus der Imbisstür heraus, blickt, ohne in Deckung zu gehen, einen Moment wie in Trance zum Edeka-Laden hinüber, ehe Nicole Stappenbek sie in harschem Befehlston in »De Hidde Kist« zurückbeordert.

Die Sinalco-Uhr im Imbiss zeigt mittlerweile fünf nach vier. Antje und Alexandra werfen gerade die Balkanspezialität auf den Grill, in dem Moment eröffnen die Geiselnehmer das Feuer. Klaas schießt als Erster zurück und feuert eine Salve Richtung Supermarkt. Der Rückstoß der Uzi wirft den kleinen Postboten kurz um und er fliegt hinter den Container für Kleinelektrogeräte, steht aber sofort wieder auf. Sein Schuss war halb in die Luft gegangen, und das eine Ende der Edeka-Leuchtreklame ist zersplittert. Bürgermeister Ahlbeck wendet sich mit Grauen ab. Nicole mag gar nicht hinsehen.

Die beiden Bankräuber verschärfen das Feuer. Die Schüsse kommen jetzt aus zwei kleinen Fensteröffnungen des Supermarktes.

»Stellen Sie sofort das Feuer ein! Der Fluchtwagen und der Proviant stehen bereit!«, schreit Nicole.

Mehrere Geschosse schlagen in der Seitentür des Mustangs ein. »Scheiße, sofort aufhören, ihr Spacken, der Wagen is frisch lackiert.« Weitere Salven spicken den Oldtimer mit Kugeln. In blinder Wut schießt der Schimmelreiter auf das Fenster des Supermarktes. Eine Scheibe zerspringt mit ohrenbetäubendem Knall und lässt das Glas in einem gewaltigen Scherbenregen splittern. Piet Paulsen duckt sich, um ein paar Querschlägern, die ihm um die Baseballkappe pfeifen, auszuweichen. Aber dann bringt er gleich wieder sein Scharfschützengewehr in Stellung und legt auf den Edeka-Laden an. Hans-Jürgen Ahlbeck spürt eine Kugel direkt am Ohr vorbei durch seine spärliche Haarpracht zischen.

»Vorsicht, Leute, kein Risiko, nehmt euch in Acht«, schreit Nicole, die mit ihrer Walter irgendwie unterbewaffnet wirkt. »Und bitte nur Warnschüsse!«

Bei dem Versuch, seine Uzi in den Griff zu

bekommen, bricht Klaas der Schweiß aus. Im Augenblick hat das Ding Ladehemmungen, im nächsten Moment rattert eine Salve unkontrolliert aus der MP schräg nach oben ins herbstliche Kastanienlaub.

»Ich sag immer: Die Uzi ist unberechenbar«, grölt Gonscherowski mit Kennermiene.

Dann kann Nicole sehen, dass Thies über die Rückseite der Grundstücke, von den Geiselnehmern unbeobachtet, den Hintereingang des Edeka-Marktes entert. Sie gibt den anderen ein Zeichen, das Gewehrfeuer zu verstärken, damit Thies unbemerkt in den Laden kommt. Nicole und Paulsen haben ihre Waffen schussbereit im Anschlag. Gonscherowski, Klaas und der Schimmelreiter schießen ihre Magazine leer. Bürgermeister Ahlbeck steuert ein paar zaghafte Schüsse aus seiner NVA-Pistole bei. Sinsic und Zaczyk halten aus dem Supermarkt wild dagegen. Das Blaulicht des Unfallwagens zersplittert. Die Reifen des Mustangs zerplatzen, sodass der Oldtimer ein Stück in sich zusammensackt. Hinter dem spontanen Fredenbüller Einsatzkommando schlagen die Geschosse in den Rabatten ein, dass die Herbstastern reihenweise die Köpfe hängen lassen.

Plötzlich stellen die Bankräuber das Feuer ein. Die Gewehrläufe verschwinden aus den zersplitterten Fenstern. Auch die Fredenbüller hören auf zu schießen. Für einen Moment ist alles still. Dann fallen im Innern des Ladens auf einmal Schüsse. Nicole, Klaas und Paulsen sehen sich fragend an. Heike tritt kurz an die Tür des Imbisses. »Wo ist Thies und wo sind die Zwillinge?«, haucht sie. Dann kippt sie nach hinten in den Imbiss zurück. Wencke und Professor Müller-Siemsen können sie grade noch auffangen.

Die Tür des Edeka-Marktes öffnet sich langsam. Zaczyk hält Tadje mit einer Hand an ihrem Kapuzenpullover fest. In der anderen hält er seine Schrotflinte, die auf die neben ihm gehende Telje gerichtet ist. Sinsic schiebt Marvin Manolo und Frau Ahlbeck vor sich her. In einer Hand hält er die Schrotflinte, in der anderen den zerbeulten, gut gekühlten Geldkoffer. Von Markus März und auch von Thies ist nichts zu sehen.

»Mutti!«, schreit Bürgermeister Ahlbeck, der jetzt aus dem Imbiss herausgekommen ist.

»Hans-Jürgen!«, ruft Oma Ahlbeck nur.

Piet kauert stoisch hinter dem Glascontainer. Er nimmt kurz den kalten Zigarillo-

stumpen aus dem Mund, spuckt einen Tabak-
krümel aus und steckt das Zigarillo in den
Mundwinkel zurück. Dabei hat er die ganze
Zeit Zaczyk im Visier seines Zielfernrohrs.

»Frau Ahlbeck, bleiben Sie ruhig«, schreit
Nicole. »Sind Sie in Ordnung?«

»Ja, ja, aber der Laden sieht aus, schlimm,
so wat haben Sie noch nicht gesehen!« Sie
sieht Sinsic vorwurfsvoll an.

»Wo ist Thies? Was ist mit Markus März?«,
ruft die Kommissarin.

Dann geht auf einmal alles ganz schnell.
Wie auf ein geheimes Zeichen hin treten Telje
und Tadje Hansi Zaczyk gegen beide Schien-
beine. Zaczyk reißt mit schmerzverzerrtem
Gesicht die Flinte nach oben und feuert eine
Salve in den Himmel. Nicole und die anderen
schreien erschrocken auf. Nur Piet Paulsen,
der sein Gewehr auf den Container gestützt
hat, bleibt voll konzentriert. Für einen Moment scheint alles stillzustehen. Es herrscht
absolute Ruhe. Dann durchschneidet ein peit-
schender Schuss die nachmittägliche Stille auf
der Fredenbüller Dorfstraße. Zaczyk fliegt
die Waffe aus der Hand. Er krümmt sich und
hält sich den Arm. Sein Hemd färbt sich augenblicklich blutrot. Telje und Tadje laufen

Richtung »Hidde Kist«. Im Laufen fliegen Tadje dutzendweise die Weingummis aus der Tüte. Sinsic, Marvin Manolo und Frau Ahlbeck bleiben wie angewurzelt stehen.

»Vorsicht, nicht schießen!«, schreit Nicole.

Auch Besnik Sinsic lässt die Waffe fallen und hebt die Hände. Oma Ahlbeck läuft wackelnd auf die Imbissgemeinde zu.

»Sauberer Schuss, Piet«, nickt Nicole Paulsen zu. Piet Paulsen hebt das Gewehr, schiebt sich das Basecap in den Nacken und zündet sich das Zigarillo an.

»Aber wo bleibt Thies?« Nicoles Stimme klingt beunruhigt. Sie zielt mit ihrer Walter abwechselnd auf Sinsic und den knienden Zaczyk.

»Wo ist Papa?«, kreischt Heike hysterisch, während sie aus dem Imbiss herausläuft.

»Im Edeka!« Tadje fällt ihrer wiedererwachten Mutter in die Arme.

»Papa ist angeschossen«, haucht Telje mit angsterfülltem Gesichtsausdruck.

»Um Gottes willen, Thi-i-i-es!« Heike ist schon wieder kurz davor, das Bewusstsein zu verlieren.

»Scheiße, mein Alter ist auch da drinnen. Ich pack das nicht mehr, echt nicht.« Marvin

Manolo klingt nicht halb so cool wie sonst. Mit bleichem Gesicht lehnt er an der Imbissbudenwand.

Heike hat sich wieder gefangen, lässt die Zwillinge stehen und läuft ohne rechts und links zu schauen Richtung Supermarkt.

»Heike! Warte!«, ruft Nicole. Sie winkt die Sanitäter heran und deutet zum Supermarkt. »Schnell, kümmert euch um die Verletzten und um ihn hier.« Sicherheitshalber legt sie Zaczyk schnell ein Paar Handschellen an. Was ist nur mit Thies? »Klaas, hol mir schnell ein zweites Paar Handschellen aus dem Auto!« Die Kieler Kommissarin kommt in ihrer Vintagelederjacke gehörig ins Schwitzen.

Die Schaulustigen wagen sich wieder näher heran. Die Dorfstraße füllt sich langsam. Der verletzte Zaczyk wird von einem Sanitäter versorgt. Seine Kollegen sind mit Tragen im Edeka-Laden verschwunden. Professor Müller-Siemsen begleitet sie. Heike stolpert benommen hinterher. Der Schimmelreiter inspiziert mit bleicher Miene fassungslos die Einschusslöcher in seinem Mustang, während Nicole auch Sinsic die Handschellen anlegt.

»Die Cevapcici sind fertig!« Antje steht ratlos vor ihrem Imbiss, in der Hand ein Pappteller mit der jugoslawischen Grillspezialität.

Die ersten beiden Sanitäter kommen mit Markus März auf der Trage. März ist bewusstlos. Einer der Sanitäter hält eine Tropfinfusion. Der Verletzte wird in den Unfallwagen geschoben. Lara Brodersen schwebt hinterher. Und dann wird noch Zaczyk mit notdürftig verbundener Schulter in den Krankenwagen gesetzt.

»Wo bringt ihr die beiden hin? Husum?«, will Nicole wissen. »Die sind beide verhaftet. Ich informier gleich die Kollegen in Husum, dass sie euch in Empfang nehmen.«

Die Schaulustigen vom Kürbisfest, die nach dem Showdown Appetit bekommen haben, verkosten derweil die noch dampfenden Cevapcici. Während der Unfallwagen mit zerschossenem Blaulicht, das nur noch weiß leuchtet, abfährt, läuft einer der Sanitäter wieder zu seinem Kollegen in den Supermarkt. Nach wenigen Augenblicken kommen sie mit Thies auf einer zweiten Trage zurück. Thies ist kalkweiß im Gesicht. Die Marco-Reus-Bürste ist vollkommen zerstrubbelt und aus der Schulter suppt das Blut durch die von einem Schuss zerfetzte Polizeijacke. Heike läuft aufgelöst neben der Trage her. Professor Müller-Siemsen hat auch Thies eine Infusion angelegt. Jetzt schneidet er ihm die Jacke auf und legt einen provisorischen Verband an.

»Doktor, kommt er durch?«, fragt Klaas mit ernster Miene.

»Seine Chancen stehen gar nicht schlecht«, antwortet der Professor mit väterlicher Chefarztstimme und einem leisen ironischen Unterton.

»Um Gottes willen, Thi-i-es.« Heike hält sich voll Angst die Hand vor den Mund und bringt kein Wort mehr heraus. Die Zwillinge sehen ihren Vater mit großen Augen an.

»Is nur 'n Streifschuss, Heike«, flüstert Thies.

45

Der große Showdown auf der Dorfstraße war dank des engagierten Einsatzes der Fredenbüller Dorfgemeinschaft glimpflich über die Bühne gegangen. Im Edeka-Frischemarkt Ahlbeck und an dem Ford Mustang »King Cobra« war zwar ein beträchtlicher Sachschaden entstanden. Aber außer Thies Detlefsen und dem Bankräuber Hansi Zaczyk war erstaunlicherweise sonst niemand verletzt worden. Der Fredenbüller Polizeiobermeister hat seinen Aufenthalt im Nordseeklinikum sogar ein bisschen genossen. Sein Foto mit verbundener Schulter und den Zwillingen Telje und Tadje auf der Bettkante war in allen Zeitungen.

Die Professorengattin Angelica Müller-Siemsen, die man nach den turbulenten Ereignissen zunächst in ihrer Zelle vergessen hatte, wurde in ihrem Fredenbüller Ferienhaus nicht mehr gesehen. Sie lebt vorübergehend von ihrem Mann getrennt und betreibt in Pöseldorf jetzt einen schnuckeligen kleinen Laden für ländliche Tischdekoration und ausgefallene

Sitzmöbel. Der Renner sind Melkschemel. Eine handgreifliche Auseinandersetzung mit der Geliebten ihres Mannes konnte ihr mittels der Bisonhaare zwar nachgewiesen werden, aber für Conchitas wie auch für Zahnärztin Butz-Christensens Tod war der Raiffeisenbanker und Karibikfondmanager Heiko Thormählen verantwortlich.

Besnik Sinsic und Hans-Rüdiger Zaczyk wurden wegen Bankraubes und erpresserischen Menschenraubes zu sieben beziehungsweise neun Jahren Gefängnis verurteilt und sitzen in der Justizvollzugsanstalt Hamburg-Fuhlsbüttel ein. Auch Markus März wurde nach einer ersten medizinischen Versorgung in Husum nach »Santa Fu« überführt. Auf der Mistforke Modell »Tradition« konnten die Fingerabdrücke des prominenten TV-Moderators nachgewiesen werden. Außerdem gab es für die Tat ja reichlich Augenzeugen. Im Verhör gestand März auch die Tat an dem Raiffeisenbanker Heiko Thormählen, die ihm wegen der ungeschickten Verteidigung seines im Strafrecht unerfahrenen Prominentenanwalts als Mord ausgelegt wurde. Der spektakuläre Prozess war in allen Medien. Eine öffentlichkeitswirksame Vermarktung seiner

Haft schlug allerdings fehl. Markus März'
»Knasttalk« wurde nach der Pilotsendung
wegen schlechter Einschaltquoten sofort wieder eingestellt. Auch auf sein Projekt »tradi-
tionelle Gemüsezucht« im gefängniseigenen
Garten reagierten seine Mitinsassen in der
JVA Fuhlsbüttel ganz anders als erwartet,
nämlich mit einem kräftigen linken Haken auf
sein Blumenkohlohr.

Lara Brodersen hatte ebenfalls vorübergehend ihre Mitte verloren. »Sie hat aber auch
Pech mit ihren Männern«, hatte Postbote
Klaas bemerkt, nachdem ihr innerhalb kür-
zester Zeit jetzt der zweite Mann abhanden
gekommen war. Dafür floriert der »Deichlust«-Handel nach dem Heugabel-Mord
prächtig. Das Modell »Tradition« steht mittlerweile in jeder Blankeneser Doppelgarage.

Oma Ahlbeck ist zurzeit allabendlich mit
den blumigsten Schilderungen ihrer Geiselnahme in irgendeiner Talkshow im Fernsehen
zu bewundern. Marvin Manolo ist bis zum
Abitur als Untermieter bei Frau Ahlbeck über
dem Edeka-Laden untergekommen. Beim
Adventskaffee der älteren Damen mit Oma
Ahlbecks jugendlichem Untermieter war die
Stimmung mehr als ausgelassen. Die Gewürze

für die selbst gebackenen Weihnachtskekse hatte der Gymnasiast aus Bountys Kräutergarten bezogen.

Die restlichen Schweizer Franken und die Dollars aus dem Aluminiumkoffer konnten nur vage verschiedenen Überfällen der Sinsic-Bande aus den Achtzigerjahren zugeordnet werden. Ein Teil der Gelder blieb unauffindbar. Bounty veranstaltete im Winter im Übungsraum eine ausgelassene Party, bei der »Stormy-Weather«-Bassist Doktor Niggemeier Kommissarin Nicole mit einem fulminanten Solo verzauberte. Der Abend sollte Folgen haben.

Heike kocht neuerdings vegane Menüs rund um den Kürbis. Thies isst seitdem regelmäßig in »De Hidde Kist«. Wencke Petersen ist die jüngste Bank-Filialleiterin Schleswig-Holsteins geworden. Die Jacke mit dem Bisonfell hat die Firma Joop jetzt ganz aus dem Programm genommen. Auch nach den ersten Herbststürmen hat das schwarze Schaf den Duft von »Autumn Breeze« immer noch nicht aus dem Fell bekommen. Der Schafbock kann sich seitdem vor weiblichen Verehrerinnen kaum retten und stößt an die Grenzen seiner Manneskraft.

Thies hat wieder die alte Frisur mit Front-igel. Das Marco-Reus-Frisuren-Foto ist aus dem Schaufenster des Salons Alexandra ver-schwunden. In einer Séance hat Wahrsagerin Birte ihrer Chefin Lara eine neue Liebe und dem Mittelfeldstar Marco Reus eine große Zukunft bei der nächsten Europameister-schaft vorausgesagt.

Auch Thies kann der Zukunft wieder etwas entspannter entgegensehen. Die Schließung der kleinen Polizeiwache ist nach den spekta-kulären Vorfällen erst mal auf Eis gelegt. Ganz ähnlich verhält es sich leider auch mit Bürger-meister Ahlbecks Lieblingsprojekt. Das nord-friesische Örtchen Fredenbüll ist von der Kandidatenliste möglicher Luftkurorte vor-läufig gestrichen.

»Kein Wunder«, meint Piet Paulsen. »Bei dem Bleigehalt in der Luft.«

Die Krimi-Reihe
mit viel Humor und
Friesencharme

 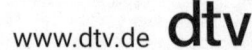